春陽文庫

魔海風雲録

都筑道夫

目次

魔海風雲録

山月《さんげつ》蠱《こ》

——月の蒼い晩には、とっぴょうしもないことが起こる。

腐れた石の油でかく、という南蛮絵。それでしかお目にかかれない、八重潮こえた紅毛碧眼の国に、そんないいつたえがあるそうな。

だが、日本ではそうとばかりもかぎらないらしい。鉾杉の見あげる梢に、頰杖ついていらっしゃる今夜のお月さんは、水いろがかってさえもいない。すこし歪《いび》つになりはじめたその顔は、むしろ明るく、蜂蜜いろにかがやいている。

それなのに、自然石で浴槽《ゆぶね》をたたんだ温泉《いでゆ》のなかでは、ちょっとばかり、へんてこなことが起こっていた。

「……ああ、いい湯だな」

「ほんとうに……。汗や埃りといっしょに、たまった旅の疲れまで、さっぱり洗いおとせそうですわ」

「山国の旅は、これがあるので、助かるよ。まったく、思いがけないところで、温泉にぶつかるからな……」

野天風呂としても、大きなほうだろう。爽やかな闇の山気にさからいながら、滾滾《こんこん》の湯が、しみじみと湯けむりをあげて、乳いろに揺れるその幕のなかに、はばからぬ話し声をつつんでいる。

声がたえると、澄ました耳に、じんと空鳴りがくるくらい、静かな木曽路の夜だった。気楽な温泉のささやきも、働きのない地虫の愚痴も、この静けさを攪き乱そうなんて、とうてい出来ない相談だと、あきらめきっているらしい。

温泉には近くにすむ百姓や木樵りたちが、仕事の疲れをほぐしにくる。下の小さな旅籠からも、一日の汗を流しに、旅びとたちがやってくる。月の光りに洗われた草のあいだを、おぼつかなくくだっている小径が、闇の蒼さにまぎれるあたり、炉の埋み火を見るように、とぼんと赤くのぞまれるのが、その旅籠のあかりだった。

いま、その光りがちらちらと、消えたり、ついたりして見えるのは、だれかこっちへのぼってくる人影があって、たまたま灯のいろをさえぎるせいに違いない。それが武士だろうと、百姓だろうと、ここへきて裸になれば、区別はなくなる。男も、女も、気がね知らずに、ふるまえるのだ。山の娘のはしゃぎ笑いにおどろいて、臆病な夜鳥の飛び立つためしも、たびたびある。娘たちの濶達な裸身は、恥ずかしがって見せて、男ごころをそそるすべなど、おぼえようともしないだろう。

そうした裸の娘たちを、好色の目で見おろしているまっくろな巨人。そんな感じで、鉾杉の林が、背後に突っ立ちあがっていた。林のなかの闇だまりでは、フクロウの隠居が喘息声で、お経を読んでいる。

ざあっと湯をさわがして、男がひとり、浴槽からあがった。ろくすっぽ軀も拭かずに、着物をひっかける。河童に臀でも撫でられたような顔つきで、ふりかえり、ふりかえり、足早に去って行った。

脱衣場にあたるところに、荒むしろが一枚、敷いてある。その上に、三人ばかりの衣類がぬいである。大小をきちんとそろえてのせてあるのは、武士の旅装束だ、その隣りのは、ひと山のぼろ、といったほうが、うなずけるだろう。そうかと思えば、墨染めの法衣がある。かたえの立木に、棒が一本、立てかけてあるのが、目をひいた。両端に鉄の環をはめた、太やかな樫の六角棒。

仄白い湯気のなかでは、話し声がつづいている。

「今夜も温泉があると聞いて、ほっとしたものだ……」

と、ひとりがいった。

「聞いただけでも、肩のこりが、ほぐれるようだった。……どう思う。なにかこう、拾いものでもしたような気にならないか?」

「そうですわね。……こうのびのびと、手足をのばして温りながら、顔をあげれば、月は黄金《こがね》の大杯。のこる望みは一瓢の酒……」

「はっはっはっは、とうとう催促か。だめ。だめ。まだ約束は終っていないぞ。もうしばらく、女っぷりを楽しませてくれ」

「意地の悪い方! もうずいぶん、しゃべっているわよ。いいかげんに堪忍してくれたって、いいじゃないの」

「意地悪だとも。……約束はおれが、もういい、というまでのはずだったろう。それとも、気恥ずかしさにさすがの弁慶、音をあげたか?」

「そんなことはないけど、……でも、少しはね。だってあんまり、みんなが妙な顔をして、こっちのほうをちらちらと……」

盗み見るのも、無理はなかった。

言葉の調子は女だが、しゃべっている御本人は、男も男、無骨きわまる大坊主なのだ。魁偉な軀には、鏡餅を積み重ねたように、筋肉がもりあがって、湯に沈んだ胸毛が、海草のように影黒く揺らいでいる。顔のまんなかに木魚をぶらさげたような赤っ鼻の先から、それが気色の悪い裏声をもみだして、女言葉をしゃべっているのだから、だれだってあっけにとられるだろう。

もともと言葉は、人間あってのものだから、なにをどうしゃべらなければならない、という鉄の規則はないかも知れない。男言葉と女言葉の区別にしても、習慣にすぎないのだから、無理やり従う必要はない、と理窟をこねればそれまでだが、ものには調和ということもあろう。逆眉立った荒法師と艶めかしい女言葉とでは、取合わせが鍾馗さまに十二単《ひと》えで、もう滑稽を通りこし、なんとも薄気味が悪くなってくる。

傍若無人に笑っている相手は、裸でいても武士とわかる軀つき。瘠せていて、色がまっくろい。楊枝の先にウメボシの黒焼をさしたようだから、山のカラス天狗と見立てよう。それが大天狗と連れだって、月に浮かれた虚空の散策に、温泉を慕って舞いおりて、ここにふざけあっているのかも知れない。

そんなふうにも思われて、この奇妙なふたりが入ってきたとき、四、五人、湯をあびていたのが、ひとり立ち、ふたり上り、もう木樵りらしい皺くちゃ親爺がひとり、残っているきりになった。その最後のひとりも、いま大坊主にじろりにらまれて、どうにも我慢ができかねたらしい。派手に湯をはねかして、あがってしまった。

「あっはっはっは、みんなよほど気味が悪かったらしいな。とうとう、だれもいなくなってしまった」

と、ウメボシの黒焼が、大口あいて笑いとばす。

「ええ、馬鹿馬鹿しい！」

大坊主は、舌打ちして、

「おれはいい慰みものだ。考えてみればなにもこうまで、おぬしのいうなりになる羽目はないじゃないか。たかが酒を飲むぐらいのことで……。もうおれは、飲みたい酒は勝手に飲む！」

「そうはいかぬよ。殿のお言葉をわすれはすまい。おぬしはいつも酒でしくじる。若君にめぐりあうまでは、酒をつつしめ、と釘を打たれているんじゃなかったかな？」

「だからといって、望月……」

「待て！」

相手は手で制して、声をひそめた。

「わすれてはいかん。おれはこの道中では、望月六郎じゃあない。真田幸村公の家臣でもないんだ。わかったか？　三好」

「そういうおぬしの口もすべった」

と、冬瓜《とうがん》あたまも、声を落して、

「愚僧は三好清海ではござらぬ。これはこれ、隠れ山の覚蓮坊でござる……」

「いや、まいった。まいった」

ふたりは、声をそろえて笑った。

そのふたりとも気づかなかったのは、湯気にさえぎられていたからだろうが、このとき、脱衣場の荒むしろのそばに立って、耳を澄ましている男がひとり。

髪を無造作にうしろでむすんだ、まだ若い武士だった。額にたれた髪の下で、旅焼けしている品のいい顔には、子どもっぽいところがある。着流しに脇差を一本、落しただけ。さっき旅籠の灯を背に隠しながら、のぼってきたのが、この若者に違いない。

すこし前に、小声で唄を歌いながら、荒むしろに近づいて、はっと立ちどまったものだった。その涼しい目は、そばの木に立てかけられた樫の六角棒にそそがれた。耳は浴槽のなかの話し声に澄まされる。そして、いたずらっぽくにやっと笑った。声に聞きおぼえがあったとみえる。軀はそのまま、ひっそりと音を殺して、立木の一本になってしまった。

湯のなかの両人は、それをぜんぜん御存じない。清海入道が話をつづける。

「それはそれとして、前にもどすが、酒をつつしめってのは、飲んではいかん、ということとは違うだろう？」

「いや、違わんぞ。おれが監督するように、殿からいいつかったのだから、おれが、いい、と口に出すまで、だめだ。九度山を立ってから、今日まで、我慢ができたんじゃないか？」

「我慢を押しこんでおく袋にも、限りがあるわな。おれの図体がいかに巨きいといっても、もう我慢でいっぱいだ。目鼻口からいっぺんに、まごまごすると、我慢の毒気が噴きだそうぞ」

「だから、今夜は飲ましてもよい、と思ったんじゃないか……」

「おれが、いい、というまで、女の口調でしゃべってみろ。これは賭だ。おれはしゃべれないほうに賭ける。賭に勝ったら、思う存分、飲ましてやる、か？　いい笑いものだ。そんな悪じゃれにうまうま乗ったおれは、恐入ったるお人好しよ。いいかげん、汗をかいた」

「まあ、怒るな。怒るな。ほんの座興だ。しかし、おぬし、さすがに道楽坊主だけあって、女の真似はうまいな」

「ええ、まだ冷やかす！」

と、坊主あたまに湯気の立つのを、望月六郎はにやにや眺めていたが、急に真顔になって、

「それにしても、若殿はどこにいらっしゃるのだろう？　確かにこの木曽路を旅しておられるらしいのだが……」

「まったく、大助さまの元気のよすぎるのにも、手を焼くよ。九度山の隠居暮しが、退屈なのはわかるがなあ……。おれなども関ガ原このかた、巨きな軀のおきどころがない。正直いって、真田紐を編んでばかりいたんでは、たまらなくなってくるわさ」

「それで、出奔した大助さまのゆくえを探す役目がまわってきたとき、どんぐり眼を、

あんなにかがやかしたのだな。……だが、殿は若君のことを、御心配になっておられるのだぞ」

「それはわかる。ああいう冷静なお方だから、口に出してはおっしゃられぬが、大助さまは可愛いのだ。若殿のお心だって、わかっておられるのだろう。だからこそ、おれたちが追いついても、無理に連れもどさずともよい。蔭にあって護衛するように、というおいいつけなのだ……」

「うむ、それはそうだな」

「しかし、大助さまは、江戸へ行かれるおつもりなのかなあ……」

そういいかけて、清海入道は急に、

「あっ」

と、口走ると、毛ののびかけた坊主あたまに手をやった。

「どうした?」

「なにかが頭に。おっ、木の実だ」

紅い木の実をひと握り、だれかがぶつけて行ったらしい。その証拠には、湯気のむこうを、くすくす笑う声が、小さく遠のいていく。

湯のなかに、紅い木の実は鮮かに浮いて、入道が罵りながら、浴槽をとびだしたときには、鉾杉の林がただ黒ぐろと、あたりには月に浮かれた山ザルの影ひとつ、見あたらなかった……。

真田大助は、鉾杉の林の下径を、くすくす笑いつづけながら、歩いていた。

林のなかは、たいそう暗い。闇のなかでも、もっとも濃い闇だけを取りあつめて、暗黒の城郭を構築したようだった。入りくんだ枝の格子を押しわけて、月の光りが舞いおりようとしているのだが、どうして足もとまでとどくことではない。この暗さは、目をつぶって歩いても、おなじだろう。

だが、夜道になれた大助は、平気だった。足どり軽く歩きながら、浴槽のふたりを考えている。

「危いところだったな……」

もし清海手だれの六角棒に気づかなかったら、どうにもならず、裸の軀をふたりと突きあわせなければならない羽目だった。まさか、ふたりが自分を追って、旅していようとは思ってもいなかったのだ。それにしても、いたずらに投げつけた木の実しぐれに、短気な清海、さぞや怒っていることだろう。思っただけでも、笑いが喉にこみあげてくる。その忍び笑いを、大助が急に呑みこんだのは、思いが九度山村の父の上に流れたからだ。ぐっと胸に迫る骨肉の情が、その歩みを、いちじるしくおくらした。

「親父、心配しているのだな」

もともと父との暮しが嫌で、村をとびだした大助ではない。ただ単調な山里の明け暮れが、潑溂の若者には、退屈で退屈でたまらなかったのだ。およそ倦怠ほど、若さを毒するものはないだろう。朝がくれば椎の林を染めて、昨日とおなじ生色のない太陽がのぼる。竹藪を騒がす風の音も、相変らずの旋律しかひびかさない。木の枝で笹群をたたけば、またいたずら息子が、と舌打ちして舞い立つ顔なじみのキジ。村の娘をからかってみても、真田の若君と知れれば、むこうから淫らな腿をすりよせてくる……。

昨日が今日と変らないように、今日と明日との変りもなかろう。屋敷へもどれば、広い板敷に、袖無しを羽織った家臣たちが背をまるめて、父の工夫した平打紐を編んでいる。編み台の下で、打ちかえす錘りが、かすかな音を立てるばかり。竹の葉ずれの渡り廊下を、父の座敷へ通えば陰鬱な書院に蒼黒い顔をふせて、黙然と兵書に余念がないか、草紙をほぐして、丹念に張り筒を張っているか、左衛門尉幸村のすがたに変りばえはなかった。夜がふけると、その書院の窓はひらかれて、父の影絵が星屑の宙に遠眼鏡をのべる。天文を按じているのだろうが、おなじ遠眼鏡でも、大助なら崖のはずれへもっていって、眼下に群れる村の小家の窓に、活きた秘戯絵でも探したほうが、ましだった。まだ四十の父が、ここ数年、急に老いぼれたように思えてならない……。

「戦争がないので、親父は元気がないのだろう」

戦国の世では、武士は戦争がなければ食って行けない。関ガ原以来、いちおう平和になったように見える世間に、どういう暮し方を選んでいいかわからず、大勢の家臣をかかえて、まごついている小大名は、真田一族ばかりではなかった。徳川将軍ににらまれぬよう、紀州の山里に自給自足の暮しをはじめた父、幸村は、まだしも賢明だったのだろう。

そうした父には敬服しながらも、若い大助幸綱の血は、倦怠にあえぐのだった。大助の好むところは、底知れぬ鏡の沼の静けさではない。浅くとも、はやい渓流の動きだった。ときおり裏庭で、清海入道が掛声いさましく、六角棒を水車のように振っているのを見る。

「ああ、坊主、おれと同じような気持でいるのだな」

若者の頬には、そんな微笑が浮かぶのだった。

九度山の上を東に、茜いろの旗雲がながれるたそがれ、真田大助は誰にも告げず、村をすてた。どこに行こうというあてもない。足のむくほうに進める気ままが、楽しいのだ。その自由をよろこぶ客気の足は、昔懐かしい木曽路、信濃路をめざしたのだが……。

「おや？」

大助は思いを破られて、立ちどまった。

ゆくてが明るいのは、鉾杉の林が、そこでひらけているのだろう。月の光りと蒼い闇が交錯して、さしかわす枝の規則正しい格子縞を、ぼんやり浮かびあがらしている。大助は耳を立てた。いましがた、女の声を聞いたように思ったが、あれは空耳だったのだろうか？　いや、そんなはずはない。山ザルやリスを追って鍛えた耳が、風の音などに、たぶらかされていいものか。

やはり、聞える。女の声だ。それにまじる男の声。大助の胸に、好奇心が動いた。下草の音を殺して、闇のなかを進みはじめる。ふっと苦笑が頬に浮いて、

「今夜は立聞きのはやる晩だな」

武士のなすべき業ではないかも知れぬが、幸い大助は格式ばった大名の若殿ではな

かった。野武士より確かな祖先を持っているというだけの、戦争が無性に好きな小大名。そんな男の小伜だ。耳に入ってくるものは、どんなことでも聞いておけ、と子供のころから仕込まれている。

「岩千代さま……」

と、女の声が、男の名を呼んだ。低いささやきは、かすかなふるえを帯びている。

「香織さまを救ってあげてくださいまし。お嬢さまは明日に迫った御婚礼を、死神の迎えがくる日のようにお思いなされて、見ているわたしの胸も痛むような悲しみよう……。岩千代さま、あなたのことばかりおっしゃっておいでです。無理もないことでございますわ。あれほどお慕いしていらしたあなたさまとの仲を裂かれ、聞いただけでも恐しい、紅面夜叉《こうめんやしゃ》どののもとへ、あんな癩病やみのところへ、お輿入れしなければならぬのですもの。いくらお父上のおいいつけとはいえ、あまりにも女ごころを踏みつけにした今度の縁組……。香織さまがおかわいそうで、おかわいそうで、わたしはもう……」

「もういい。泣いてくれるな。岩千代とても、香織どのをあきらめたわけではないのだ」

男の沈んだ声が、そう答える。

大助は杉の幹に軀を隠して、そっと目ばかりのぞかせた。林を出はずれた月光の茂みのなかに、ふたつの影がほんのりと、女は山大名の侍女でもあろう身なりだった。草のなかにかがんで、横顔が膝に伏さっている。顔をおおった手のなかで、嗚咽は陰にこもっていた。

「婚礼は明日か……」

男がぽつりとつぶやいた。

大助の目を見はらせたのは、その男の抜群の背丈だった。六尺を越えて、二、三寸はあるかも知れない。すらっと引きしまった上背が、月をあびて立っている影絵は、男の持つ美しさの手本のようだ。うつむいた横顔に、形のいい鼻が刻みあげたように高い。頬も山の男とは思えぬほど、白かった。

大助は大坂で、ポルトガルの若い宣教師を見たことがある。赤茶けた頭髪は異様だったが、その白い横顔は、不思議な鳥を見るごとく美しかった。いま目前にする岩千代と呼ばれた男の顔には、そのポルトガル人を思い出させるような、日本人離れのした美しさがあった。

身なりを見れば、野武士らしい。長身を真紅の陣羽織でつつみ、若竹を思わせる長い足に軽衫《かるさん》をはいている。陣羽織は月の光りで見ても、かなり古びているのがわかるが、その炎のいろは、あせかけてもなお華やかだった。腰に短い山刀を一本。そして、紅い陣羽織の右の肩から左の脇へ、黒い縄をつかねたようなものを掛けている。それは蒼黒い蛇が、二重、三重にからみついたように見えて、この巨人に一種、異様なおもむきを与えていた。

「屋敷で怪しまれてはつまらぬ。もうお帰りなさい」

岩千代は、静かに顔をあげて、いった。

「わざわざここまで忍んできて、香織どのの消息を伝えてくれたあなたの志し、うれしく思う。帰ったら、あの方にいってください。穴山岩千代、明日は命にかけても、おそばにまいります、と……」

「そのお言葉を、お嬢さま、どんなにか力にお思いあそばすか……」

「では、気をつけてお帰りなさい」

「岩千代さまも……」

「なに、わたしはもともと人外の穴住み者の伜。あの岩穴は生まれて育ったところです。卒塔婆弾正の山屋敷を追われたことなぞ、なんでもない。おさらば！」

穴山岩千代はいいすてて、くるりと背をむけた。その右肩の黒い蛇の先で、月の光りに、きらりとかがやいたものがあったが、小さな金色のその光映がなにによるものかは、識別のかぎりでなかった。

大助はいわくありげなふたりの話の内容より、大跨に立ち去っていく異風のひとに、すっかり心を奪われていた。

「あの男に話しかけてみたい」

そう思ったが、女はまだそこに残っている。いきなり出ていって、穴山岩千代と名のる野武士を追うわけにはいかぬだろう。心せくうちにも、背の高い影はひろい歩幅で、月光のなかに見る見るうすれて行く。

女はようやく歩きだした。肩が溜息とともに落ちて、横顔は思いに切なげだった。それが大助の心を、いまの話に舞いもどらせたのだろう。

「卒塔婆弾正といえば、このへんの山大名だが……」

獅子吼谷《ししく》に堅固な山城を構える豪族だとか、大助は昨日の旅路に、その豪気の噂を聞いたばかりなのだ。もうひとつ、話中にでた紅面夜叉という奇怪な名については、知るところがない。

なにものだろう、癲病やみの紅面夜叉とは？

大助は林の闇から出ようとした。しかし、そのとき不意に起こった人声が、この若い好奇心の塊りの足を、ふたたびとめたものだった。

「待て！　女」

不愉快に声は濁って、月光の生んだ幻魔《あやかし》かと思われる黒い影。それが草のなかに、おどりあがった。女は、ぎょっと足をすくませる。

「いま会っていた男は、だれだ？」

影は脅やかすようにいい放つ。顔は黒い頭巾におおわれて見えないが、背中に醜く瘤のふくれたせむし男だ。

「おれは紅面夜叉どのの手の者。聞けば弾正どのの姫御を、盗みだそうと息まいている馬鹿があるとか。明日に迫った婚礼に、もしものことがあっては大変と、おれが張りこんでいるとも知らず、屋敷を脱けだす女の影。お前のあとをつけてきたが、途中でまんまと振りまかれ、ようやくいま追いついたのだ。さあ、会っていた男の名をいえ！」

しかし、女は立ちすくんだまま、答えなかった。

「いわぬか？　ふふふ、いわぬなら、聞くまい。聞かずとも、おおかたわかっている。あれが穴山岩千代とかいう、背高のっぽの色気違いだろう。どうだ、ふふふ、あたったとみえるな。肩のふるえが、返事をしてくれたぞ」

　せむしは、じりっと一歩、迫った。女は自分を抱くように、両袖を胸にあわして、おののきながら後退する。

「ふふふ、おれが怖いか？　もうなにも聞かぬ。お前が怖がるのも無理はない。おれの姿は恐しいからな。だが、これで心はなかなか優しいのだ。すぐ怖くなくしてやるわ。安心するがいい」

　男はまた、じりっと迫る。女の唇から、恐怖の叫びが、するどく洩れた。せむしの手に、きらっと光る白刃を見たからだった。

「なにをなさいます！」

「叫べ。叫べ。聞いているのは月だけだろう。すこしお前に所望があるのだ。貰いたいものがある。若いお前がたくさん持っているものを、この革袋のなかへな……」

　男は左手に、黒い袋をかざして見せた。

「血だ。お前の若い血が欲しい。なあ、くれろ。血をくれろ、赤い血を……」

女は叫ぼうにも、声が出ないのだろう。身をふるわして、立ちすくむばかり。異様な所望をした月の妖怪は、山刀を光らして、不気味につづける。

「くれろよ、血を。知っての通りの殿の病い。天刑病には若い娘の血が効くそうな。おれはそのために、若い生血を探し歩いているのだ。こうまでの事をわけての頼み。まさか嫌とはいうまいな……」

せむしの影が、ずんと伸びた。もう猶予はできない。大助は脇差を抜きはなつと、大地を蹴った。

「だれだ！　邪魔者」

せむしは山刀をはねあげられ、横っ飛びに後退した。女をかばって立った大助の刀身に、月の光りが白く流れる。

「あいにくと、聞いているのは、月ばかりではなかった。主君の病いをなおしたい、という心根は殊勝だが、女の生血を奪おうとする所業は、見すてられぬ。お節介がしてみたくもなろう」

「ううむ、弾正の手のものか？　それとも背高のっぽの同類か？　名を名のれ！」

「血を吸う蝙蝠ごときに名のる名は、持ちあわせがない。ただし、弾正の手の者ではない。背高のっぽの同類でもない。おおかた月のウサギの化身だろうよ」

「うぬ、いらぬ邪魔立て後悔するな」

せむしはいいざま、斬りこんできた。鋼の噛みあうひびきが散る。大助の脇差は、山刀を横に払って、胴を襲った。相手はそれを、あやうくはずして飛びしさり、肩に息をあえがせあえがせ、山刀を低くつける。

「さあ、いまのうちだ。逃げたまえ、早く！」

せむしの目を見すえたまま、大助は背後に叫んだ。

「ありがとうございます」

女はそういうのも、やっとの思い。ふるえながら若者の背を離れる。せむしは舌打ちして、脇差に迫った。

「くそ！」

山刀が凄じい閃光となって、顔面に襲いかかる。大助は身を沈めてさけながら、だっと相手の足を薙いだ。

「わあっ」

せむしの軀が、どさっと草に転げこんだと思われたが、一転瞬、また毬のようにはねあがった。

「畜生！　わすれぬぞ、この怨み」

叫んで走りだす片足が、びっこをひいて……。

大助は脇差を大きく振りかぶり、その後ろすがたをおどしに迫った。そのときだ。

「あっ」

思わず叫んで、身を伏したのは、眼前の茂みのなかから、まっ黒な鳥と見えたものが、頭上をとんで過ぎたからだ。それは、肌も粟立つ殺気の通過だった。大助ははねおきると、ふりかえった。

「なにやつ！」

六尺ばかりむこうに、すっくと立った影がある。茂みから飛び立った黒い鳥が、そこで人間に化けたのだ。

「仲間の仇」

ふくみ声がそう流れて、斜めに両手を頭上に構えた。その手のあいだに、三尺ばかりの黒い棒らしいものがある。

大助は脇差を下段につけて、油断がない。容易ならぬ相手、と見てとったのだ。影は月を背にして、顔立ちこそわからぬが、肉づきのいい小男だった。大助は足場をはかって、じりじり進む。相手の矮軀に灼熱する闘魂が、むしろ攻勢を選ぶべし、と感じさせたのだ。

「いくぞ」

と、小男が叫ぶ。同時に、大助の全身が鉄砲玉になった。真田の郎党のうち、小太刀をとっては一といわれる望月六郎の仕込み。必殺の片手突きだ。だが、それは空しく、はねのけられた。小男の手の棒が、じんとひびいて、刀身を払ったのだ。ふたりの位置が入れかわる。

大助は相手の得物に目をこらした。黒い棒。いや、それは棒ではない。六尺の鉄ぐさりを、三尺の革袋におさめたもの、畳めば懐中に隠せるが、片手でしごけば鋼鉄の棒ともなる恐しい武器なのだ。そして、それは忍者特有の兇器だった。

「貴様、忍びの者だな！」

大助はいい放って、いまは月光を浴びている相手の顔をにらみつけたが、その容貌の恐しさ。さすがの無鉄砲が、覚えず一歩さがったものだ。

ああ、その顔は、額から頰へかけて、蒼んぶくれに膿みくずれた、見るも無慙な癩病やみの顔ではないか！

月光をうけて、無数の白ミミズがのたくり集っているように、くずれただれたその顔が、にたっと笑った。

「ははは、忍者と見ぬいたは目が高い。だが、そうと知って怖くなったか……」

「馬鹿を！」

と、大助、脇差をふるって、おどりかかる。くずれた顔は、くさりの棒を両手に捧げて、白刃をすりあげると、軀ごと飛びこんできた。突きとばされて、大助は草に倒れる。その額へ、革につつまれたくさりが、火のようにうなって落ちてきた。

「うぬ！」

ごろっと転げて、間一髪にその打撃をかわす。はずみをつけて起きあがろうとする足もとが、妙に頼りなかった。それも道理、そこは崖のはしだった。そう急な崖ではないが、茂みが傾斜して、えぐったように流れている。途中から、急に岩肌が露出して、大きな角石がごろごろしているから、ころげ落ちようによっては、命にもかかわろう。

脇差を盲めっぽう振りまわして、敵の襲撃を避けながら、大助は起きあがった。大刀を旅籠に、おいてきたのが恨めしい。さっきなど、得物にもうわずかの長さがあれば、相手を傷つけることもできただろうに。

　相手は腰を落し、足をひらいて身構えたまま、左手でくさりを革袋からひきだした。それをもみほぐすと、右手のこぶしに巻きつけはじめる。こんどはどんな攻撃に出るつもりか、と怪しむ瞬間、六尺のくさりは強力なバネのように、拳からくり出され、まっ向めがけて飛来した。はっとして、それを払いのける脇差が、ばしっと鳴る。すさまじいくさりの力に振りとばされて、武器が手を放れたのだ。

「しまった！」

　身を護る道具を奪われて、大助は歯がみした。敵は頭上にくさりを振りながら、迫ってくる。だが、あとへはさがれない。背後は崖！

　怪我を多少は覚悟なら、駈けおりて、駈けおりられない傾斜ではないが、負けず嫌いの大助、敵にうしろを見せるのが癪だった。

　とはいえ、徒手空拳で、旋回する鉄ぐさりへ、どう刃むかっていけるだろう？

　朧みくずれた顔を月光にさらしながら、死神は迫る。その頭上に、うなりながら廻転するくさりが、不吉な光りの輪をつくって……。

「いや、確かに聞えた」

と、三好清海は、樫の六角棒を草のなかに、とんと突いた。その軽い地ひびきに驚いたのだろう。茂みの奥で悠長に合奏していた虫の声が、ぴたっと止んだ。

「いや、確かに聞えなかった」

湯あがりの肌に快い夜風を、ふところに入れながら、望月六郎は首をふる。柿渋で染めたように黒い貧相な顔に、天心の月を仰いだ目が細い。

「いや、聞えた」

「いや、聞えなかった」

「聞えなかったのは、おぬしの耳のせいだ。あれは確かに女の悲鳴だったぞ」

清海は強情にいいはって、てらてら光った赤銅の擬宝珠のような顔をうなずかせた。

望月は大きな口をあけ、案外に白い歯を見せて笑いながら、首をふりつづける。

「貴様には風の音でも、女の悲鳴に聞えるのだろう。女のな……」

「妙ないいかたをするな。女のことだから、おれが騒いでいるように取れるではないか？」

「はて、そうではなかったのか？」

と、望月はすましした顔だ。

ふたりは温泉からあがって、気持よく汗ばんだ軀を、高原の夜風になぶらせながら、旅籠への戻りをわざとまわり道して歩いている。月に白い花をまじえた秋草の茂みは、男たちの腰よりも高く、そよいでいた。茂みは銀いろに手招きする薄の原につづいて、そのなかに、黒くぬきんでて見えるのは、土地の神の像ででもあろうか。

清海は目を光らして、立ちどまった。

「冗談にしても、聞きずてならぬこともあるものだ。おれはおぬしたちの思っているほど、破戒坊主ではないつもりだぞ。女のことなら、なんでも夢中になるわけではない。九度山にいた時分でも、酒をくらいに里へおりた覚えは、たびたびあるが、女が欲しくて出かけたことは、おぬしたちほど、ありはせぬ。おれが女好きだなぞと、だれがいうのだ」

「その鼻がいったのだろう」

「馬鹿な！　鼻が赤いのは酒が好きだからだ。女と関係はないわ」

「ほう、そうだったか。なるほどな。しかし、鼻が赤いから、酒が好きなのではあるまい。酒が好きだから、鼻が赤くなったのだろう。鼻の赤くない酒飲みも、いないわけではないからな」

「どっちだって、おなじことだ」

「どうして、おなじことではないさ。鼻が赤いから酒が好きだ、という場合は、赤い鼻が始めにある。ところが、酒が好きだから鼻が赤くなった、というほうは、赤い鼻は終りにある。つまり、原因と結果だ。このふたつのあいだには、少くとも五、六年の歳月は流れているはずだろう。一升や二升の酒で、そうも見事に、鼻が赤くなるわけはないからな」

「ええ、あまり鼻が赤い、鼻が赤いというな。赤くなろうと思って、赤くなったわけではない」

清海はいいすてて、大跨に歩きだす。望月も笑いながら、それに続いて、

「そりゃあ、そうだろうて、いっそ、浅黄いろか、紫か、もっと深みのある色に染めさせればよかった。紋どころでも、浮かせてな」

「また茶化す。旗指物の話をしているのではないぞ」

といいかけて、清海はまた立ちどまった。すぐかたわらの茂みのなかを、大きなイヌにも似た影が、風のように草を騒がせて、ふたりとすれ違っていったからだ。

「なんだ、今のは?」

「……人間だったな」

望月六郎も、立ちどまる。ふりかえって見ながら、首をかしげた。

「せむしの小男のようだったが……」

「せむし?」

清海は、けげんな顔をふりむけた。

「うむ、背中に大きな瘤があった。確かに……」

「気になるな。おぬしがなんといおうと、あれは耳の迷いではなかった。この方角から確かに女の悲鳴が、聞えてきたのだからな」

「よし、行ってみよう」

ふたりは足早に歩きだす。

秋草の茂みを出はずれると、そのまま薄の穂のゆれる原に入る。原のまんなかに、大きく黒くわだかまっているのは、蓮のうてなに結跏趺坐して、錫杖をかたむけた地蔵菩薩の濡れ仏だった。

そのそばまできた清海の足が、なにか柔かいものにつまずいた。はっとして、かがみ

こむ。探る手に、ひとの肌が冷たくふれて、

「だれか倒れている！」

「なに？」

望月も薄をわけて、身をかがめる。

「女だな」

「女だ。さっきの悲鳴は、この女だったのだ」

倒れた女のこたえのない肩をだいて、清海はぐいと起した。月光に蒼い顔が、不気味な影をつくって揺れる。死隈ういたその顔は、ふたりこそ知らないが、さっき穴山岩千代と、杉林のはずれで、会っていた女のものだ。

「かわいそうに、胸をひと突きにやられている」

「普通の刀や、脇差ではないらしいぞ。見ろ。こりゃあ、もっと刃の幅のひろいものだ。山刀のたぐいだな」

ふたりは、女の胸を赤く染めた傷口をしらべて、言葉をかわした。

清海は、恐怖にひらかれたまま、焦点を失っている女の目を、指の腹でまぶたを撫でて、そっと閉じてやった。口のなかで経文を唱えてやる。望月はあたりの土に目をやり

ながら、立ちあがって、首をかしげた。

「どうもおかしい。血の流れようが少なすぎるぞ。もっと血がふきだしたろうに……」

大助は、観念した。

「どうせ傷つくのなら、おなじことだ」

崖を駈けおりて怪我をするよりも、体あたりでぶつかって、たとえひっかき傷でも、相手に負わしてやったほうが、腹の虫もいえる。第一、敵は忍者なのだから、こっちがこけつまろびつ駈けおりる崖を、平地とかわらず追いすがってくるだろう。そうなっては、みっともないこと、この上ない。

大助は、くさりを頭上にふりながら迫ってくる醜怪な顔を、じっと見すえた。間隔をはかって、相手にとびかかる時期を待つ。足が大地を蹴ろうとした瞬間、

「待て！」

相手が叫んだ。叫んで、その小柄な軀は一間ばかりも、ふわりと飛びしさっていた。

「どうした！　おじ気づいたか！」

気尖をそがれた大助は、肩息をつきつき負惜しみの罵声を放つ。

「今夜の勝負は、あずけておこうぜ」

くさりを懐中にたぐりこみながら、そっけなく敵はいった。

「気になることをしている奴がいるんだ。あれをごらんな……」

と、崖の空へ顎をしゃくって、

「山腹で妙な合図をしている。おれたち仲間の合図じゃない。気になるから、しらべに行こうと思う」

大助は半信半疑の頭をめぐらす。崖の深くえぐれた闇をはさんで、山の樹林がのびあがっている。

その黒ぐろとした山肌も、頂きに近いあたりに、そういわれて見れば、ちらちら動く火のいろがあった。

「あれは火縄をふっているんだ。だれだろう。忍者には違いないが？　卒塔婆弾正のいちまきが、妙な企みでもはじめたのかな……」

小男は独り言のようにつぶやくと、

「また会おう。お前、なかなか強かったぜ」

崖の草をすべるように降りはじめる。その黒い背に、大助は声をかけた。

「待て！　貴様、名はなんという？」

「お前の名は？」

振りかえりもせず、声がもどってくる。

「おれの名は大助！」

と、若者は叫んだ。

相手の影は、角石のあいだを風よりはやく遠ざかりながら、声だけが目の前でいうように、

「おれは、紅面夜叉いちまきの者。名は佐助。飛猿《とびざる》の佐助……」

紅《こう》面《めん》夜《や》叉《しゃ》

まぶたの上を、蒼白い光りがはって行くのは、夜が明けたのだろう。大助は夜具のなかで手足をのばすと、いつもの朝のように、うんと思いきり伸びをした。その手が、柔かく暖いものに触れる。

「痛いわ。……もう朝なの？」

鼻にかかった声が甘えた。語尾は半分、もとの夢のなかに消える。大助は、おやっと思ったが、すぐ寝足りた頭に夜来のことが、つぎつぎ浮かびあがってきた……。

思うに、ゆうべの月は明かるすぎたのだろう。

あまり月がさえわたると、ふだんはなんでもない立木の影、草の影にも奇妙な魂が宿って動きだすに違いない。望月六郎にあんな変な冗談を思いつかせたのも、そうした魑《ち》魅《み》魍《もう》魎《りょう》の仕業なのだ。あの美貌の巨人も、生血を欲しがるせむし男も、くさりを振る癩病やみも、みんな月光の蠱影《まどわし》に違いない。だが、あの死の恐怖だけは、現実のものだった。大助は昨夜の奇怪な経験を、胸中で味わい返した。

「あの男。確か、飛猿の佐助といったが……」

その影が小さく闇にとけこんだ崖を、しばらく見まもってから、大助は脇差を探した。探しあてると、もとの鉾杉の林を通りぬけて、旅籠へもどったが、そっと裏口へ廻った。望月たちと、顔をあわせたくなかったからだ。自分の部屋へ忍びこむと、大刀とわずかな荷を取りまとめ、また裏口から戸外へ出た。

こんな山里に、ほかの旅籠があろうとは思われない。野宿をする覚悟で、小さな荷を鍔もとにくくりつけた大刀を肩に、あてのない歩みを踏みだした。木樵りの小屋でも見つけて、もぐり込むつもりで歩いて行くと、月をうけて銀いろにかがやいている小川のむこう、霧のこめた一本松の下に、人家の灯りがちらちらちらした。

三方を山に囲まれた陰気な薄原のなかに、ぽつんと一軒、石をのせた板庇が黒い影をつくっている。夜風の冷たさに首をすくめながら、戸口を無遠慮にのぞきこむと、派手な顔立ちの若い女が走りだしてきて、

「旅のお方ね。こんな夜ふけにここを素通りして、狼でも抱きに行くつもり？　泊って

らっしゃいよ」

と、袖をとらえた。

家の中からさす小暗い光りに、女の顔が浮いて、くっきりした黒目を、媚びに濡らしている。行きくれた旅の男の相手をして、暮しを立てるすべを覚えた軀は、日がな一日、額に汗して食べて行くのを、厭うようにもなるのだろう。ちょっとあっけにとられたかたちで、誘われるまま、家へ入った大助に敷物をすすめ、炉の火をかき立てて、もてなしの餅をあぶりにかかった女の軀つきには、根からの山の女と受けとれぬところもあった……。

大助は寝返りをうって、女の顔を見た。女は寝あぶらの浮いた顔を、自分の腕で抱くような恰好で、また健康な寝息に戻っている。夜具からはみだした裸の肩の曲線が、忍びこむ朝の光りのなかで、薄桃いろに光っていた。大助はその肩に腕をまわすと、そっと夜具でおおってやった。睫毛をふるわして、女はかすかに目をあくと、

「そんなに顔を見ちゃ、いや」

と、小声でいって、寝返った。白い背筋が艶かしく目の下で揺れ、といた黒髪が頬をなぶる。踝が足に、暖かくからんだ。大助は黒髪の匂いに、女の哀愁を味わいながら、

つぶやいた。

「今日は雨かしら？　いやに暗いな」

　女は向うをむいたまま、静かに答える。

「そんなことないでしょう。ここはいつも暗いの。霧が立つから……。朝から晩までそれがはれないから、霧ガ窪というのよ」

「ふうん、霧ガ窪か……」

「それに今日は、弾正屋敷のお嬢さまと、紅面夜叉さまの御縁組の日だから、山神さんも雨をふらすわけにはいかないわ。あとの祟りが怖いもの」

　女はまるい肩をすくめて、くすりと笑う。

「卒塔婆弾正という、山大名のことは知ってるが」

　と、煤けた梁を見あげながら、大助は聞いた。

「紅面夜叉というのは、なんなのだ？」

「やはり、山大名。つまり、どっちも野武士の頭だわ。峠をふたつ越した赤鬼嶽に、山城をかまえてるんです。癩病やみの怖いおひと。……天刑病には血で染めた衣裳をつけるとよいとかで、赤ずくめの身ごしらえに、顔にもまっ紅な山神の仮面《めん》をいつもつけてる。それで、紅面夜叉と呼ばれてるんです。その仮面も、衣裳も、ほんとに若い娘を殺して、その生血で染めたものだとか……」

「そんな恐しい男のところへ嫁入るとは、弾正の娘も物好きだな……」

「だれが好きこのんで行くものですか。親のいいつけにはそむけず、お嬢さん、泣いてばかりいるんですって……。穴山岩千代といういいかわした男がいるのを、みんな知ってるくらいですもの」

「どんな男だ？　その岩千代とかいうのは」

「あたしもたびたび、見かけたことがあるわ。見あげるように背が高くて、そりゃあ、いい男……」

「なるほど、お前も惚れた口だな」

「ふふふふ、馬鹿ねえ……」

女は寝返りをうって、頰を匂いやかに寄せると、大助の首すじを指さきで撫でながら、

「でも、そのひと、ほんとは鬼の息子なのよ」

「鬼の息子？」

「ええ、ほろとが、とかいう遠い国から、遠江へ流れついた白鬼が、ひとに追われて逃げてきて、獅子吼谷の人穴へ棲みついたの。この土地の女をさらったかどうかして、そのあいだに出来たのが、あのひとだということよ。男っぷりはいいし、言葉もあたしたちと変らないし、そうとは思えないけれど……」

「ふうむ……」

と、うなずく心には、穴山岩千代に対する興味が、昨夜にも増して高まっていた。

「それで、その男、腕前は立つのかい？」

「ええ、こんどの縁組の話が決まるまでは、弾正いちまきでも、重く見られていました。でも、刀をさしているのを見たことがない。いつも変な鞭《むち》を持ってるんです」

「鞭？」

「ええ、鞭を……。あれ、二丈はあるかしら。ことによると、二丈の余もあるかも知れない。まっくろな革の鞭なの。それをいつも、肩につかねて掛けているんです」

大助は目をとじて、岩千代の肩に黒い蛇のようにかかっていたものを、思い浮かべた。

「しかし、長い革の鞭とは、妙な得物だな。聞いたこともない……」

「それを自在に使うわ。あたし、見たことがある。やさしいひとで、子どもたちにせがまれて、高い梢に残った柿を取ってやっていたの。さっと手をふると、黒い鞭の先が矢のように跳ねあがって、そう思ったときには、もう子どもの手のひらに、柿がきれいに載っていた……」

「見たいな、その業を」

大助はそうつぶやきながら、ゆうべの岩千代の言葉を思い出した。あの男は、こういったはずだ。

「命にかけても、明日はおそばにまいります、と香織どのに伝えてください」

香織というのが、弾正の娘の名なのだろう。今日はその婚礼の行列を最後まで見とどけて、あの男の覚悟のほどを拝見してやろうかしらん。そう大助は心を決めた。どうせ、目的のある旅ではなし、もし、岩千代という男が、頼みになる人物なら、近づいて父の家臣になるように、すすめてみてもいいだろう。

「いずれは関東と大坂と、最後を決する闘いをしなければならぬはず」

と、父はつねづねいっている。働きのある家臣をふやして帰れば、こんどの出奔をそう怒られずにすむ、と大助は腹のなかで計算したのだ。

いま家臣には、竹林の七賢人をもじって、真田の七剣神、と呼ばれる豪の者が七人いる。


望月六郎。

根津甚八。

三好清海入道。

三好伊佐入道。

海野六郎。

由利鎌之助。

筧十蔵。


この七人だが、なおその上にも父は日ごろから、

「すぐれた密偵がひとり欲しいものだ」

と、もらしていた。

あの岩千代では異風が目に立ちすぎて、密偵にはむかないだろうし、密偵すなわち忍

者という条件からもはずれているが、なにも欲しいのは密偵ばかりではないはずだ。要は衰勢の豊臣方に、ひとりでも勇者の増えることが、望ましいのだから。

そんな思いにふけっている耳を、女の息が甘くすぐって、

「けれど、あのひとを悪くいうものもいる。切支丹だ、というの。なぜといえば、その革鞭の柄のところに、小さな黄金《きん》の十字架がぶらさがっているんですもの。あたしは、そんなこと、どうだっていいじゃないか、と思うんだけど……。あれは、ただの飾りよ。あのひともそういってるそうだけど。あの飾り、そりゃあ、きれいだから、あたし、好きだわ」

「馬鹿に肩を持つんだな」

「やける?」

「くだらない。やく筋合いがないじゃないか。だれかが好きだか、嫌いだか、おれの知ったことじゃないだろう。おれは、通りすがりに吹いて行く風だもの。風はその土地に、どんな花が咲いていようが、どんな蝶が舞っていようが、ただふわふわと野面を撫でて行くだけさ」

「まあ、ずいぶん薄情なひと。お愛想にやく真似ぐらいするものだわ」

女は大助の首に腕をまわして、耳たぶを軽くかんだ。豊年の乳房が胸を押して、暖かい。若者は笑いながら、首をふって、

「お愛想にか？　はははは、そんならお愛想にもう少し、聞いてやるから、話してみろよ」

「知らない！」

と、はぐらかされた女は、男の胸に爪を立てる。その手をはらって、

「いや、よく知っているはずじゃないか。その岩千代は、弾正の娘と、どうして仲を裂かれたのだ？」

「さあ、弾正さまの心はわからないわ。ふたりの仲は、あたしたちまで噂してたくらいですもの。当然、弾正さまも知っているはず。だから、あたしたち、岩千代どのはお嬢さまのお聟さんになるんだろう、と思いこんでいたんです。それが、急にあのひと、弾正屋敷を追われて、もとの人穴へ帰っていった。おかしなことだ、と思っていると、あの縁組の噂でしょう。自分の娘が泣いているのを、知っているのに……。ほんとに気が知れないわ」

「なにか、いわくがあるのだな、その縁組のかげに……。こんなことまでは知らないだ

ろうが、その話、卒塔婆弾正のほうか、紅面夜叉のほうか、どちらから先に出たのだろうな?」

「噂では、紅面夜叉さまが所望して、弾正さまがお受けになったのだとか。……でも、変なひと、通りすがりに吹いて行く風が、馬鹿にしつこく聞きたがってさ」

「はははは、わかりきったことには興味がないが、変ったことだと聞きたがり屋になるんだ。きれいな女がきれいな男を好きになるのは、あたり前の話だからな」

「それ、よく考えてみると、お世辞なのね」

女は大助の目のなかを、のぞきこむようにして、笑いながら鼻声でいう。

「よくわかったな。頭がいい」

夜具の外へ手をのばして、大助は、もう一度のびをしてから、

「起きるぞ!」

と、いきなり半身を起こした。

「いや。ひどいわ」

女は衾のはしをあわてて押さえ、桃いろの裸身が朝の光りにさらされるのを防ぎながら、

「もう行ってしまうの？」

「朝がくれば、旅びとは出かけて行くさ。いつまでも寝ていずに、起きて朝めしの支度をしてくれよ」

そういい棄てながら、立って行って、雨戸を一枚くった。戸外には霧が白く澱んで、草の陰がぼんやり浮かんでいる。午前の日光は冷たい霧の淵をかきわけて、よろめくようにただよっていた。

「霧がひどく冷たいな。毎日これじゃあ、やりきれないだろう、陰気くさくて……」

「でも、馴れっこになっているから……」

女は着物をひっかけて、髪をまとめながら、答えた。

大助は、霧の濃淡のなかに、風景が遠くなったり、近くなったりするのを見つめながら、この女はこうしたやりとりを、今日までなんべん、くり返したことだろう、と思った。聞くほうも、どうせ通りいっぺんの挨拶なのだから、本当のことを答える必要もないわけだろう。つまらないことを、聞いたものだ。

「なるほど、馴れっこになっているか……。ここで生まれたのだろうからな」

「そうじゃないわ。あたし、自分がどこで生まれたか知らない。いつか聞いてみよう、と思ってるうちに、おっかさんも死んじゃったし……。それに、そんなこと、どうだっていいことですもの」

「どうして、ここで生まれたのじゃないってことを知ってるんだ？」

「ふふふ、あんたは嘘つきね」

「どうして？」

大助は鴨居に手をかけて、軀を斜めに戸外にかたむけた恰好のまま首だけ背後にねじむけた。囲炉裏の埋み火に柴を折りくわえながら、女は顔もあげずにいう。

「いまになって、根掘り葉掘り聞くから……。ゆうべはあたしの名前も、聞いてくれなかったくせに」

「そうだったかしら。すまん。すまん」

「謝ることなんかないでしょう？　そのかわり、もう聞いたって教えてやらないから……。でもね」

と、女はほほ笑みを抛げて、

「ひと晩だけの旅のおひとだったら、本当は名前なんか聞いてくれないほうがいいの。聞かれても、ほんとの名前はいわないわ」

「なぜ?」

「なぜってこともないけれど、なんだか、影が薄くなるような気がして……」

大助は女の顔を見た。妙なことをいう。山の娘のいいそうなことではなかった。大助の視線をうけとめて、女は、またほほ笑んだ。

「あんた、薄情らしいから、好きだわ。なんとなく、また会いそうな気がするの。虫が知らせる。あたしの虫の知らせ、そりゃあ、よくあたるのよ。名前はそのときまでお預け……。そのときは、あなたも名前を教えてくれるわね?」

大助は、黙ってうなずいた。

女もそれきり黙りこんで、食事を整えた。無言でいる女は、ゆうべの記憶とは別人のような折り屈みのよさを、時にしめす。大助は、ふと思った。これは武士の娘に違いない……。


山の午前の陽ざしが、中庭いっぱいに明るかった。この山城で育って、ひとに馴れたサルが一匹、百日紅の低い枝をあぶなっかしく渡っている。その枝には白い小さな花が、まだ残っていて、サルが隣りの松の枝にとびうつるはずみに、はらはらといくつか散った。

今朝は機嫌のいい主は、しばらくそれを眺めていたが、急に顔をむけて、座敷の隅にひかえている家臣にいった。

「それで、佐助はどうした?」

家来は妙な顔をした。主が佐助などと、名で呼ぶことは珍しいのだ。たいがいは、猿、猿、と呼ぶ。たまに、飛猿、と呼ぶときは、すでに機嫌のいい証拠だった。佐助と呼ぶのを聞いたのは、今日が初めてかも知れない。

「さあ、どういたしましたか? いまお話し申しあげたように、わたしを助けにとびだしてくれまして、それぎり、まだ、顔を見ておりませぬので……。帰ってはおりませぬか?」

蜘蛛《くも》六は、せむしの背をいよいよ小さくまるめて、主の顔色をうかがった。しかし、この顔色はうかがいようがない。紅く塗った山神の仮面でおおわれて、ただまっ紅な木彫りのなかに、目が濁っているだけなのだ。

顔ばかりではない。身につけているものも、すべて血で染めた紅装束だった。それが脇息にもたれているすがたは、見るからに異様だった。仮面の下の顔といっても、癩病で見るかげもなく朧みくずれているのだから、表情など、うかがうすべもない。ただ声と身ごなしのなかに、その日の機嫌を探るより、しかたがないのだった。

「帰っておらぬようだ」

と、鬼塚大内記は首をふった。大内記という名では通りが悪いが、紅面夜叉といえば、知らぬもののない恐しい人物。それがさすがに今日は、虫のいどころも悪くないらしい。もっとも、木曽の山里に知れわたった美人を、内室に迎える晴れの今日だ。むしろ、当然というべきだろう。

「どうしたのかな、猿のやつ」

蜘蛛六は首をかしげた。

「月に浮かれて、木の枝をわたりあるいたまま、どこぞへ行ってしまったのだろう。猿めが……。大切な役目も、そばからわすれてしまう男だ。あの役立たず！」

首をすくめて、風むきが悪くなったぞ、と蜘蛛六は思った。夜叉どのは猿のこととなると、不思議なほど容赦がない。おなじ主人と家来でも、肌のあわない、というやつがある。猿はきっとそれなのだろう。いくら一所懸命にやっても、ほかの者ほど褒められたことがない。佐助も損な性分の男だ。もっとも佐助が悪いのか、夜叉どのが悪いのか、それはわからないが……。

「今日はさいわいに天気もよく、めでたいことでございますな」

と、蜘蛛六は話題をかえた。

紅面夜叉は、異形の顔をやや仰むけたまま、

「なにが、めでたい」

と、にべもない。

「いえ、本日は殿の御婚儀でございますから……」

せむしは自分の背中の瘤のうしろに、隠れたそうな顔つきだった。

「ふん、めでたがってばかりもいられまい。蜘蛛六、ゆうべ弾正屋敷を見張っていて、なにも感じなかったか？」

「はあ、別に変ったことは……。ただ今日の輿入れに備えて、女どもが忙しく立ちはたらいておりました。ほかには、最前に申しました女が、穴山岩千代のもとへ出かけた様子。これは手前が帰れぬようにいたしおきましたが……」

「そうか」

と、夜叉はまた庭に顔をむけて、しばらくしてから、独り言のようにつぶやいた。

「おれの疑心暗鬼であってくれれば、それにこしたことはない」

「なにかお考えが?」

　蜘蛛六が膝をすすめる。

「いや、なんでもない」

と、首をふってから、紅面夜叉はいった。

「だがな、蜘蛛六。お前どう思う。弾正のやつ、おれが娘をくれという申し出に、どうしてああも簡単に、首を縦にふったものか……」

「それは殿の御勇名に、それと手を結べば、木曽に恐るるものはない、と考えたからでございましょう」

「おれの武勇の名?　それだけだろうか、弾正の目的は。おれはそうは思わない。あの親爺、どうして、単純な男ではあるまい」

「……と申しますと?」

「目的はほかにあるのだ」

　紅面夜叉は、静かに立ちあがった。廊下に出て、松の木が中庭に落している影を見つめる。澄んだ秋空に、鳥の声が渡っていた。まっ白な綿雲がひとつ、獅子吼谷のほうへゆるく動いている。

「その目的というのはな。おれの金よ」

そういって紅面夜叉は、仮面の下で低く笑った。単調で不気味なその笑い声が、ひっそりした中庭にひびきわたる。松の枝の上で、サルがそれを聞いたらしく、きょとんとした顔を主のほうに向けた。

「蜘蛛六、そばへ寄れ」

「はっ」

せむし男は、毬のように進みよった。大内記は首をかたむけて、小声でなにかささやいた。蜘蛛六の太い眉が一本になって、低い鼻の穴が驚きのためにひろがった。

「それでは、弾正どのを！」

と、口走る肩を、紅面夜叉の手が軽く押さえて、

「これ、わめくな」

「でも、そのようなことをされますと……。いや、思いもかけぬお言葉なので」

「殺されるより、殺す。むこうがなにか企んでいるとしたら、先手をうたねば負けをとる。おれとあの親爺、親子としてやって行けると思うのか？　むこうも今夜すぐにでは

ないだろうが、おれの命を狙っているはずだ。その先をぐるとしたら、今夜のような機会はまたとない。むこうから、こちらの懐中へ入ってきてくれるのだからな。あとのこととなると、こちらから手勢を従えて、乗りこまなければならない……」

「しかし、祝言の夜に、父親が殺されたとなると、あの娘が……」

と、蜘蛛六も声をひそめた。

鬼塚大内記は、こともなげに笑う。

「相手は女だ。女は男しだいでどうともなる人形よ」

せむしは、廊下に目を落して、しばらく黙っていたが、やがて顔をあげた。

「わかりました。手はずを整えさせましょう。あちらへまいります」

「うむ、行くがいい。手はずは充分に整えろよ。事を一瞬に決するのだ。弾正に大声でも立てさせたら、もう上首尾とはいえぬ。まして卒塔婆いちまきの者が騒ぎ立てたら、話はうるさくなる。もっとも、騒ぎ立てたところで、この城のなか、大して恐るることはないが……」

「はっ、かしこまりました」

蜘蛛六は小腰をかがめて、大内記の前をさがる。盛りあがった瘤が、醜く揺れながら廊下を急いで行くのを見送って、紅面夜叉は座敷へもどった。脇息のわきの手文庫の蓋をはらうと、かがみこんだまま、錦の袋におさめた平たくまるいものを取りあげて、立ちあがった。

袋の口紐をゆるめて、取り出したのは、小さな鏡だった。夜叉はその冷水のように光る面に、山神の顔をうつして、じっと見入る。やがて裏を返して、浮彫の模様を指で撫ぜていたが、喉の奥で低く笑いながら、鏡をもとの袋へもどし、手文庫へおさめた。庭の松の枝から、サルがそれを不思議そうに眺めていた。

「弾正め、そなたの欲しいのはこれだろう」

夜叉は手文庫を見おろしながら、そうつぶやいた。それから、手をのばして、その手文庫をかかえあげると、大広間のほうへ歩いていった。

大広間では、今宵の婚儀の備えをするため、ひとの動きが忙しげだった。もう燭台が運びだされ、座敷の隅に整列している。女たちが頬を上気させて、大きな箱をかかえた躯を、行きかわしている。紅面夜叉は、指図をしている武士のひとりに声をかけた。

「まだ猿はもどらぬか?」

「はあ、まだもどっていないようですが……」

武士は、自分が不始末でもしたように、恐縮して答えた。紅面夜叉はちょっとうなずいてみせて、不機嫌に歩きだしながら、つぶやいた。

「どこをうろついておるのだ。あの馬鹿猿め！」


飛猿《とびざる》の佐助は、獅子吼谷を見おろす崖にそびえた大木の梢に跨がって、明方から動かなかった。

繁った葉に隠されて、下からいくら見あげても、小男のすがたを指さすことはできなかったが、上からはあたりの風物が思いのままだ。樹木の密生した谷の底も、手にとるようだ。深い緑のなかにまじって、もう黄いろくなった部分が、朝の光りに鮮かだった。ずっと離れたむこうの崖の中腹に、灰いろがかたまっている。それが、卒塔婆弾正の山城の石垣だ。目の下の道を木樵りがふたり、お喋りしながらのぼってくる。その話し声も、佐助の地獄耳はとらえていた。馬を曳いた男が、崖の下を通って行く。さらにその下の小川の岸には、子どもたちが五、六人、あつまって、はしゃいでいる。

佐助は、大きなあくびをした。それから急に気づいたように、鼻の脇に手をやった。すると小男の頬から、大助の目を驚かした癩病やみのくずれた形相が、ぱくりとはがれて、目の大きな愛嬌のある丸顔が、下からのぞいた。

明るい陽の下で見ると、これは兜の頰当だけをつけていたのだ。頰当は敵の矢や刀から、半面を護るためのものだが、そのほかにも相手をおどす役目がある。だから、単純な黒い鉄の頰当のほか、いろいろ工夫をこらしたものが多い。白い髯をうえたもの。金色に塗って、竜や夜叉の恐しい形相を打ちだしたもの。佐助のこれは、ひとを驚かす業病の半面を、鉄で鋳出して、腐れた皮膚のいろに塗りあげた精巧な細工だった。去年、殺した落武者から取りあげて、以来ずっと愛用している。

しかし、主人や朋輩の前では、決してかぶったことがない。癩病やみの主人にあてつけているようで、怒られるにきまってるからだが、これを佐助が気に入っている理由も、また、そこにあったのだ。佐助はどうしてだかわからないが、自分が主人から嫌われ、馬鹿にされていることを、よく知っていた。妙に気の弱いところのあるこの若者は、ひとのいないところで、主人とおなじ恐しい形相を、自分の顔にかぶらせて、悦に入っているのだ。自分では気づいていないらしいが、それがいわば、精いっぱいの、はかない反抗だったのだろう。

「あいつ、どこへ行ってしまったんだろう?」

佐助は頰当をふところにしまうと、あたりを見わたしながら、そうつぶやいた。

あいつ。それがだれだかは、わからない。ただ自分とおなじ忍者であることは、確かだった。ゆうべこの崖上で、気にかかる火縄の合図をしていたのを見とがめて、急いでのぼってきてみると、近づくこちらの気配を感じたのか、合図を切りあげ、逃げにかかった。おどろくほど素早い相手で、どうしても、追いつめることができなかった。こちらを見覚えられたとは思わないが、相手を見ることにも失敗した。

「だが、またなにか、やりだすはずだ」

なにしろ、合図は途中だった。ここに頑張っていれば、必ずまた、続きをはじめるに違いない。そう思って、大木の梢に陣を構えたのだ。ひとつことに熱中しだすと、ほかをわすれてしまう若者だから、主人の山城へ帰ることも、蜘蛛六がどうしたかも、考えなかった。もっとも、帰ればまた小言だ、と思うこころが、紅面夜叉のところへもどることを、わすれさせてもいたのだろう。

陽はだいぶ高くなったが、なにごとも起こらない。待つことの修業はつんでいるから、退屈もしなかったが、ちょいと気がかりになってきた。

「合図をあきらめて、逃げてしまったか?」

だが、佐助は頭をふって、心配を追いはらった。忍者が自分の役目を中途はんぱに、帰ってしまう道理はない。ゆうべの逃げっぷりから押しても、相当な練達者に違いなかろう。それが駈けだしの密偵のように、腰くだけをやる気づかいはなかった。ここから見わたせる範囲のなかで、必ず、なにか始めるはずだ。

「こうなったら、根くらべだ」

佐助は枝の上で、腕を組んだ。

秋の陽は、空で明るくかがやいていた。大きな綿雲が、もっくりした軀を、大儀そうに動かしている。ときどき、そのあたりから、黒い鳥の影が吐きだされて、泥絵具をぶちまけたように鮮かな樹林へ、斜めに落ちていく。崖道を辿る農夫の竹の笠が、白く光っていた。

むこうの山城の石垣のうしろから、薄いけむりがひと筋、ゆっくりのぼっている。光りの加減でけむりの白さが、濃く見えたり、薄く見えたりした。まむかいの崖の上に、鉾杉の林が黒い三角をつくっている。霧ガ窪の方角から、若い武士がひとり、歩いてきた。

「おや、あれはゆうべのやつだぞ」

と、佐助は目をまるくする。

「確か、大助……。そんな名前だったけ」

杉林のそとで、蜘蛛六を斬ろうとしたお節介だ。陽の下で見ると、ずいぶん子どもっぽい顔をしているが、なかなかいい男じゃないか。

「おれとおなじぐらいの年頃だろう……」

欛《つか》がしらを上に、鐺《こじり》をにぎって、大刀を肩にかついでいる。鍔もとに、網袋に入れた小さな荷をくくりつけているのが、ふらふら揺れて、あまりまともな人間のする恰好ではない。おまけにのんきらしく、まっ赤な柿をかじりながら、やってくる。

「変なやつ！」

佐助は見おろして、にやにやした。

大きな籠をかかえた山の娘がふたり、若者とすれちがった。娘たちは呆れた顔で、やりすごしてから、思わず吹きだした。それを怒りもせずに、振りかえると、柿の実をつかんだままの手で、合図をしている。もう午近いのに、お早よう、とでも、いっているのだろう。羨ましいくらい、屈託がなさそうだ。

「赤鬼嶽というのへ行く道は、これでいいのかい？」

友達にでも聞くような調子で、聞いている声が、耳にとどいた。娘たちがうなずくと、

「有難う！」

と、また手をふって、こちらへ近づいてくる。佐助のいる木の下まできて、立ちどまると、かじりおわった柿を投げすて、しばらく梢を見あげていたが、やがて大刀をかついだままの片手づかいに、身軽く枝へとりついた。

「おや？」

と、佐助は目を見はる。見つけられるはずはないので、上から目を光らしていると、ずっと下のいちばん太い枝の杈《また》に、両足をぶらんと垂らして、腰をかけた。そこで、なにかを待つつもりなのだろうか？

「なんだろう、こいつは？」

旅をしているらしいが、袴もはいていない着流しすがたは、のんきすぎる。なんとなく、気になるやつ。

ゆうべ闘った相手が、そんなことを考えながら、見おろしていようなどとは、夢にも思わぬ真田大助だ。手近かな葉っぱを一枚むしって脣にあてると、器用に鳴らしなが

ら、卒塔婆弾正の嫁入行列を、根気よく待つ気でいる。

梢の佐助は下を見おろしているので、注意が少しおろそかになった。そのときだった。羽音が聞えた。

大助は、はっとして、顔をあげる。一羽の鳥が矢のように、青空へ舞いあがるのが目についた。変だな、と思ったのは、その黒い足から、赤い布きれが、細くたれていたからだった。

「なんだろう？」

と、見あげる頭上で、ざわっと葉がさわぎ、するどい光りが、斜めに宙を流れた。そう思ったとき、鳥は急に勢いを失って、激しい重量にひかれるように、草むらへ墜ちていった。突然、不運な翼にくわえられたその重量は、通常、死、と呼ばれているものだったろう。

「手裏剣だな！」

だれか梢から、それを飛ばしたのだ。大助は太い枝に立ちあがって、上を見あげる。その目前をかすめて、黒い影が地上にとびおりた。と思うと、たちまち斜面の草むらへ走りこんだ。

「忍者だ！」

大助も急いで枝からすべりおり、そのあとを追った。頭のなかをゆうべの相手が閃めいて過ぎる。だが、草むらに踏みこんでみれば、もうあたりは、しんと鎮りかえって、ものの気配さえ、そこにはない……。

「こんどこそ逃がさぬぞ！」

飛猿の佐助は、背を隠す草むらを、懸命に走った。

「待て！　畜生め……」

遠くからは、ひと筋の風が、草むらを軽くそよがして行くように、この力走が見えた。

だいぶ離れたところで、もうひと筋、風が草をそよがしているが、距離はなかなか縮まらない。少し腹が立ってきた。相手の足に、もう疲れが見えてもいいころだ。

忍者だとて人間に変りないのだから、速力を限度まであげれば、持続時間は正比例して減るものだ。足のはやさでは自信の佐助を、しかも、追われる者の焦燥もあるだろうに、こうまで持ちこたえる相手。そいつは、どんなやつなんだろう？

はっとして佐助は、大地を蹴った。草の根のあいだに、折りたたみ自在の堅木をひらいた足搦みが、仕掛けてあったからだ。ちょっと身を屈ませれば、仕掛けられる道具とはいえ、こうした場合にそれを活用する余裕があるとは、いよいよもって油断がならない。

「よし、見ていろ！」

佐助は速度をましながら、帯のあいだの火筒をぬくと、発火装置をかみきって、さっと抛げる。それは風と駈ける相手の前に落ちて、轟音とともに薔薇いろの火花を散らした。敵の速度がわずかに弱まる。その機を狙って、見えぬ標的に手裏剣を飛ばした。むこうからも手裏剣がうなってきたが、これは双方とも、むなしく草のなかに落ちた。だが、相手のふりかえって手裏剣を投ずるわずかな動作が、その速度に与えた影響は、ふたりの距離を、ぐっと縮めた。佐助はついに、相手のすがたを草中に見さだめた。

「しめた！」

と、佐助は心に叫ぶ。敵は総髪をうしろで結んだ瘠せぎすの男だ。優秀な忍者であることは、そのしなやかな背にも見てとれる。相手にとって不足はない。

距離もよしと、佐助は得意のくさりを飛ばす。しかし、敵の見事な跳躍はそれをかわして、一間ばかり横へとんだ。そして、ぴたっと動きがやんだのは、逃げきれぬと観念して、正面から闘う気になったのだろう。

「よし、来るならこい」

と、立ちどまったところに、草むらは終って、雑木林がそこに枝をひろげていた。瞬間、相手の軀がふたたび躍る。その手から尾を曳いてのびた一本の綱が、枝にからんで、吸いあげられるように、相手のすがたは樹上にあった。

「待て！」

佐助はするどく叫ぶと、飛猿の異名をとった身の軽さ。たちまち、林中のひと枝に駈けあがった。枝を移る相手に追いすがって、手裏剣の雨をそそぎかける。それをあやうく避けた相手は、急に木の幹をすべりおりると、はじめて口をひらいた。

「若僧、なかなか達者だな。卒塔婆弾正に飼われているのか？　名はなんという？」

「聞きたかったら、先に名のるものだ」

枝の上から佐助は叫んだ。

「おれの名か？　いまはいえない。ゆっくり業くらべがしてみたいが、その暇もいまはない。いずれ顔をあわす折があるだろう。勝負はそのときのことにしよう」

「待て！　逃げるのか。卑怯だぞ……」

「はははは、素人のようなことをいう。忍者の世界では、その言葉に非難の意味が、ないことを知らぬのか？」

濃い眉の下に、切長の目がするどい。薄い脣に冷笑が浮かんで、左右の袖を、つと胸に合わせたかと思うと、たちまちふところのあたりから、白い霧がただよいだし、見る見る瘠せぎすの長身をつつみ隠して……。

佐助が歯がみとともに飛びおりたときには、いちめん、はいひろがった霧のどこにも、相手の蒼白い顔は見あたらなかった。

「やあ、来たな。あれがそうだ」

大助は、枝の上で身を乗りだした。

草むらに消えた黒い影をあきらめて、もとの枝にもどってから、どれくらいの時刻がたったろうか。少し退屈してきて、どうせ御大層な行列で練ってくるのだろうから、近づけば気配でわかる、とたかをくくった居眠りを、あぶなかしく空中ではじめたものだ。

馬の首につけた鈴の音が、若者の夢をやぶったのだろう。目をひらくと、華やかな行列が、こちらへのぼってくるところだった。

　三間柄の槍の列が、中天の陽にきらきらと光っている。まっさきに立った槍の武者たちは、どれも頑丈そうな軀つきだが、もともと野武士の集まりだけに、身なりは不ぞろいなところもある。それでも精いっぱいの晴着を飾った男たちのあとに、数頭の騎馬武者がつづき、そのあとから、虎の皮で飾った白馬が一頭。馬上に傲然と髭をなびかしているのが、卒塔婆弾正に違いない。

　黒塗りの笠の下に、赤銅いろの大きな顔が、迫らず微笑をたたえている。齢は五十がらみだろう。まっ黒な筆の穂を逆立てたような眉。胡桃をはめたようなかたい目が、ぎらっと光る。鼻翼の張った大きな鼻の下に、赤い口がゆったりと、今日ばかりは機嫌がいい。そのうしろがまた野武士たちで、次は徒歩の侍女だ。それから、馬上に横すわりの花嫁御寮。

「あれが香織という娘か。はてな、どこかで会ったような気がするが……」

　と、大助は見まもって、首をかしげた。

「だが、なるほど、こりゃあ、美しい。紅面夜叉というのが、どんな人物かは知らないが、癩病やみの奥方にするのは、もったいないな……」

香織は馬上に、白い顔を伏せている。

着飾って、今日を晴れと粧ってはいるものの、すすんでした化粧ではないのだろう。悲しげに伏せた長い睫毛も、ひとしお哀れなのだ。華やかな化粧手綱と飾り鞍が美しいだけに、浮き立つ嫁入行列のこのあたりだけ、薄暗く悲愁の雲がたれさがっているようだった。

「……岩千代さまは、どうなされたろう？」

香織は、そればかりを思っている。脣をかみしめていないと、嗚咽が外へ溢れそうだった。岩千代のもとに、昨夜やった侍女のひとりは、とうとう帰ってこない。なにか恋しいひとの身の上に、異変があったのではあるまいか。息をのむようなことも平気でやる父だけに、娘ごころは重い不安に屈するのだった……。

蝸牛角上争《かぎゅうかくじょうそう》

「お鈴さん」

声をかけられて、すすぎものをしていた女は、顔をあげた。霧ガ窪をめぐって流れる小川に水は澄んで、弱い陽ざしを金いろに砕いている。

「お鈴さん、三平はこなかったか?」

ふりかえると、瘠せぎすの武士が立っていた。いつの間に、きたのだろう。日中のわずかに霧の薄れる一刻だったが、影のように立った男の背後に、お鈴の住いは、また朧ろな白さへ、とざされはじめている。

女は腰をあげた。男とむかいあいに立ちながら、

「来ていませんわ。この二、三日、顔を見せないの。どうしたのかしら?」

「そうか」

と、男はうなずいた。頰の肉の薄い面長な顔に、眉ばかりが濃く太い。その下に切長な目が、するどく光っている。やや大きめな口が、しかし、脣は薄く、意志的にむすばれて、なんとなく憂鬱な冷たさを覚える顔立ちだ。

「もし、三平がきたら、伝えてくれ。おれはさきに赤鬼嶽へ行っている、となﾞ
「はい、わかりました。紅面夜叉のところですね？　今日は弾正の娘との婚礼の日ですけど、なにかちょっかいでも出すんですか？」

「いや……まあ、聞きたかったら、三平にたずねるがいい。変な若僧に邪魔されて、ゆうべから、連絡がうまくとれなかった。おれのことだから、邪魔されても、やるだけのことはやったのだが、三平がうまくのみこんでくれたかどうか……。では、頼むぞ」

いうだけいうと、男はもう足早に歩きだして、たちまち、そのうしろすがたは、霧に見えなくなってしまった。お鈴はうなずいて、見送ってから首をすくめた。霧隠才蔵という男は、どうも虫が好かない。木曽から飛驒へかけて、名の通った密偵なのだそうだが、ひとを馬鹿にしたようなところが、嫌味だった。蒼白い顔を見ても、冷酷そうに光っている目をのぞきこんでも、この男、なにを考えているのか、いっこうにつかめないのが、お鈴のような女には、苦手なのだ。というより、いくら色っぽい目つきをしてみても、まるで反応をしめさないのが、癪にさわる原因なのかも知れない。だいたい霧隠才蔵は、すこしばかり変っていた。このへんの山大名とは違って、ちゃんと徳川将軍から、所領を頂戴している大名たちが、家来にならぬか、と水をむけても、

「密偵というものは、決まった主人を持たないのが、本来とされておりますので」

と、あっさり断って、いまは恵那の山大名、上月玄蕃《こうづきげんば》のもとに、客分として足をとどめている。なにをその瘠せた胸のうちに企んでいるのか、わからないのは、お鈴ばかりでなかったろう。

女はまた流れの岸にかがみこんで、すすぎものをはじめた。水にのって、紅い花がただよっている。霧の空で、馬の鳴く声が、尾をひいた。お鈴はふと、午まえにひとつ家を送りだした旅びとのことを思った。なぜ名も知れぬ若い客の顔を思い出したのか、自分ながら、わからない。たった一夜の客に、そんなためしは、かつてないことだった。ひとり笑いをもらすお鈴の背後に、足音が近づいた。

「なにを笑っているんだ?」

近づいてきた男の声がいう。足音だけで、それがだれだか、わかっていた。ほとんど、自分の亭主といってもいい男なのだもの。

「三平さん、どうしたのさ。二日も三日も、顔を見せないで……」

お鈴は立ちあがって、色っぽくにらんだ。

上月玄蕃いちまきの雨傘《あまがさ》三平は、照れくさそうに盆の窪を平手で撫でながら、

「そう怒るな。おれだって毎日、遊んでいるわけにはいかないからな。どうせ走り奴なんだから、追いつかわれるのは、仕方がない」

「すぐあんたは、意気地のないことをいう。蔭でくさってばかりいないで、派手なことをやっておくれよ」

「そりゃあ、おれだって考えてはいるさ。うん、そうだとも、いまだって考えてる。すばらしい大仕事なんだ」

「大きなことでなくてもいいから、分相応なことを、ちゃんとしとげてみせておくれな。……ああ、そうだ。さっき才蔵どのが見えたよ」

「なに、霧隠どのが？」

「さきに赤鬼嶽へ行っている、とお前に伝えてくれといって、すぐ消えてしまったけど……」

「そうか！」

と、雨傘三平は目をかがやかして、

「やはり、今日か。そうだろう。今日を逃がして、ほかに日があるわけはないからな。こうしてはいられないぞ、お鈴。さあ、一緒にこい」

「どこへ行くのさ」

お鈴は手をとられて、男の顔を見た。おどろきながらも、うれしかった。三平の目は、熱したように光っている。弱気な男が、こんな強い表情をしめしたことは、いままでになかった。

「なんでもいい。家へもどって、荷物をまとめとけ。ほんの手まわりのものだけでいい。おれたち、一緒に旅に出るんだ。お前はこんな陰気な霧ばかりのひとつ家から、とびだすのさ。おれは出世するんだからな。いいか、おれは仲間に才蔵どのの言葉を伝えて、大急ぎでもどってくる。それまでに、家をすてる気持になっていてくれ」

三平は、口疾《くちど》にまくし立てながら、ぐんぐんお鈴を引っぱって、霧のなかを歩いた。お鈴はあっけにとられて、口ごもりながら、問いかえした。

「どうしたのさ？　わけを聞かしておくれよ。ひとりで承知してたって、わかりゃしない……」

「おれはな、お鈴、大仕事をしてみせる。仲間を裏切るんだ。上月玄蕃がなんだ。霧隠才蔵がなんだ。今日までは、へいへい顎で使われてきたが、この雨傘三平の頭のよさを、今夜こそは見せてやる！」

三平は、ひっつったような笑いを、ひびかせた。

「知ってのとおり、今夜、紅面夜叉の山城は婚礼でごった返してる。上月玄蕃は、そこを狙って夜襲する腹なんだ。紅面夜叉と卒塔婆弾正。この邪魔者ふたりが祝い酒に酔っているところを、不意討ちに殺してしまおう、というわけさ。だがな。上月玄蕃の真の目的は、ふたりを葬ることだけではない。お鈴……」

と、目を光らして、

「どうして、あの食えない卒塔婆弾正が、美しい娘を、癩病やみにくれてやる気になったと思う？」

女は黙って、首をふった。

「謎だ。だれでも首をひねるだろう……。だが、おれはその謎を知ってる。弾正の目的は、金だ。紅面夜叉が、この木曽谷のどこかに隠してる莫大な黄金だ。弾正は美しい娘を餌に、あの癩病やみから、それを吐きださせよう、という腹なのだ。上月玄蕃の真の狙いは、それを横奪りしよう、というところにある。いいか、いまの世は金だろう。戦争も金のあるほうが、必ず勝つ。ひとりの軍師より、金のある商人ひとりのほうが、大事にされるのは、そのためだ。第一、金がなければ、武将を雇うこともできやしない。徳川家康がいまだ、豊臣の息の根をとめきれないでいるのも、大坂城の金蔵に、莫大な分銅流しの黄金が、夜泣きをしてるからにほかならない。どうだ。わかるか?」

三平は、息をついで、すぐつづけた。

「おれの大仕事というのはな。その金をどさくさまぎれの抜駈けに、頂戴してしまおう、ということなのだ。はははははは、面白いだろう。黄金がどこに隠してあるかを、しめす絵図がある。それを盗むのだ。その絵図がどこにあるか、だれも知らない。だが、おれはにらみをつけてあるんだ。霧隠が紅面夜叉の山城へ忍んだときの報告を聞いて、おれの頭には、ぴんときたのさ」

「どこにあるの?　それは……」

「紅面夜叉、鬼塚大内記がそばを離さぬ手文庫のなか、袋におさめた鏡がそれだ!」

「鏡?」

「あんな癩病やみが、手文庫に鏡をしまっているのは変だ。それでなければ、紅面夜叉が顔から離さぬ山神の仮面。このどちらかに、隠されている。おれがそうにらんだ目に、めったに狂いはないはずだ。どっちにしても、おれたちが斬りこんで、大騒ぎになれば、わかることだが……」

三平はお鈴の住居の縁に腰をおろして、誇らしげに胸をそらした。

「お前はおれと途中でわかれて、赤鬼嶽の裾の街道へ出る一本杉のところで待つんだ。おれは絵図を手に入れて、そこへ行く。そして、おれたちは江戸へ旅立つんだ」

「江戸へ？　どうしてさ」

「わからないのか？　おれの考えが。絵図を手に入れたところで、おれたちふたりきりで莫大な黄金が掘りだせるものか。まわりはぜんぶ、敵なんだからな……」

「そういえば、そうだわ」

「だからな、そいつを江戸へもっていって、徳川将軍へ売りこむんだ。そのほうがよっぽど確実だし、売りこみようによっちゃあ、大名になれないとも限らない」

「三平さん！」

お鈴は情に潤んだ目で、三平にすりよりながら、その手を握った。男の手は自分の企みに興奮して、わなわなとふるえていた。

「あたし、あんたを見直したわ……」

はじめて女の目のなかに、従順のいろを見た男は、その手を相手の肩に廻した。しなやかな胴がくずれるように、熱っぽく男の胸に寄りそって、かすかに開かれた脣は、もう霧の冷たさを追いはらっていた。


飛猿の佐助は、なんとはない不安を押さえきれなかった。まだ秋の陽にぬくもっている斜面の草に寝ころんで、ぼんやり空を眺めている。

陽は山の頂きに、いま沈もうとしていた。密生した樹林の、研ぎだしたような梢の一本一本が見わけられるほど、山は鮮かな影絵になって、それを落日の紅蓮の焔が縁どっていた。流れる雲は、金色のかがやきを与えられて、とまどっているようだった。ひと啖《くら》いにいく秋のカラスが、気負った声で叫んでいる。

佐助の横たわっている斜面の草にも、灰いろの影が生まれはじめた。草の茎を無意味にくわえたまま、目を閉じる。昼間の妖しい霧に隠れた顔が、暗いまぶたの裏に燐光を放ちながら、浮かんできた。

「あの男、なんのために、あんな合図をしてたのか?」

気になってしかたがないのは、そのことだった。あの男のいいぐさを思いかえせば、卒塔婆いちまきの者でないらしいのはわかる。となれば、いよいよ気になってくるではないか。

「口惜しい！」

と、佐助は脣を噛む。取逃がしたのが、残念でしょうがなかった。目をひらいて、若者は空をにらんだ。頭上の大空には、臨終の陽の光りが、黄金の征矢になって、幾筋も流れていた。

「もう帰らなければならないが……。嫁入行列は、山城にとっくに着いているだろう。そんな時分だ」

草の茎をくわえたまま、しょんぼりと立ちあがる。ゆうべから、まだ主君のもとに帰っていないのだ。その事実が、あらためて頭に浮かんだ。妙に、帰りそびれた気持だった。紅面夜叉の前へ報告にすわらなければならない、と思うと、佐助の足はすすまない。

「きっとまた、叱りとばされるだろうなあ。なんといって帰ろう……」

まったくもって、途方に暮れる。佐助は、考えこんでしまった。遊んでいたのではない、という自信はあるが、なんの報告するに足る事実も、つかんではいないのだから、疑われてもしかたがない。

「いやだなあ、帰るのは……」

と、声に出して、つぶやいたときだ。むこうの峠の頂きに、ひとすじ細く白煙が立ちのぼった。耳がかすかな爆発音を、敏感にとらえる。頭からいままでの心配が、ふっとんだ。五体に緊張が、さっと走る。

「はじまった！」

と、佐助は叫んだ。

なにが始ったのかはわからない。ただあの霧に消えた男の合図が、なんらかの結果となって、暮色の空に白くたなびいたのだ、ということは疑えなかった。

佐助はふところから、癲病やみの頰当をとりだす。それをかぶると、もうそこに立ったのは、主君の叱責を恐れる気弱な男ではなかった。飛猿の佐助は細い杣道づたい、峠をめざして、疾風のように走りだした。

走る。走る。足が地を踏んでいるとは思えない速力だ。凄じい勢いに、草が揺れる。草がなびく。流れをとび、岩をおどり越え、林に入れば枝から枝へ、異名そのまま飛猿のすがた。林は崖の上で、街道を見おろす梢をかたむけている。そこまできて、佐助の跳躍は、はっととまった。なにを見たのか？

目の下を、一隊の人馬が進んで行く。槍の穂先が夕闇のなかに、かすかなきらめきを見せていた。騎馬武者の背に、旗じるしが夜風をはらんでいる。その旗じるしは、紺の地に赤い三日月を浮かせたもの。佐助は、愕然と口走った。

「上月玄蕃だ！」

頭が忙しく廻転する。この武装の野武士たちが、なにをめざして進軍しているのか？考えるまでもないことだろう。とすれば、昼間の忍者こそ、上月玄蕃のもとに客分の身をとどめている、あの有名な霧隠才蔵に違いない！

佐助はふたたび枝から枝へ、もと来たほうへ疾風の行動をはじめる。一刻も猶予はできない。婚礼でごったがえしているだろう赤鬼嶽の山城へ、この一大事を知らせなければならないのだ。佐助は、自分の全能力を、二本の足に集中した。

走る。走る。走る。街道へ出れば道が平坦なだけに、速力も増して、突っ走る。

「大変だ！　大変だ！」

だが、なにが大変なのか？

上月玄蕃の夜襲を、紅面夜叉のもとへ急報しなければならない、と思う。

しかし、そのあと、どういうことが起こるかについて、佐助はなにも考えていないのだ。華燭の宴はたちまちに、修羅の宴と化すだろう。浮き足立った赤鬼嶽の山城は、上月玄蕃の精鋭に、もみつぶされてしまうかも知れない。

だが、それがどうだというのだ。

佐助のこころには、ただ弾正の娘のことだけが、浮かんでいた。

「香織どのが気の毒だ」

と、思う。穴山岩千代との仲を裂かれ、恐しい癩病やみのもとへ嫁す晩に、このような修羅の宴にまきこまれるとは！

佐助と岩千代とは、子どもの頃からの仲好しなのだ。人外の鬼の息子、と子どもたちからさえ、白い目で見られ、遊び相手とてなかった岩千代。そのころは小助といったが、佐助だけはよくその小助と遊んだ。それぞれの主人が違ってしまったいまは、以前のように親しい往来こそなかったが、それでも、岩千代が弾正の聟になるだろう、という噂を、いちばん喜んだのは、佐助だったことだろう。

「岩千代のやつ、どうしたか……」

そんな考えが、疾駆する頭にひらめいた。いつしか、月がのぼっている。

タヌキの化けた赤い月。

前方に、馬を飛ばして行く影が浮かんだ。

「だれだろう？　上月玄蕃の手のものか？」

目をこらして、追いすがる。追いすがる。馬上の黒い人影が、だんだんはっきりしてきた。それは、今もいま、佐助が考えていた相手、穴山岩千代の六尺豊かな長身ではなかったか！

佐助は、ぐっと足をはやめる。距離を見はかる。大地を蹴った。ひとっ飛びに馬の臀にとびのると、佐助は叫んだ。

「岩千代、おれだ！」

「おお、佐助か」

「どこへ行く」

疾駆する馬上で、ふたりの声が飛びちがう。

「貴様のところへ」

「赤鬼嶽の城へか？　なにをしに？」

「死ににに行くのだ！」

手綱をあやつる岩千代の頬に、淋しい笑いが浮かんで消える。

「なにをいう！　岩千代」

「紅面夜叉のもとへ斬りこんで、香織どのを手にかけ、自分も死ぬつもりなのだ。愚かだと思ったら、笑ってくれ。佐助」

「馬鹿なことを考えるな！」

「馬鹿は自分で知っている。最初は嫁入行列を途中で襲って、香織どのを奪おうか、とも思ったが、昨日までの自分の仲間を、手にかけねばならぬことになる、と思ってやめた。おれに残された手段は、大内記の城へ斬りこむことだけじゃないか……」

「よし、行くのはかまわん。しかし、死ぬなんて考えはすてろ。香織どのをまもって、あの城をぬけだすのだ。いま一大事が起ころうとしている。恵那の上月玄蕃が、夜襲してくるのだ」

「なに！」

と、岩千代は、馬首に身を沈めたまま、口走る。声をさらって行く風のはやさ！

「上月玄蕃が夜討ち。ほんとうか、それは」

「嘘をいってなんになる。いま城は婚礼でわきかえっているだろう。不意討ちをくったら、大変なことになるぞ」

「弾正どのは気づいていないのか？」

「どうして気づく？　みんな、なんにも知らずに、酒に浮かれていることだろうさ」

月光のなかを、馬はひた走りに走る。走る。樹木が風に鳴って飛びすぎる。街道は疾風を起こす四つの蹄の下に、つぎつぎ、たぐりこまれていく。

「岩千代、もっと急がせろ。構わず城のなかへ走りこめ。おれが大声で触れるから、怪しまれることはない！」

「よし、わかった！」

佐助は頬当をはずして、ふところへ入れる。目の前の岩千代の肩で、革鞭の黒い柄を飾った黄金《きん》の十字架《クルス》が、小さくきらめき躍っている。

道は上りになった。馬の速力が衰える。岩千代は手綱を鳴らす。馬は白く泡をかんで、道を蹴立てた。両側の立木の枝が、狂ったように悲鳴をあげて、うしろへ、うしろへすっとんで行く。赤い月も空でゆれて……。

山城の門が前方に迫る。佐助は大声で叫んだ。小さな軀ぜんたいが、声帯になったかと思われる大声だ。

「門をあけろ！　佐助だ！　飛猿の佐助がいま帰った！　門をあけろ！　一大事だぞ」

ふたりを乗せた馬が、矢のように近づくと、門は大きく左右にひらいた。

「一大事だ！　上月玄蕃が夜討ちをかけてくるぞ！　不意討ちをねらって、襲ってくるぞ！」

佐助の声は、ひとびとを、いかに愕然とさせたことだろう。

その声を耳にして、暗い石垣の上から、すっくと軀を起したものがあった。目の下を走りすぎる馬に、目をこらす。それは、真田大助だった。大助は、にやりと笑って、つぶやいた。

「あのふたり、ひとりは穴山岩千代だ。もうひとりは、飛猿の佐助と自分でいっている。こりゃあ面白いことになったぞ……」

華やかに燭台の灯が連なって、大広間は真昼のように明るかったが、その明るさも、香織のこころは照さなかった。香織は、自分の手に載せられた朱塗りの杯を、ただ策寞と見つめている。まわりを冷たい風が吹きわたっているようだ。大広間のにぎわいも、香織の耳には聞えなかった。

「いや、めでたい」

と、父がいっているのだけが、わずかに聞えた。だれのことをいっているのかしら。なにがいったい、おめでたいの？　香織は顔を伏せたまま、そう思った。大勢のなかにいながら、心はひどく孤独なのだ。

だが、そうした思いにはお構いなく、杯に酒はそそがれる。酒のなかに広間の灯のいろが揺れて、にじんだ。あるいは目に浮いた涙が、そう見せたものか？

「このお酒、飲まなければならないのだわ」

しかし、飲みたくはなかった。いや、香織には、飲めなかった。

これは、普通の酒とは違うのだ。これを飲むということは、自分のこれからの生涯を、いま隣りにすわっている男の胸に、ゆだねる意味を持っている。隣りにすわっている男の胸に、自分をゆだねる。そんなことが、できるだろうか？　隣りにすわっているのは、岩千代どのではないのだもの……。

香織には父の言葉に、言葉をもってさからうだけの勇気はなかった。母というものを、遺見の懐中鏡でしか、しのべない娘にとって、父は世界であり、太陽だった。世界が間違ったことをしようとは、思われない。太陽が無道を強いようとも、思われなかった。だから、父の言葉にそむいてまで、岩千代を慕う自分が、淫らな女なのかも知れなかった。いけない親不孝娘なのかも、知れなかった。しかし、どうしようもないではないか！

香織には、この杯をあげることが、どうしてもできないのだ。手がふるえる。

「どうなされました？」

と、酒瓶を持った紅面夜叉の侍女が、小声でいった。香織は、ただ黙っている。

「これ、どうしたのだ？」

父も静かなうちに怒りを匂わせて、声をかけてきた。家来たちまで、心配げにこちらを見ていることだろう。香織は、顔があげられなかった。むなしく時が移るばかり。いつまでも、こうしていられるものではない。もう覚悟を決めなければならないのだろう。

道はふたつしかなかった。ひとつは、杯の酒を飲みほす道。それは岩千代をあきらめることだ。恐しい癩病やみの妻になることだ。残るひとつ。それは死への道であった。ここで舌を嚙みきって、自分の命を絶つことだ。命が惜しいとは思わない。ただもう一度、岩千代の顔が見たかった。あの長身の胸に、頬を埋めたかった。

「けれど、それもかなわぬ望み……」

香織は、舌を噛もう、と心を決めた。もともと岩千代との仲を裂かれた日から、はんぶん死んだような自分だったのだ。ただ父が迷惑するだろうと思う遠慮と、もう一度、恋しいひとに会える折があるかも知れぬと、はかなくかけた期待。それが自害に傾くこころを、わずかにささえていたにすぎない。

「すみませぬ。父上！」

香織は、胸のなかで叫んだ。

「さようなら、岩千代どの！」

いま死ぬのだ、と思うと、肌を冷たい汗が流れる。乳房の谷間をそれが伝う。香織は思い出した。その新鮮な女の果実に、やんわり押しあてられた男の手を……。

人間の記憶を再生する装置は、死の到来する直前、その頭脳のなかで、すばらしい速度の廻転を起こし、わずか一転瞬のうちに、生涯の絵巻を、生命の灯の消えて行く眼前に展開するという。それに似た作用が、いま香織の脳裏に、起こったのかも知れない。

その目は、かがやく夏の空を見た。その耳は、楽しげな小鳥たちの声を聞いた。空には仔ネコのような雲が白い。足もとには小川が、珠の触れあうようなひびきもさわやかに流れている。川のむこう岸に、岩千代が立って笑っていた。香織はこちらで、地踏鞴《じだんだ》をふんでいる。いつもの他愛ないいいあいがつのって、いいまかされた香織がすねてみせると、そんならもう自分は帰る、と岩千代は急に小川のむこう岸に、身軽くとび移ってしまったのだ。

小さな流れだが、女にとべるほど狭くはない。岩千代は、ほんとうに帰ってしまいそうなそぶりを見せた。木樵りさえあまり通わぬ山奥の林で、ほかには侍女ひとり連れてもいない。

香織がいくらいっても、岩千代は笑っているばかりなのだ。とうとう泣き声まじりに香織は怒って、裾の濡れるのもかまわず、流れにふみこんだ。岩千代が手をたたいて、それを笑う。香織はようやく男の前に立つと、目を光らして相手をにらんだ。上気して怒りのためにかすかに小鼻のひらいたその美しい顔と、激しく波うつ胸に、近ぢかと迫られて、男はただ黙っていた。香織もなにもいえず、男の目を見つめている。

やがて、岩千代は静かにしゃがみこむと、懐中から出した布で、香織の濡れた足を拭いた。男の手を素足に触れさせたことは初めてだったが、香織はかがんだ男の肩に手をついて、されるままになっていた。岩千代は水のたれる裾を、手早くしぼってくれた。足は膝のあたりまで濡れている。男の手がためらいがちに脛に触れたとき、香織はゆえしれぬ涙にむせんだ。悲しかったわけでもない。なぜの嗚咽かわからなかった。

はっと立ちあがった岩千代の胸にとりすがる。なにかいいたいのだが、なにをいっていいか、わからないのだ。自分は、なにかを望んでいる。だが、それを言葉の上に、行動に、どう現したらいいのだろう。香織は男の胸のなかで、とまどいながら、

「岩千代の馬鹿！　岩千代の馬鹿！」

と、子どものように繰り返した。その肩に、男の腕が強くまわされる。抱きしめられて、息苦しい。しかし、その息苦しさから、逃げたいとは思わなかった。

香織の肩はふるえている。その肩を押しやって、顔をあげさせると、岩千代は女の潤んだ目を見やった。かすかに含羞《がんしゅう》の睫毛をそよがして、男を見あげる女の目のかがやきは、妖しいばかりだった。女が愛する男を見まもるときにだけ、その目にともる黒真珠の不思議な蠟燭の灯で、それはあった。声なく無限の愛をささやいている脣は、かすかに開いて、濡れた珊瑚のように鮮かだった。

香織は迫ってくる男の息に目をとじた。脣が熱いもので塞がれる。生れてはじめての

経験が、血の流れになって、かっと軀中をかけめぐった。胸が大きくあえぐ。岩千代の脣は、六月の風のようにさわやかだった。若者らしい力強さで押しあてられた脣から、きらめくような風のひびきが、香織の全身に快く伝わった。もうどうなってもいい、と思う。痛いほど締めつけている男の腕にも、頼もしさが感じられた。この胸のなかにいれば、どんなことが起こっても安心に違いない……。

ふたりは、陽ざしの匂いのする草のなかに、横たわった。仰むいている香織の胸のたかまりに、岩千代の手がやわらかくのせられる。香織はその手の上を、さらに自分の手で押さえると、首だけをねじむけて、男の顔を見つめた。ふたりはそのまま、化石したように動かなかった。ねじむけた首すじの痛みも覚えなかった。ふたりは互いの顔立ちのすべてを、記憶の感光紙へうつしとろうとでもするように、いつまでも、いつまでも、無言で見つめあっている……。

こうした記憶が一瞬に、眼前をよぎったのだ。舌をかみきる心がくじけ、香織の喉を熱いものが逆上した。

「ああ、わたしは死ねない。死にたくない。もう一度、岩千代どのの腕に抱かれるまでは、死にたくない……」

だが、生きて行くには、この杯を傾けなければならないのだ。それでも、生きていたいのだろうか？

「生きていたい！　岩千代どのに会えるなら、この身はどんな恥も忍ぼう」

紅面夜叉の妻になった自分を、岩千代はふた心の女と蔑むかも知れない。それもいいではないか、死んで二度と岩千代に会えないよりは。

だれもが知ってくれなくてもいい。自分だけは知っているのだから、香織は穴山岩千代の妻なのだ、と。

「申しわけがありませぬ。あの、手がふるえたものですから……」

目の前に酒瓶をささげた心配顔の侍女にいって、香織は顔をあげた。その顔はいままでにない意志の強いかがやきに、息をのむほど美しかった。その手はいまはためらわずに、杯をあげる。

杯の縁が脣に触れようとする瞬間、

「待て！」

するどく叫んだ声があった。

「その杯に異存がある！」

はっとして座中の目が、声の主をもとめた。いつの間に、入ってきたのだろう。大広間のはじに、六尺豊かな男の影。

すすっと四、五歩、広間の中央へすすんだかと思うと、右足を大きくふみだし、右手は高く肩にのびる。瞬間、その肩にからみついていた黒い蛇のようなものが、しゅっと伸びて宙を走った。黒い閃光が、香織のまっこうにとんだと見ると、その手から杯が離れていた。杯は黒い蛇が宙にえがく曲線に乗って、一廻転すると、酒を振りまいて畳に落ちた。男が最初に、待て、と叫んでから、杯が畳に落ちるまで、瞬きをひとつするほどの暇しかなかったろう。

かがやく燭台の列のなかに、六尺を越す長身がぬきんでて、真紅の陣羽織は、あざやかに灯に映えた。二丈はあろう革の鞭が、畳を不気味にはっている。右手に握った鞭の柄に、小さな黄金《きん》の十字架《クルス》が、きらきら揺れる。

「なにものだ!」

紅面夜叉が立ちあがった。その声で驚愕からさめたように、香織は自分の手の杯を、鞭を飛ばして奪った男の顔を見た。涙に曇った目が、幻を見たとしか思えなかった。だが、すぐそばで父が確かに、そのひとの名を叫んでいる。これは現実なのだ。香織は、ふらっと立ちあがった。

「穴山岩千代！　なにしにきたのだ」

卒塔婆弾正の顔は、怒りに赤く燃えあがり、額にふくれあがった筋だけが、奇妙に白い。岩千代は油断なく鞭をかまえて、近寄りながら静かに答える。

「香織どのを守護するため……」

「なにをいう！」

「殿、こうしている場合ではありませんぞ。大内記どのもお聞きなさい。恵那の上月玄蕃いちまきが、婚礼の騒ぎを狙って、夜討ちをかけてきます。すぐ備えをしなければ、もう先鋒のやってくる時分ですぞ」

「なに、上月玄蕃が！」

弾正と紅面夜叉は同時にそう口走って、顔を見あわした。大広間に連なった重臣たちも、口ぐちになにかを叫びだし、燭の炎さえ緊張した。

「まことか、それは？」

弾正がするどく問いかえしたとき、高い天井からクモでも落ちてきたように、ふわりと座敷へ降り立った小男が、紅面夜叉の前に手をつかえた。

「佐助、いまもどりました。上月玄蕃の夜討ちの軍勢、確かにこの目で、見とどけてまいりました。上月いちまきの客分、霧隠才蔵が合図をするのを見とがめ、それを追いまわして、ようやく夜討ちの軍を確かめ、いま急報に駈けもどったのです」

「うぬ。小癪な上月玄蕃め。弾正どの、返り討ちにしてくれよう！」

と、紅面夜叉が叫ぶ。まっ紅な仮面が激怒にふるえて、異様だった。弾正も大きな目をむいて、

「いうまでもない。われわれを甘く見おって！」

と、うなずきかえす。

「みなのもの、すぐ合戦の仕度にかかれ！」

紅面夜叉は広間を見わたして、そう触れてから、弾正を見かえった。

「さあ、こちらでお仕度を。蜘蛛六、御案内せい」

せむし男が先に立つのへ、弾正は髭をゆるがせて大跨に従った。紅面夜叉が、それに続きながらいう。

「佐助もこい。それに、穴山岩千代どのか、お手前もこられい」

だが、にわかに緊張した大広間のなかに、ただふたり、すべてをわすれて立ちつくし

ている男女には、その言葉も聞えなかった。

岩千代も、香織も、さっきの位置に立ったまま、互いの顔を食入るように見つめている。ふたりの唇は、ひとかけらの言葉にも動かされなかったが、互いがなにをいおうとしているかは、はっきりとわかっていた。その目には、ふたりのあいだにあるなにものも、見えなかった。その耳には、周囲の騒ぎもとどかない。ただ恍惚と互いの顔を見つめ、無言のささやきを聞いているのだ。

「お嬢さま！」

と、香織は侍女に腕をとられて、われに返った。侍女は小声で、

「さあ、こちらでお召替えを……。御心配なさらずとも、岩千代さまがお出でくだすったのですもの。大丈夫でございますよ」

と、ささやきながら、廊下のほうへ導いていく。香織は侍女の手をとどめて、ふりかえった。

「岩千代どのにきていただいて……」

と、離れがたい気持に、小さい声が恥ずかしげだ。しかし、侍女はあきれたように、

「なにをおっしゃいます。お召替えのお部屋に、男の方など……」

と、相手にしない。

岩千代は鞭をたれたまま、女のあとを追おうとしたが、その腕を、飛猿の佐助が押さえて、ささやいた。

「香織どのを連れ出す機会は、あとで必ずおれがつくる。いまは待て。殿が弾正どのとおなじ部屋で、仕度をするようにいわれるから……」

岩千代はうなずいた。鞭をたぐると右手に輪にして提げ、佐助のあとに従って、廊下をたどった。庭には人影が忙しげに行きちがっている。そこここに篝火が焚かれはじめて、月あかりの空へ、火の粉が金砂子を散らすように、舞いあがって行くのが見られる。山城のなかには、騒然と殺気がただよいはじめていた。さきほどまでの婚儀の華やかさは、もはや痕跡もとどめていない……。


五人は足ばやに、廊下をすすんだ。先頭の蜘蛛六は、今日を晴れの裃すがた。それだけにいっそう、せむしの瘤が奇怪に、あくどい色あいの縞を軀にはわした毒グモとも見えた。その蜘蛛六が立ちどまって、襖をあける。十畳ほどの座敷に、燭台が人待顔だ。

五人が入ると、蜘蛛六がまた襖をしめる。

紅面夜叉が、正面を指さした。そこには大きな熊の皮の敷物が敷いてあり、六曲屏風の金泥を背に、黒塗りの床几が一脚、おいてある。

「弾正どの。いや、父上とお呼びしなければ、いけませんでしたな。まずあれへ……。いま頃合の鎧を運ばせましょう」

佐助がいままで聞いたことがないほど、紅面夜叉の言葉は丁寧だった。卒塔婆弾正は、興奮に小鼻をひくひくさせながら、すすめられた床几に腰をおろした。その前に紅面夜叉は、立ったまま、動かない。佐助はふと、妙だな、と思った。

「鎧の胴丸は、殿も弾正どのも、それほど変らないようでございますな……」

蜘蛛六が愛想笑いに醜く顔を彩りながら、弾正に近よった。

「お見事な恰幅でいらっしゃる。まず大丈夫とは存じますが、念のため。ちょっと失礼をつかまつります……」

蜘蛛六が弾正の前に立ったときだ。六曲屏風が、ぐらりと揺れた。六面のひとつひとつが、くるっ、くるっと裏返る。あっと思う間に、そこから吐きだされた六人の武士が、弾正を押しかこんだ。そこにあったのは、六曲屏風ではなかったのだ。その一面ずつ離れたものを六人の武士が持って、屏風と見せていたのだった。

一瞬に事は決した。蜘蛛六と六人の侍が押しならんだなかでは、叫び声ひとつ起こらなかった。ただ苦悶の低い呻きが、それも数秒……。

六人の侍が現れたとき、不安を感じて、岩千代は一歩、踏みだした。紅面夜叉が、その前に立ちふさがる。差添えの鋭い刃が、心の臓を狙って、光った。佐助は思いがけない事態に、あっけにとられた目を見はるばかり。

七人が円陣をといた。こんどは、岩千代を取りかこむ。残された床几の上に、卒塔婆弾正は首をそらしていた。驚きに目はむかれ、脣は紫いろに変りかけている。黒く翼をはった髭が、なんとなく滑稽だった。その左胸に突っ立った鎧通しが、燭台の灯を吸って、ぎらぎらと凄惨な光を放ち、晴れの式服の上に、血が汚点をひろげて行く。

「大変だあ！」

突然、蜘蛛六が大声をあげて、しめきった襖をあけてまわった。

「獅子吼谷の御家中、大変だ！　弾正どのが、刺客の手にかかられたぞ。上月玄蕃のまわし者の手にかかって、落命された。刺客は穴山岩千代だ！　獅子吼谷を追われて、上月いちまきに寝返った裏切者の穴山岩千代だ！」

こちらへ駈けてくる足音が乱れる。岩千代は、驚いて叫んだ。

「なんと、理不尽なことをいわれるのだ、始終を見ていたわたしをとらえて……」

「ええ、つべこべいうな。神妙にしろ。ひっくくって、血祭りにあげるのだ！」

六人のだれかが、そう叫ぶ。こう取りかこまれては、得意の鞭も使えない。岩千代は歯がみした。額に怒りの筋が青く走る。

「うぬ。計ったな！」

卒塔婆いちまきの幾人かが、蜘蛛六の声に駈けつけて、弾正の変ったすがたにうろたえまわっている。だが、蜘蛛六のすがたは消えていた。返り血に汚れた衣裳をかえるため、いつの間にか、この座敷を出て行ったのだ。

「岩千代を庭へ引っ立てろ」

卒塔婆いちまきの駈けつけたひとりが、六人の侍といっしょに叫んだ。紅面夜叉は座敷の隅に立って、じっと騒ぎを眺めている。その全身まっ紅なすがたが、燭台のゆらぐ灯に不気味だった。山神の紅い仮面の下で、その口は笑っているのではあるまいか？

すくなくとも、佐助はそう信じた。小男の丸顔は、いつもの血色のよさを失って、青い桃のようだった。立ちすくんだまま、大きな目が弾正の屍骸を見すえている。それが突然、口走った。

「畜生！　おれはこんなのは嫌いだ。大嫌いだ！　やるならもっと、はっきりやってくれ。殺したのは、岩千代じゃない。そこで笑っている紅面夜叉が、蜘蛛六にいいつけてやらせたのだ！」

「なにをほざく。猿めが！」

紅面夜叉の叱咤が飛んだが、佐助にはもうそれも怖くなかった。

「なにが猿だ。おれをそう、軽く呼んでもらうまい。猿だの、飛猿だのと、貴様たちから馬鹿にされ、追いつかわれてきたが、おれだってもう一流の密偵なんだ。飛騨で名高いのが霧隠才蔵なら、おれは木曽の飛猿、いや、猿飛佐助だ。猿飛佐助は、嫌いなものはいやだというぞ。おれは、このやり口が嫌いなんだ。だから、岩千代の味方をする。おれと岩千代とは、子どもの頃からの仲好しだ。黙って見ていられると思うかい！」

「うぬ。この気違い猿を斬りすてろ！」

紅面夜叉の命令に、抜刀した二、三人が佐助を囲んだ。囲まれたなかで、明るい笑いが爆発する。

「昨日までのおれとは違うぞ。馬鹿にしてかかると大間違いだ。貴様たちは、昨日まで見ようともしなかったが、この猿飛佐助には、これだけのことができるのだ。今日こそ、それを拝ましてやる！」

いいもおわらず、凄じい電光が座敷にひらめき、落雷に似た音響が、襖をふるわしたかと思うと、佐助の周囲は、白煙で湧きかえった。抜刀の男たちは目をおおって、立ちすくむ。

続いてまた、こんどは岩千代の周囲に電光が走り、轟音とともに白煙が湧く。もうもうたる煙りのなかで、武士たちは互いに相手をさぐりあった。

「どこだ、佐助は？」

「岩千代を放すな！」

だが、どなりあうだけ無駄だった。もうふたりは、こんな座敷にいるはずもない。

佐助は廊下を先に立って走りながら、両手に握った発煙筒の燃えがらを庭へ抛げすてた。庭は篝火で明るかった。ひとが走って行くのは、その方角の木戸まで、もう上月いちまきが押しよせているのだろう。佐助と岩千代は、ひと気のない大広間を走りぬける。

「香織どの！」

岩千代が叫んだ。廊下のむこうが騒がしかったが、この叫びにこたえる声はない。ふたりは座敷をいくつか駈けぬけ、女部屋へつづく廊下に出た。

「香織どの!」

こちら側の庭には、人影がなかった。泉水のありかは、月の光でそれと知れるが、立木の蔭は闇が濃い。その濃い闇から、いきなり男がひとり、廊下へとびあがると、佐助の前に、大手をひろげて立ちふさがった。

「ちょいっと待った。お前は飛猿の佐助かい?」

と、餓鬼大将のような口調で聞く。焦立って、佐助は答える。

「飛猿ではない。今夜から猿飛佐助だ!」

「なるほどね。そのほうが語呂がいいや。ところで、ゆうべの顔はどうした? あれは仮面だったのかい?」

佐助は、相手の顔を思い出した。

「ゆうべのやつだな、大助とかいった。なんの用だ? 勝負のつづきなら、あとにしてくれ。いまは駄目だ」

真田大助は、人懐っこく笑いながら、うなずいて、

「うしろのお方は初めてだが、それはそっちだけのこと。こっちは、名前も顔も、よく

知ってますよ。穴山岩千代どのでしょう？　わたしは大助という風来坊です。以後、御別懇に……」

　と、頭をひょっくりさげる。

「ところで、あんたがたは、香織さんという娘さんを探しているんでしょう？　そのひとなら……」

「どこにいる！」

　と、佐助が急きこむのを、大助は手で制して、

「まあ、あわてなさんな。かみつかれるのかと思ったぜ。急いては事をしそんじる、といって、六日のアヤメ、十日のキクになっても大変だから、すぐ行っておあげなさい。香織さんはいましがた、お附きの御婦人連といっしょに、せむしに案内されて行った。なんでも裏山の間道へ逃げるのだそうだけど、わたしの見たところでは、そっちの木戸にも、上月玄蕃は手勢を置いてますよ」

「それはいかん。岩千代、急ごう！」

「うん」

　と、走りだすふたりを、大助も追いながら、お喋りはやめなかった。

「お邪魔かも知れないが、わたしも行こう。実はね、岩千代どのがその鞭を使うところを、ぜひ拝見したいんですよ。怒っちゃいけない。これがわたしの持病なんですな。変ったものは、なんでも見たがり、聞きたがる。こないだなんか、モグラモチとカラスが、どうしてだか喧嘩してるんです。最初、土手の上にカラスがおりて、いつまでも動かないんで、変だな、と思ったんだけど、とうとう半日の余、眺めくらして、勝負なし。さすがに我ながら、あきれました」

と、ひとりで笑って、

「しかし、今夜の上月いちまきの夜襲のしかけかたは巧い。ねえ、猿飛どの、こりゃあ、だれか忍びの達人が指揮をとってるんじゃないんですか?」

岩千代でも追える速度で、長い廊下を走りながら、ふりかえりもせず、佐助は答えた。

「飛騨の霧隠才蔵が敵方にいる」

「霧隠が……そりゃあ、会ってみたいな。名前だけは聞いている。うふん、こりゃあ、いよいよ面白いところへ飛びこんだものだ」

と、しまいのほうは口のなかで、独り言だった。にやにやしながら、ついてくる大助を、いい気なものだ、と佐助は癪にさわってきた。いったい、どういうつもりなのだろう。この風来坊、なにか目的があるのだろうか?

そう考えている佐助の目が、庭を見た。こちらへ走ってくる女のすがたがうつる。三人は庭へ飛びおりた。女たちを護る武士たちは、上月いちまきの数に押されて、だんだん追われてきているのだ。佐助は蜘蛛六の影をもとめたが、見あたらなかった。

「香織どの!」

岩千代は恋しい相手を呼びながら、敵のなかに走りこんだ。その手の鞭が風に鳴る。たちまちひとりが額を割られて、のけぞった。返る鞭が、左手の男の刀をはじきとばす。

「見事!」

と、かたわらで大助が叫んだ。大助も抜刀して、身近なひとりを斬ってすてる。

庭は平坦とはいえないし、庭木も入りくんだ影をつくっている。その庭木の枝から枝へ、佐助は風のように渡って、上月玄蕃の手勢を悩ましていた。枝の上からふる白刃が、きらきらと光る。そのたびに血がしぶいた。

岩千代は松の大木を背に、位置を構える。抜群の長身は、そのまま動かなかったが、手の鞭は生きもののように、縦横にひるがえった。右に飛んで、ひとりの咽喉をしめあげたかと思えば、左に躍って、ひとりの足を逆さにすくいあげる。そのたびに、柄を飾る黄金《きん》の十字架《クルス》が光って揺れた。

「手強いぞ。槍でかかれ」

と、敵のなかから声があがる。

「おう、心得た！」

と、答えてすすみ出た男があった。そのときには、松の大木を中心に、岩千代の鞭のとどかぬあたりを、二十人ばかりが遠巻きにして、近づく者もなかったのだ。それをひとり、赤柄の槍をしごいて進みでたのは、腕に覚えがあるのだろう。髭面の肥った男だ。

髭面は足をひらいて、三間柄の槍を、岩千代の胸につけた。岩千代は、それに右半身をひいて、斜めに構える。右の手首をわずかに動かすと、鞭の先が、前後に大きく弧をえがいて、ぱたり、ぱたりと大地を叩く。円陣が見まもり、息をのむなかで、ぱたり、ぱたりと鞭のおどる音だけが、近づく死神の足音のように不気味だった。髭面の槍の穂先が揺れ、息がだんだん荒くなった。

ぱたりぱたり音はつづき、鞭の先がえがく弧は、だんだんに大きくなる。髭面の目には、その鞭の音と動きが気になって仕方がなかった。腋の下に冷たい汗がたまり、岩千代を見る目がおろそかになる。

そのとき、岩千代はいままでの右斜めの構えを不意にくずすと、右足の位置はそのまま、左の半身を一歩ひいて左斜めに構えた。この動きは、髭面を狼狽させた。動いたと見るや、槍をしごいて突っ込んで行った。岩千代の鞭が黒く光って、空を大きく斜めに流れる。

次の瞬間、髭面は地にうずくまっていた。鞭の先に仕込んだ錘《おも》りが、その頭を打ったのだ。槍の柄はふたつに折れ、穂先のついたほうは、岩千代の足もと近くに突っ立って、ささくれた柄の折れ目をふるわしている。

「岩千代どの！」

と、だれかが呼んでいる。折れて突っ立った槍を見つめていた岩千代は、顔をあげた。いまのは、大助とかいう変な若者の声らしい。そうだ。こうしてはいられない。香織どのを探すのだ。

岩千代は鞭を頭上にかざすと、風車のように振りまわしながら、二十人ばかりの敵の円陣へ駈けこんだ。鞭は長身の頭上に、半透明の黒い円光をかけて、風のうなりが凄じかった。

「わあっ！」

と、恐怖の叫びをあげて、円陣はひらく。岩予代は鞭を頭上ばかりでなく、前後左右にも廻しながら、敵中をすすんだ。泉水のそばで、大助が五、六人を相手にしている。

「おお、岩千代どの。ここはわたしと猿飛にまかせて、あなたは屋敷のなかをもう一度、探したほうがいい。香織どのはまた、なかにもどったらしいぞ……」

「かたじけない。ここはお願いする！」

岩千代はそう叫んで、走りぬけた。それを追おうとするひとりの胴を、大助の刀が見事に払った。じゃりっと骨の切れる音がして、よろめく腹から勢いよく血が噴きだす。

「見ろ！　貴様もこんなになって死にたいのか」

大助は叫んで、斬りかかってくるひとりの刀を、右にはじき返し、刃をひるがえすと、よろめく相手の右肩を割りつけた。返り血が顔にかかって、生臭い。倒れた男の軀を踏んで、ふたりの敵が押しかえす。流れる血潮で、足がすべった。しめた、と右のひとりが斬りこんでくるのを、片膝ついて前にかがむ。敵は刀身がのびすぎて、大助の背に横からおぶさった恰好になった。その手をとらえて、立ちあがりざま、泉水のなかへ抛げこんだ。どっと水音が立ち、月光が縮緬のように泡立って……。

大助は急に身をひるがえすと、屋敷のほうへ走りだした。横あいから、白刃片手に走り寄られて、はっと思えば猿飛だった。

「見ろ！　敵は城へ火を放ったのだ」

と、空を指す。なるほど建物の茅葺屋根の一部が、妙に赤い。城といっても、小さな山城。城と屋敷のあいのこのようなものだから、火をかけられれば、廻りは早いだろう。

「火事だあ！　火事だぞお！」

大助は興奮して、血刀をふりまわしながら、廊下へ飛びあがった。

祝融跳梁《しゅくゆうちょうりょう》

「はてな?」

霧隠才蔵は、蘇芳染の忍び装束につつんだ長身を、そっと襖の外に寄せると、首をかたむけ、耳をすました。

「確かに、ここにいるはずだが……」

才蔵は夜襲の軍勢をひきいれたあと、ずっと紅面夜叉から目を放さなかったのだ。それが予定の時刻に火を放つため、ちょっと目をそらしているあいだに、どこかへ行ってしまったのだ。

めぼしい部屋は、ことごとく探した。座敷うちや庭でくりひろげられている乱戦など、どうでもよかった。才蔵に必要なのは、紅面夜叉だけなのだ。狙った獲物をひとに先んじられたら、飛驒の才蔵の名にかかわる。この名高い密偵が、今夜の夜討ちの先乗りを買って出たのは、恩や義理のためではない。自分の利益のためだった。霧隠才蔵の目的もまた、紅面夜叉の秘蔵する黄金だったのだ。卒塔婆弾正がそうだったように。上月玄蕃がそうであるように。また、才蔵こそ知らね、雨傘三平がそう大言したように。

才蔵の魚のそれのように冷い目が、焦燥を深く隠して、きらりと光った。いきなり、襖をひきあける。

「しまった！」

座敷のまんなかに、俯伏せに倒れているのは紅面夜叉だ。背に鎧通しが、弾正を殺すに用いたとおなじ兇器が、皮肉にも刃を光らして食入っていた。紅い衣裳の上に、血は黒くにじみだしている。顔からは仮面がはがされ、醜くくずれた形相があらわだった。紅面夜叉は脇息を押し倒し、蓋をはねた手文庫にのしかかっている。

「仮面は？」

才蔵は部屋のなかを見まわした。埋蔵金の絵図の隠し場所は、紅い仮面か、手文庫のなかの鏡、とにらんでいたのだ。だが、仮面はあった。部屋の隅にふたつに割れて、転がっている。

「鏡だ、やっぱり！」

手文庫のなかを探ってみたが、手に触れるものはない。しまった、と脣を噛んだ。

「だれかに先を越されたのだ」

だれだろう？　飛騨の才蔵の鼻を、見事にあかしたやつは……。

才蔵は立ちあがると、いまいましげに屍骸の肩を蹴った。まだ暖かい。殺されてから、間もないのだ。鏡を盗んだやつも、そう遠くへは行っていまい。

霧隠才蔵は、さっと部屋を飛びだして、もう白く煙りのまわりはじめた廊下を、一枚の黒い紙片が風に送られるように、走って行った。

残された紅面夜叉の屍骸が、かすかに動いている。この悲運の山大名の肉体には、まだわずかな生命の灯が消えのこって、瞬きなやんでいるらしい。くずれた顔の脣のあたりが、ときおり引きつって見えた。

あけはなしの襖から、うっすらと朽葉いろの煙りが流れこんだ。遠くでぱちぱち火のはぜる音も聞える。足音がして、この座敷をのぞきこんだものがある。

「やあ、紅面夜叉も、ここで最期を遂げたか！」

屍骸のそばにかがみこんで、片手拝みに念仏を唱えたのは、真田大助だった。返り血だらけの、紅面夜叉と間違えられそうなすがたで、白刃をぶらさげている。

「こういうとき、清海入道がいると便利なんだがな」

と、つぶやきながら、立ちあがろうとしたときだった。紅面夜叉の口から、かすかな息がもれて、それが、言葉のようにも聞える。

「まだ生きているな。おい、しっかりしろ。なにかいいたいことがあるなら、聞いてやるぞ」

大助は、紅面夜叉の肩をゆすった。あいまいな言葉が、耳にとどく。くずれた顔からは、目をそらしながら、大助はそれを聞いた。

「か、が、み……。鏡か？　うん、わかった。手文庫のなかにあるのか？　待ってくれ。おかしいな。そんなものはないぞ」

大助は、手文庫のなかをのぞきこんで、いった。

「なに？　盗まれたのか？　それを取りもどせ、というのだな……」

どうやら、もう目の見えぬ紅面夜叉は、大助を家来のうちのだれかと思っているらしい。

「そんな鏡が、それほど大切なのか？　どうしてだ？　え、おい！　しっかりしろ！

もう少しだ。最後までいえ。鏡になにが隠してあるのだと？　聞えない。おい、もう少しだから頑張れ！　うん、金を、黄金を……」

大助の顔が熱心になって、紅面夜叉の上にかたむいた。やがて、聞きおわると、大きくうなずく。

「よし、わかった。承知したぞ」

大声でいうと、それが聞えて安心したのだろうか、紅面夜叉の首は、力なく横をむいた。


襖に火が移っている。座敷のなかは、奇妙に煤けた明るさで、浮きあがって見えた。天井を濃い煙りが、渦をまいて匍っている。建物のあらゆる部分を侵蝕しつつある猛火が、ここでも不気味な歯音を聞かしていた。その歯音は、墨絵の虎をえがいた襖の裾を、犯しはじめた。

ばりばりという音が、かすかにしていたかと思うと、襖紙の下半分に、茶褐色の翳が大きくひろがった。翳の裾のほうの茶いろが、しだいに濃くなったと見る間に、まっ黒な口がぽっかりあく。その口から、白茶けた炎の舌が匍いだした。炎の舌は見る見る朱のいろを増し、じりじりと黒い翳をひろげて行く。朱いろの炎は、ある大きさまでひろがると、突然、ぼっと紅蓮の業火を燃えあがらせる。墨絵の虎が黝《くろ》ずんで、のたうちまわる上を、めらめらと八つに裂けた炎の舌がなめて行く。

襖紙はほとんど燃えつき、ところどころ大きく穴があいた。その穴を火勢の起こす風が、ごうっと凄じくうなりすぎる。襖の両面に、かわるがわる穴から舌をのぞかす炎は、遊びたわむれてでもいるようだ。穴からのぞかす舌のいろは、風に煽られて、真鍮いろにかがやいている。そうした真鍮いろにかがやき澄んだとき、炎は音を失うようだ。もはや骨組ばかりになった襖をめぐって、無数の小さな宝剣のような火尖きを、いっぽうになびかせている炎は、寂然と美しい。だが、それも一瞬、襖の骨は火の玉となって飛散り、炎は床にくずれるのだ。床の上敷から狼火《のろし》のような煙りが立って、焔はつぎの獲物にとびついて行く……。

穴山岩千代は、長身をふたつに折って煙りをさけながら、部屋から部屋へ走ってきた。

「香織どの！」

叫んでは走り、走っては叫ぶ。

だが、燃えさかる業火のなかに、こたえてくれる声はなかった。

「香織どの！」

座敷のなかは、目もあてられない。燭台があちこちに倒れている。三宝や酒瓶が転げ、その上に血をぶちまいて、仰むけに武士がひとり、斬られている。部屋を斜めに祝い幕がひきちぎられ、紅白のすがたを横たえて、その上にも血が飛散していた。そして、床の中央には、抜身の大刀が突っ立っている。

それらのものの、近づく猛火の光りで、影を失った白っぽさに浮きあがって見えるのが、悪夢のなかの地獄風景のようだ。

正面の襖が炎ばかりになって、いま向う側へ倒れようとしている。次の部屋の床の上に、白い女のすがたがくずれ、煙りのひまに見えがくれした。岩千代は、はっと目をこらす。女の上へ、火の襖が倒れかかった。

一瞬、岩千代は鞭を振った。二丈の鞭は、さっとのびて、襖を手前にひきもどした。それが無数の炎むらと化して散る上を躍り越え、岩千代は女のそばに身をかがめる。

「香織どの！　しっかりしろ！」

抱きおこした女の顔は、探しもとめるひとのものだった。狂喜して岩千代は名を呼び、躯をゆすぶった。死んではいない。煙りにまかれて、気を失っているだけだ。

「香織どの！　わたしだ。岩千代だ！」

女は男の腕のなかで、かすかに目をひらいた。自分がだれに抱かれているかを知ると、夢ではないかとすがりついて、むせぶ涙に言葉もない。

「気を確かに！　もう岩千代はあなたを離さない。さあ、一緒にここを落ちのびるのだ」

ふらふらと立ちあがる香織の胸から、袋に納めたまるく平たいものが落ちた。女はあわててひろいあげ、

「お母さまの遺見のだいじな鏡……」

と、つぶやいた。

力ないその躯を小脇きに抱きよせ、蒼黄いろく渦まく煙りをくぐって、岩千代は廊下へ出た。廊下の片側には座敷が並び、片側は鼠いろの壁だった。進んでいく目の前に、天井に吊した器物が火を噴いて、落下する。ふりかえると、ただ一面の煙りのなかに、猛火の舌がひらめいていた。岩千代は脣をかんで急ぐ。

「待て！」

目の前に、壁から湧いたような人影が立った。はっと足をとめる岩千代に、その黒い影がいった。

「女をおいて行け。さもないと命がないぞ」

低い声には、威圧が陰に籠っている。

岩千代は一歩、あとへさがった。

「女をおいて行け！」

「いやだ！」

と、いいはなった岩千代は、眼前の相手を、霧隠才蔵という恐しい男とは知らない。

だが、知っていたところで、返事はおなじだったろう。

才蔵は、ぱっと大刀の鞘をはらった。岩千代は香織をかばって、じりじりと後退する……。

猿飛佐助は白刃を片手に、中庭の土塀の上を、ネコのように背をまるめて、走っていた。

頭上には高原の夜空が、水のように澄んでひろがり、ところどころに薄鼠いろの雲が、濃淡をまじえて浮かんでいる。月は大きく、いよいよ赤く、不吉な兆しのようにかがやいていた。その気違いじみた空の下に、紅面夜叉の山城が船形に棟をそらした茅葺屋根を並べている。屋根と壁とのあいだから、骨灰いろの煙りが吹きはじめた。戸障子をあけはなして見通しの屋内には、炎の朱と煙りの白が巴になって荒れくるい、それと消えのこった篝火とで、中庭は真昼のような明るさだった。

乱闘は中庭から土塀のそとへ、しだいにところを移し、いまは上月勢の優勢が、自分の手のひらを見るように明らかだ。火のいろに染められた赤鬼となって、駈けちがう武士たちのなかに、佐助は友の顔をもとめて走る。

六尺を越そう長身は、遠くからでも見わけられるはずだが、それらしい影にはなかなかぶつからない。土塀を疾走するすがたを見とがめられたか、風を切って矢が飛来した。左手に握った六尺の鉄ぐさりをふって、佐助はその矢をふりかえりもせずに叩きおとすと、ぱっと中庭へ飛びおりた。佐助にはもう、ここに味方はいない。かかってくるもの、全部が敵だ。

「岩千代！」

と、大声で叫びながら、真正面からむかってくるひとりを、右手の大刀で胴斬りにした。同時に左手のくさりで横手の敵の刀をはじきとばすと、いま倒した屍骸を躍り越えて走りだす。二、三人が追いすがってきた。

「待て！」

声といっしょに一本の棒が、足のあいだを狙って、飛んでくる。

「馬鹿！」

と、背後へふったくさりに、獣のような悲鳴がからんで、手ごたえがあった。もうその瞬間に、佐助の軀は庭木の枝を踏んで、さらに五間の幅を跳躍すると、屋形の板庇の上に立っていた。

板庇の上を身をかがめて走る手に、白刃がきらめく。それを目あてに、矢があとから、あとから飛んできたが、走る速度はそれを追いつかせなかった。

「岩千代！」

するどい声が中庭にひびきわたる。

「佐助だな？」

と、こたえる声があったが、岩千代のものではない。

「おう、大助か！」

見ると、目の下に頭から血をあびた大助が、四、五人に囲まれて、元気に白刃をふっている。返り血のなかに白い歯を見せて、こちらをむいた。その隙につけこむ槍を、ぱっとかわすと、千段巻を握って叫ぶ。

「ちょうどいい。刀が刃こぼれして、弱っていたとこだ。これをもらうぞ」

右手の大刀を相手の胸に抛げつけて、槍をもぎとる。相手は大刀を胸に立てて、のけぞる影が松の蔭に落ちこんだ。大助は槍を斜めに頭上に構える。そのかたわらに佐助は、ぱっと飛びおりた。

「どうした！」

「どうしたも、こうしたもない。我ながらよく軀がつづくよ。明日は軀が痛んでかなわんだろう。女のところへひと月、居続けをしたぐらいのことはある。明日のお天道《てんと》さまは黄いろく見えるぞ」

と、まだ馬鹿げた口をたたく大助だ。

「冗談じゃない。岩千代を知らないか？」

そういいながら、佐助はくさりを飛ばして、ひとりを倒した。

「知らん。おれも心配しているのだが、こいつらがうるさくて……」

「よし、おれはむこうを探すぞ」

「うむ、おれはあっちを探そう」

ふたりは同時に、得物をふるって走りだした。あとにふたりの上月勢が、ひとりは佐助の大刀に頭を割りつけられ、ひとりは大助の槍に胸板を突きあげられ、きりきり舞いして倒れかかる。

「逃げろお！　命の惜しいやつは逃げろお。女房に未練のあるやつは寄るなあ！」

頓狂な声をあげながら、大助は槍をふりふり、乱戦のなかを駈けぬける。土塀の門を走りだし、さらに走って、石垣の上に出ると、ほっと息をついた。

ふりかえると、屋敷の船形屋根に、炎の舌が舐いはじめた。いよいよ、落城が近いのだ。

「そう思っても、感慨もわかないな。もともと他人の城だし、城とはいえないちゃちな代物だよ」

と、血生臭い唾を吐いて、目の下を見た。

むこうの原のはずれに林を背にして、騎馬武者が三騎、門のほうを見ているのだろう。静かに話しあっているのが、普通の武士とは思えなかった。

「あれが上月玄蕃だな」

そうつぶやいて大助は、石垣を簡いおりはじめる。長いことかかって片闇づたいに、騎馬武者三騎のうしろへ廻った。ここなら話もよく聞える。

まんなかの狐づらが、上月玄蕃だろう。横柄な調子で、いうのが聞えた。

「どうした。例のものは手に入ったか？」

「はっ、それがいまだに見つかりませぬ。大内記、弾正の両人の落命は確かですが……」

と、左側のが答えている。

「両人の命もだが、あれが手に入らなければ、今夜の夜討ちも意味がなくなる。才蔵はなにをしている。雨傘三平はどうしたのだ。まごまごすると、絵図は灰になるぞ。その方、行って指図をせい」

承って、左側のが走りだした。

大助には、玄蕃がなにを話しているか、見当がついた。こいつの目的は、あの埋蔵金なのだ。だが、こう話しているところを見ると、問題の鏡はまだ手には入っていないらしい。するとﾞ、盗んだのはだれなんだ？

「よし、もう一度、なかへもどろう！」

大助の頭に、ひとつのいたずらが閃めいた。

にやりと笑って、槍をあげる。目の前の玄蕃の馬の大きな臀に、さっと槍を抛げつける。同時に大地を蹴って、その馬にとびついた。

馬はひと声いなないて、狂ったように走りだす。うろたえて手綱をしぼろうとする玄蕃の両腕を、大助の若い腕がしめつける。馬は真一文字に城門さして、土を蹴立てた。

大助は、玄蕃の背にぴったり胸を押しあてて、相手の胴にまわした片腕が、鎧通しをさぐりとった。それを玄蕃の胸に擬して、

「上月どの、騒ぐと、こいつが胸に刺さる。もっともこれじゃあ騒げもしないだろうがね。おれの行きたいところまで、観念して相乗りとおしゃれなさい。気違い馬の道行きも変っている。話の種になりますよ」

臀に傷を負った馬は、ふたりを乗せて、武士たちが、わあっと道をひらくなかを、一散に城門を走りぬけた。坂道を駈けあがり、土塀の低いところを躍り越えて、中庭を走る。走る。

大助の胸に、玄蕃の胴ぶるいが伝わった。たえきれなくなったと見えて、玄蕃はしわがれ声の悲鳴をあげた。

「とめてくれえ！　助けてくれえ！　許してくれえ！　助けてくれれば、金をやる」

大助は、大声で笑った。

「行先は火事場だ。どこかで、自然にとまりますよ。おれはこのへんで、おろしてもらおう。ああ、そうだ。槍をなくしてしまったから、あんたの刀を借りてくぜ」

玄蕃の腰につるした太刀の欛《つか》を握ると、片手で庭木の枝をつかんだ。大助と太刀とを枝に残して、玄蕃と馬は走りさった。

大助は枝から飛びおりると、腹をかかえて笑ってから、燃える屋敷に駈けよった。廊下に飛びあがると、座敷のなかは火の海だ。頭上で、ごうっ、ごうっと屋根がうなっている。

「こりゃいかん。間違うとこっちの命がふいになる」

そうつぶやきながらも、この若者は、家へ帰ればよそ行きの命がいくらでもある、とでもいうのだろうか。廊下をかがんで走って行く。立ちどまって大きく叫んだ。

「猿飛！　岩千代！　どこにいるんだあ！」

岩千代は鞭を構えて、後退して行く。

香織の軀が腕に重い。煙りが目さきを妨げる。霧隠才蔵は、白刃を低くつけて迫ってきた。片側の座敷では、炎が歯音を立てて、欄間に食いさがろうとしているのだ。

「女をおいて行け。おれもこんな危いところで、争いたくはないんだ。女をおいて、早く逃げろ！」

「いやだ。この女は、おれの命。貴様などにわたしてたまるか！」

「女がお前の命だと？　ふん、青臭いことをぬかす。それならいって聞かそう。おれの欲しいのは、その女の軀じゃないんだ。そのふところの鏡なのだ。鏡をおいて行けば、お前たちは見逃がしてやる。それではどうだ？」

才蔵はさっき廊下の天井にへばりついて、香織が鏡を落すところを見ていたのだ。手文庫から鏡を盗んだのは、この女だったのか、と合点がいった。やはり卒塔婆弾正の目的も、この埋蔵金だったのか、と笑止だった。

「鏡？」

と、岩千代が問い返す。才蔵はうなずいた。

「鏡だ。その鏡をおれにわたせ！」

　このとき、香織は目をひらき、その言葉を耳にはさんで、激しく首をふった。

「いや、いや！　この鏡はお母さまのただひとつの遺見です。わたすのはいや！」

「聞く通り、鏡をわたすのは嫌だそうな」

　と、岩千代はいった。

「あらためて、おれからも断る」

「ほざいたな！」

　才蔵の白刃がひらめいた。

　岩千代は鞭の柄で、その一撃を払いのけた。

　追いかけて、二の太刀が襲いかかる。岩千代は、すっとさがって、鞭をふった。鞭は才蔵の右手にからみつく。

「しめた！」

「なにを、小癪な！」

　才蔵は右手を高くあげる。その軀が、くるりうしろへ一廻転した。あっと思ったのは、堅くからんだはずの鞭が、だらしなく廊下に垂れたことだ。岩千代は、ふたたび鞭を取りなおす。だが、それより早く、相手の白刃が頭上に襲いかかった。

「南無三」

岩千代は観念した。もう駄目だ、と思った。頭上で鋼がじんと鳴った。しかし、香織といっしょなら、死んでも悔いない岩千代なのだ。もともとこの山城を、ふたり手を取りあっての死場所、と乗りこんできた自分ではないか。鞭を放すと、山刀の欛に手をかける。

だが、不思議なことに、白刃は落ちかかってこなかった。岩千代はすぐ鞭を手に、立ちあがった。自分と敵とのあいだに、黒い影が立っている。

「岩千代、香織どのを連れて早く逃げろ。裏門のほうが、いまは手薄だ。ぐずぐずしてると、屋根が焼けおちる」

右手に白刃、左手に鉄ぐさりを握って、それは猿飛佐助の声だった。

「すまぬ！」

「ここはおれが引きうけた」

さっきの頭上のひびきは、敵の刃を佐助のくさりが払いのけた音だったのだろう。岩千代は香織を助けて、

「霧隠才蔵！　昼間の勝負のかたをつけてもいいぞ」

と、叫ぶ佐助の声を背に、ごうっと屋根に鳴る炎の下を、走りだした。

「じゃまだ！　どけ！」

才蔵が片手なぐりに斬ってかかる。佐助は、ぱっと飛びしさった。

「昼間は貴様が、霧隠とは知らなかった。今度はおれが名のってやる。貴様が飛騨の霧隠才蔵とぬかすなら、おれは木曽の猿飛佐助だ。覚えておけ！」

「木曽の猿飛佐助だと？　小癪な口をきく若僧だ。相手になって、きりきり舞いさせてやりたいが、おれはいま気がせいている。そこを通せ！」

「通りたければ、業づくで通ってみろ！」

「いったな。山ザル」

才蔵は煙りの吹きぬける廊下に立ちはだかり、白刃を低く垂れた。そのすがたは、ただまっ黒い影法師としか見えなかったが、やがて、吹きつける濁った煙りのなかに、その影はふたつに滲みだし、三つにわかれ、四つになり、またふたつがふたつに吸いこまれて、ふたりの影法師になるかと思えば、三つに重なり、怪しむべし、ただひとりの才蔵の影が、いくたりの影にでもわかれていくではないか。

佐助はしばらくにらんでいたが、大声で笑いだし、

「素人相手の目くらましはやめてくれ」

と、叫ぶと、手にしたくさりを宙にまわした。その先につけた発煙筒から、見る見る紫いろの煙りがふきだし、躍りくるうくさりにつれて、煙りは奇怪な模様をえがきだす。佐助はそれに隠れて、熱した天井をはうと、才蔵のうしろへとびおりざま、背後から斬りつけた。だが、そこに才蔵のすがたはなく、天井からのびた手に、佐助はたちまち抛げつけられた。

一廻転して降りたところは、燃える座敷のなかだ。たちまち、佐助はくさりをまわす。その先にすくわれた炎の塊りが、つぎからつぎと、才蔵めがけて襲いかかる。佐助をめぐって、小さな火の玉が、いくつも、いくつも、飛びくるって見えた。

「若僧。なかなか味をやるな。だが、もう構っている暇はない。先へ行くぞ」

と、才蔵が宙に手をふれば、その指さきからまたしても、妖しい霧がわきだして、たちまち、すがたは見えなくなる。

「しまった！」

と、追おうとすれば、前後左右、いずれからともなく手裏剣が雨と襲いかかり、佐助

は歯がみして、立ちすくむばかりだった。

棟をそらした大屋根いったいに、火は廻った。いまは建物ぜんたいが、巨大な炎となって燃えているのだ。小さな山城を押しつつんで、風はうなり、炎の腕が暴れまわる。ごうっと地軸も揺がそう風の音に、周囲の林は髪をさか立て、頭をふった。時ならず、地上に狂奔するこのにせの太陽に、夜空はたちまち白昼の空と化して、狂気の山鳥が飛び立って行く……。

こうなっては、もう敵も味方もない。裏門から群れをなして、逃げて行く人波にもまれながら、真田大助は振りかえって、城を見た。そこには巨大な紅面夜叉のすがたが、非業の最期を怨みのたうっているかのごとく、炎が無数の腕を天にのばして、もがいている。

「岩千代や、佐助はどうしたろう？　香織どのは無事かしら？」

そう思いながら、大助は山道をのぼって行く。

周囲のだれもが、熱病にうなされたような顔つきで、額を油汗に光らしていた。大助の顔も血と汗と煤と灰とで、どこが鼻やら口やら、見わけもつかぬほどだ。

「どうもいかん。とんだ大騒動に巻きこまれて、これでは色男も台なしだ」

抜身の太刀を肩にかつぎながら、大助は頭をふった。

「どう考えても、おれという男は物好きだよ。つまりおっちょこちょいなんだな。それも別あつらえの物好きで、桁外れのおっちょこちょいだ。だが、まあいいさ。お蔭でいろいろ面白いやつを知ったんだから……。虎穴に入らずんば虎児を得ず。虎の子が見たかったら、虎の穴へ行かなけりゃあ、ならないんだ」

そう思って、大助は大きく笑った。並んで上り道を急いでいる武士が、気味悪そうに顔をのぞいた。

そのときだった。背後で、ずうんと大地がのめったような音がひびいた。驚いて返り見ると、紅面夜叉の屋形が燃えつくして、いま紅蓮の屋根が焼けおちたところだった。火の神、祝融《しゆくゆう》はついに緋牡丹の巨口をひらき、この山城をのみくだして、その跳梁を終えたのだ。

くずれおちた屋形は、山道から見おろすと、厚い炎の絨緞を敷いたようにまっ紅だった。大助は片手を立てて、念仏を唱えると、また坂道をのぼりだす。

その目が前方に、あるものを見て、はっとした。なおも伸びあがって目をこらす。間違いない。大助はひとをかきわけ、足を早める。声をかけるのは危険だろう。この人数の半分は、上月勢に違いなかった。だが、前を行くふたりの足は早い。なかなか、追いつくことができなかった。大助は息をあえがせながら、ようやくに走りよると、

「おい」

と、小男の肩をたたいて、小声をかけた。

はっと振りかえった猿飛佐助は、

「おう、大助。無事だったか……」

と、これも小声で、汗にまみれた丸顔をほころばした。その声に、穴山岩千代も顔をむけて、うなずいた。

「ふたりとも、無事でなによりだった。それに、このひとも……」

と、大助は笑った。このひと、とは、岩千代の背に、疲れきって負われている香織のことだ。

三人は肩を並べて、黙って歩いた。激しい闘いのあとの虚脱に、みんな不機嫌そうな顔をしている。埃りまみれの顔が、気味悪かった。口のなかまで、じゃりじゃりしている。林のなかへ、細く道がわかれている地点へくると、

「おい、こっちだ」

佐助に指さされて、三人は小径を選んだ。ほかには、だれもくるものがない。まばらな梢からふる月光の斑を、三人だけが踏んでいく。どこか下のほうで、走る川水が聞えた。不意に佐助が立ちどまる。手をあげて、ふたりの歩みを制した。大助が低く聞く。

「どうした?」

「しっ。だれかに尾けられてるらしい。まずいことになったぞ」

舌打ちして、かがみこむと、大地に耳を押しあてたが、すぐバネ仕掛のように跳ね起きて、たちまち木の一本の梢に駈けあがった。

大助は、岩千代と顔を見あわせる。岩千代の背の香織も顔をあげて、不安げな表情だった。いつの間にか、佐助がそばに降り立っていた。その顔が曇っている。大助が目をむけて、

「どうだった?」

「うるさいことになりそうだ。覚悟をしていてくれ」

「だれだ? 敵は」

「いわずと知れた霧隠才蔵さ」

三人は顔を見あわせて、黙りこんだ。

香織は、岩千代の耳になにかささやいて、その背からすべりおりた。岩千代の働きを妨げてはいけない、と考えたのだろう。

「こうしていても、しょうがない。歩こうじゃないか」

大助がそういったので、三人は香織をなかに、歩きはじめた。それと一緒にうしろのほうで、大げさな足音が起った。三人は顔を見あわせて、歩きつづける。足音が急にやんだ。するとこんどは、ずっと前方から、こっちへ足音が近づいてくる。

「霧隠め、はじめたな」

と、佐助がつぶやいた。

近づいてくる足音が、はたとやむ。と思うと、こんどは右手の林の奥で、こちらと平行してすすむ足音が起こる。やがて、それはいつの間にか、左手に移っていた。

「あれは地形を利用して、自分ひとりの足音を、いろいろな方向から、ひびかしているんだ。恐れることはない」

と、佐助が三人にささやいたときだ。

不意に左手の林の闇から、五つ六つの黒い影が、むらむらとわきだして、四人の行くてをさえぎった。まんなかの忍び装束が、霧隠才蔵。あとの五人は、上月勢だろう。そろって汗と灰に汚れきったすがたが黒い。

「女をわたせ！」

ひとこと才蔵がいったきり、あと人垣は動かなかった。香織をかばって、肩を並べた三人も動かない。目だけが必死に、にらみあった。

「こりゃあ、いけない」

と、大助は思った。

「このままでいたら、気合負けがしてしまう」

思ったときは行動を起すとき。大助はその主義だ。それで、にらみあっていた正面の相手でなく、岩千代の前、いちばん右端のひとりを、とびかかりざま斬ってすてて、

「いや、すちゃらかちゃん」

と、鼻唄まがいにどなる。これが効を奏して、敵の気力がまるで乱れた。その機を逃がさず、岩千代の鞭が躍り、佐助のくさりがうなる。ころをはかって、大助が叫ぶ。

「逃げろ！」

佐助が煙り玉を大地に叩きつけた。わきあがる煙りに隠れて、四人は一散に走りだ

す。才蔵たちがそれに迫った。

「待て！」

たちまち、才蔵の鍛えた足が、追いついた。大助は、ふりかえりざま、その顔へ太刀をふるった。不意をうたれて、才蔵はよろめいた。だが、一髪の差で、大助の太刀は空を切った。

「畜生！」

才蔵の目が怒りに燃える。三人は林を出はずれた崖の上に踏みとどまって、敵を迎えた。岩千代の鞭がひらめいて、ひとりの額を割った。大助が大きく叫んだ。

「ふたり目だ。残るは四人だぞ」

佐助は才蔵と対しながら、香織にいった。

「まっすぐに、構わずお逃げなさい。すぐ追いつきます」

道は、崖ぞいにうねっている。

右手は、秋草の斜面だった。左手は、垂直に切って立ったような断崖。迂濶にのぞけば、目もくらもう。遥かの下を走る急流のひびきが、耳を澄ませばのぼってくる。一歩ふみすべらしたが、この世のわかれ。死神が道連れにつく間道なのだ。

佐助はくさりをふって、才蔵に迫る。

岩千代は革鞭を右に左にひるがえしながら、ふたりをひかえて、息を整えていた。

大助は太刀をふりかぶって、残るひとりに躍りかかる。白刃が、火華を散らした。大助は刃をかみあわしながら、相手の目がおびえているのを読みとった。

「ええい！」

と、大きく叫んだ下から、小声でささやく。

「どうだ？　金をやるから、逃げないか。おれがでたらめに刀をふりまわすから、足でも斬られたふりで逃げろ。命を棄てるより、そのほうがよっぽど利口だぞ」

片手で刃をからましながら、ふところからなにがしかをつかみだす。ぐっと身をよせながら、相手のたなごころにその金を落した。そして、ぱっと飛びしさると、太刀をやたらにふりまわした。

「斬るぞ！　ええい！　とう！」

相手は妙な悲鳴をあげて、地面をひとつふたつ転げまわると、跳ね起きて、うんうんうなりながら、びっこひきひき逃げさった。

大きく笑った大助は、たちまち岩千代の相手のひとりに襲いかかる。

鞭の動きにばかり気をとられていたやつの腰ぐるまを、だっと割りつけると、

「ぎえっ」

と、叫んで、手もなく横倒しになった。

同時に岩千代、鞭を大きくふった。残る相手の白刃が、あっという間に宙にけし飛ぶ。醜く狼狽して逃げにかかるうしろから、その首に鞭がまきついた。男は気を失って、へたへたとうずくまる。

「ばんざい！　残るは霧隠ただひとりだ」

大助が小躍りして、佐助と才蔵のほうを見たとき、才蔵の足は大地を蹴って、夜鳥のように宙に浮いた。佐助の頭上を飛びこえると、香織に追いすがって行く。息をのんで、三人は走った。

才蔵の手が、香織の襟がみをつかんだ。女の悲鳴が夜気を裂く。ふたりはしばらくもみあった。ようやく佐助が駈けよったとき、才蔵の手を逃れた香織のよろめく足が、崖のはしを踏みはずした。

そのすがたが、たちまち闇の谷底へ、死の静寂へと吸いこまれて……。

秋草譜《しゅうそうふ》

岩の上に腰をおろすと、斜めに城あとが見おろせた。

無疵なのは石垣だけで、土塀はそこここが無慙にくずれおち、炎の舌のなめて通ったあとは、斑らに煤けかえっていた。屋形が船の竜骨のような屋棟をそらしていたところには、ただ塁々の灰の山が薄黒くつもっている。中庭のここかしこに、三日月の紋どころを染めた幟が立てられ、吹きわたる秋風に白くひるがえっていた。

毛脛をむきだした男たちが大勢、そろって鍬をふるい、蟻のような熱心さで、焼けあとを掘りかえしているのが、眺められる。庭に床几をすえて指図をしている武士の塗り笠が、陽ざしをうけて光っていた。猛火をあびた庭木は、黒くいぶりかえった枝を、痛いたしくそらしている。半分に折れて、鮭いろの肉を見せている立木もあった。泉水の水は鉛のように濁って、旗さし物や長持の蓋を醜く浮かべている。それを一生懸命、引

きあげている男がいた。腹まで水につかって、二、三人が、泉水を干しにかかってい
る。かいだされた水は、庭にぶちまかれ、黒い土の上に大きな汚点をひろげていた。

この惨めに破壊しつくされた灰いろの風景のそとには、赤鬼嶽の樹林が、鮮かに紅葉しはじめた部分をまじえて、明るい濃緑の海をひろげている。爽やかに晴れわたった空には、人間どもの争いなど軽蔑しきった太陽が、澄んだ光りを万遍なく行きわたらせていた。

真田大助は岩の上から、腰をあげた。

「今日もいちにち、やつらは無駄に、汗を流すつもりかしら？　御苦労さまなことだなあ。あんなところを掘りかえしてみたところで、なにも出てくるはずはないよ。教えてやりたいくらいなもんだ……」

そう思いながら、大きなあくびをして、歩きだした。

葉の落ちはじめた林の道は、おととい の雨に、まだ土が湿って、落ちつんだ葉の黄いろを滲ませている。腐れはじめの落葉のにおいが、鼻の先にかすかにただよう……。

落城の夜は、明方から陰気な雨になった。

低い雨雲の下の焼けあとには、猛火の名残りがまだそこここに、小さな火尖を立て

て、それが無数の鬼火のように、無気味に見えたものだった。いまとおなじ林の小径をぬけて、笠を雨にうたせながら帰る途中、大助は木樵りらしい男ふたりとすれちがった。

「紅面夜叉さまの涙雨だよ」

男たちの話し声のなかの、そのひと言だけが、大助の耳をどこまでも追いかけてきた。

関ガ原の合戦ののち、新しく徳川将軍から所領を与えられた大名たちは、このへんの山大名どもを、いちおう麾下にくわえてはいるものの、充分な扶持は支給できないのがほとんどだ。大勢の野武士をかかえた山大名どもは、いきおい互いを侵略するか、百姓たちをおどかすことに、生活の道をもとめる結果になる。だから、このへんの木樵りや百姓たちは、ゆうべぐらいの騒ぎでは、めったにおどろかなくなっているのだろう。

上月玄蕃の部下たちは、その雨の午後から、焼けあとの片づけをはじめていた。中庭の一隅につみあげた屍骸まで、いちいち、あらためているのは、なにかを探しているらしかった。なにを探しているのか。大助には、それも容易にうなずけるのだ。もう三日になるが、上月玄蕃はあきらめようとしないらしい。

「馬鹿なやつだ。無駄骨とも知らないで……」

と、大助は笑った。その大助にしても、鏡の行方をはっきり知っているわけではなかった。だが、おおよその見当だけはついている。

霧隠才蔵はなぜあんなにもしぶとく、香織を追いまわしたのだろうか？　大助はそれを考えたのだ。穴山岩千代の話によれば、才蔵はこう口走ったという。

「その女のふところの鏡。おれはそれが欲しいのだ……」

岩千代がそんな話で、嘘をつこうとは思えない。とすれば、鏡は香織が持っていたのだろう。

しかし、その香織は、目もくらむ断崖から、死の闇黒はるかに吸いこまれて、生死のほども、きわめがたい現在なのだ……。

霧隠才蔵は、尾をひく悲鳴が脚下の静寂に消えると、たちまちその名のごとく霧を呼んで、三人の眼前から身を隠してしまった。残された三人は、すぐ猿飛佐助を先導に、大迂回して、谷底への道を急いだ。危険きわまる道だったが、三人には、それを考える余裕はなかった。やっとの思いでたどりついた谷底は、かたむきかかる左右の絶壁に、頭上の天を狭められた空間へ、ひろい川幅の急流が、滔々の水音をひびかしているばかり。そこに三人を待っていたのは、ただ一層の絶望だった。

闇に目のきく佐助にさえ、香織のすがたを見いだすことは、不可能だったのだ。断崖の枝にかかっていないとも限らない、と思って、夜明けを待つ三人の顔を、冷たい雨がうちはじめた。低迷する雨雲の下、ようやく表情を明らかにしはじめた絶壁の肌を、ふりあおぐ岩千代の顔。それをしとどに濡らすものは、ただ雨ばかりだったろうか?

断崖には枝らしい枝はなかった。香織は途中の岩に打ちあたり、その美しい五肢を、飛散させてしまったのかも知れない。あるいは崖を見あげる三人の背後に、雨あしを集めて泡立っている急流が、あのたおやかな四肢を巻きこんで、西方の寂光土へ押しはこんだのか、とも考えられる。

「しかし、生きているかも知れないんだ」

と、沈黙を破ったのは、大助だった。

「屍骸がないのだから、死んだ、とはっきりいいきることは出来ないよ。そりゃあ、あの高さから墜ちたのだもの、悪いほうにばかり、考えが行きがちだろうさ、だれだって。だが、どんなわずかでも光明が残されているかぎり、そっちへ顔をむけるのが、いわばあんたの香織さんに対する義務じゃないかな……」

「そうだとも」

　と、猿飛佐助も、岩千代の背をたたいた。

「大助のひねくったいい方が、おれにはよくわからないんだが、あきらめてしまうのは早い、ということだけは確かだろうよ。もっと探してみることだ。霧隠のやつが、おれたちよりも先におりてきたのかも知れない。そう考えるのは少し癪なんだが。香織どのは生きていて、霧隠にどこかへ連れていかれたんじゃないかな?」

「そうも考えられる。まず、その線をたどって、霧隠の行方を、猿飛にさぐってもらおうじゃないか」

　大助が顔をむけると、岩千代はかすかにうなずいた。だが、その顔は生きた人間のようではなかった。といって、にぶく表情を失った死人の顔でもなかった。

　そこには、黄金の針のようにするどく光った悲しみが、凝然と宙を仰いで立ちつくしていたのだ。この悲哀を他人がかきみだすことはできない、と大助は思った。その前においたら、どんなに気のきいた慰めの言葉でも、垢じみた生臭いものに見えるだろう。

　大助は佐助を手でうながすと、岩千代のそばを離れたのだった……。

　そのときの岩千代の顔が、いま林のなかを辿っている大助の脳裏には、染めつけたように残っている。それは日がたつにつれて、むしろいよいよ鮮かになっていた。大助は大坂で、一枚の南蛮絵を見たことがある。石の油でかいたものだというその重厚な画面には、切支丹の聖者の蒼白い顔が、不思議な光りのなかに浮きあがっていた。悲愁のこもった岩千代の表情には、どこかその聖者の顔を思い出させるものがあった……。

大助は落葉を踏んで、陽ざしの明るい山道に出ると、それを横切って、また林に入った。

小鳥が頭上で、明るく唄っている。大助はいくらか足どりを早めながら、この林のなかで、はじめて顔をあわせた霧隠才蔵のことを思いうかべた。

「あれは凄い男だ。いまどこにいるのだろう?」

佐助がいくらたずねまわっても、霧隠の行方はわからないらしい。佐助が恵那で確めてきたところでは、玄蕃のほうでも、ひとを使って、才蔵の行方をたずねているという。家来ではない客分の、もともと油断のならない男のことだけに、上月玄蕃も、焼けあとを掘りかえすいっぽう、才蔵を疑いはじめたに違いない。

「やはり、佐助のいったことが、当っていたのかも知れないな」

と、大助は思うのだった。

香織は奇蹟的に助かって、霧隠才蔵にどこかへ連れさられたのではないか、という佐助の意見には、日がたつにつれて可能性がふえてきている。川の下流をたずねて、若い娘の屍骸があがった、という噂のないことも、その裏づけのひとつにはなるだろう……。

「しかし、まだ確実とはいえないぞ。ただ、香織さんは生きているかも知れない、という希望は、だんだん強まってくるようだ」

大助は考えつづけながら、林を出た。道は地面のいろに白さを増しながら、上りになって、例の断崖が見えてくるのだ。

大助は崖の上に人影をみとめて、立ちどまる。

「岩千代がまた来ている」

と、眉が曇った。

崖のはしに長身を見せている男のそばへ、大助は足早に近づいて行った。並ぶと大助の頭は、白面の青年の肩までもない。岩千代は黙念と首をたれて、谷底を見おろしている。足もとの崖鼻に、秋草の花が束ねておかれていた。

「今日もか……?」

と、大助は花束に目をおとした。

「まるで死んだひとにする手向けみたいじゃないか？」

岩千代はかすかにほほ笑んだだけで、それには答えず、足もとの花束をとりあげると、ゆっくりと谷底へ、それを投じた。

花束は岩千代の手を離れると、風にもまれて、赤や黄いろや白の花を散らしながら、蔭になった谷底へ吸いこまれて消えた。谷底には急流と岸の砂が、かすかに白く光って見える。岩千代はしばらく、それを見つめてから、軽く目をとじた。

「よせ、というんじゃないがね」

しばらく待ってから、大助は声をかけた。

「こんなことばかりしていると、影が薄くなるぞ。香織さんは生きている、と信じることだ。日がたてばたつほど、それが確実らしくなってくるじゃないか」

「心配をかけてすまない」

岩千代は目をひらくと、低くいった。

「あんたや佐助が、おれのために一生懸命になってくれているのは、ほんとに有難いと思うよ。おれだって、あのひとが死んでしまった、と決めこんでいるわけじゃないんだ。おれが毎日ここへくるのは、死んでしまった女に、花を手向けるためじゃない。生きていてくれ、と願うためでもないんだ……」

岩千代の頰に、はにかむような微笑がわいた。

「……というと、どういうことなんだろう?」

と、大助は相手の言葉をうながした。

「変なことをいう、と思うかも知れないが、おれはあの晩、おれが最後にこの目におさめたあのひとの面影のために、毎日こうして花をなげているんだ……」

岩千代はそういって、急に背をむけた。

「帰ろう!」

と、歩きだすまっ紅な陣羽織の肩を、しばらく見送ってから、大助も無言で歩きだした。

山寺の墓地は、和尚が怠けものなので、秋草がのび放題だった。

苔におおわれた墓石によりかかって、薄黒く汚れた卒塔婆は、斜めになっている。下半分が骨ばかりになった白張りの提灯が、竹の先で風に貧乏揺すりをしていた。しげった雑草の上に、夕陽をあびた墓石の高低が、曖昧な影を落している。

「今日も日が暮れて行く……」

縁先の柱にもたれて、墓地を眺めていた岩千代が、ぽつりとつぶやいた。あぐらをかいた長い膝の上に、輪にした革鞭をひきよせて、柄につるした黄金《きん》の十字架《クルス》を、片手がもてあそんでいる。

「夜になれば日は暮れるさ！」

庫裡の床に仰むけに寝ころがったまま、大助がのんきらしく答えた。組んだ両手を頭の下にかい、片膝を立てた上にもういっぽうの足をのせて、退屈そうに揺すっている。

「おれはそんなことより、腹がへったよ」

と、大助がとっぴょうしもなくいうのへ、岩千代は微笑の顔をむけた。

「まだ夕飯にはなりそうもないぞ。和尚のお勤めがすまなきゃ駄目だ。だが、あの調子じゃあ、だいぶかかりそうだからな」

本堂から、和尚の読経の声が流れてくる。怠けものでも、朝夕の勤行だけはちゃんとするのだ。ただ、熱心にやるとはいえないだろう。お経がいやに間のびして、ときどき朦朧と消えてなくなる。

「あれは居眠りをしながら、読んでるんだぜ」

と、大助もにやにやしながら、耳をかたむけて、

「なるほど、なかなかうちがあきそうもないな。……もっとも、晩飯といったって、またどうせ芋粥だろう。朝も芋粥、昼も芋粥、晩も芋粥……。すこし色気がなさすぎるよ。相手が坊さんでしあわせさ。これが女だったら、芋粥の鍋をはさんで差しむかい。さて、どうやって口説いたらいいのかね？　おれはずいぶん考えたんだが、いいきっかけを思いつかなかった」

真顔になって起きなおった大助に、岩千代も思わず吹きだして、

「いつも飯を食いながら、むずかしい顔をしてる、と思ったら、そんなことを考えていたのか？」

「ああ、御苦労さまなことさ」

と、大助は平手でぽろりと顔を撫でる。

この山寺の和尚は、佐助の死んだ父の友達なのだ。その縁にすがって、あの晩から、ずっと三人はここに寝起きしている。

「やあ、どうやらおしまいらしいぞ」

と、大助が手をうって、笑った。

本堂の読経の声がやんで、咳ばらいがこちらへ近づいてくる。やがて、しゃもじのように頭がひらいて、顎の細長い和尚の顔が、庫裡をのぞきこんだ。

「おや、佐助はまだもどっておらんのかな?」

「はあ、まだですが、もう間もなく帰るでしょう」

岩千代が戸外を見て、神妙に答える。

墓地の夕あかりはだいぶ薄れて、むこうの森の影が濃くなった。和尚も縁に出て、空の裾を染めている夕焼けの名残りを仰いでいたが、

「では、晩飯は佐助がもどってきてからにするか……」

と、いって、曲った腰を、こぶしでとんとんたたきはじめた。

岩千代が、笑をたえながら顔をむけると、大助は黒目をつりあげ、無念の形相をして見せて、また大の字に倒れこんだ。床がみしっと鳴る。和尚が目をまるくして、ふりむいた。

「どうしなすった?」

「いや、なんでもありません。戦場で斬り死をするときには、こんな具合いに、見事に

大の字になってやろうと思いましてね。ちょっと練習をしてみたんです」

　大助は答えながら、起きあがった。

「そういう練習なら、おもてですることじゃ。床が弱っているで、うっかりすると庫裡がこわれる」

　真面目な顔の和尚が眉をしかめたので、岩千代は笑いを殺しきれなくなった。口を押さえながら、墓地へ飛びだすところへ、黒い影が風のように近づいてきた。

「おお。岩千代。いい知らせがあるぞ」

　その大声に、大助も縁にとびだして、

「佐助か。なんだ？　いい知らせとは」

「香織どのらしいすがたを見た、という男があった」

と、口疾《くちど》にいう佐助の声には、明るく喜色がみなぎっていた。

「どこでだ？」

　岩千代の問いかえす声もふるえる。

「今日は馬籠まで出てみたのだが、その帰りに聞きこんだ。百姓や木樵りを手あたりしだい聞いてまわるうち、香織どのによく似た顔立ちの女が、男と一緒に歩いているのを見た、という馬方がいたんだ。いろいろ聞いたが、その女の顔立ち、どうも香織どののように思われる……」

「男のほうは……？」

「霧隠か？」

岩千代と大助が、同時に聞いた。佐助は首をふって、

「そうじゃなさそうだ。顔立ちをきいても、だれだか見当がつかん。それに霧隠らしい男の旅すがたを、別に見たものがあった」

「いつのことなのだ？　それは」

「霧隠は今日の朝のうち。香織どののらしいほうはおとといの、これは夕方。まだ雨のやまないうちだそうだ」

「霧隠もどこかでそれを、聞きこんだのじゃないか？　やつが出かけたのなら、間違いはないぜ」

と、大助は自分の言葉にうなずいて見せて、

「おれたちも、すぐ追いかけようじゃないか？」

「うん、これからすぐ出かけよう」

岩千代が同意する。佐助にも異論のあろうはずはない。大助も庫裡にひっこもうとすると、

「だが……」

と、岩千代が急にこちらをむいて、いいだした。

「大助どの。この上あなたをまきこむのは心苦しい」

「なんだと思えば、水臭いことをいいだして……」

「いや、先夜の助勢といい、この三日間の力づけといい、岩千代、心から有難く思っている。だが、あなたは旅のおひと。行先もあると思うのだ。御親切に甘えては悪い。なあ、佐助もそう思うだろう？」

「うん」

うなずく佐助と、岩千代を見くらべながら、大助は眉をあげて、

「それは、おれが邪魔だということか？」

「そんなことはない。あなたの剣の腕と機智が味方にあれば、どれほど心強いか知れないと思う……」

と、岩千代が首をふれば、佐助もそばでうなずいて、

「そうだとも。おれも最初は、お節介な野郎だと思ったが、いまはいい友達ができた、と喜んでるんだ。ここでわかれて、もう会えないかも知れないのは残念だが……」

「なら、一緒に行こうじゃないか。おれのお節介は生まれつきだ。それに、おれの旅はあてのあるものじゃない。本当のことをいえば、おれはあんまりでたらめがすぎて、親から勘当された身の上なのさ。その放埓者がひとのために、いくらかでも役立つなら、どこへでも出かけようじゃないか。いやだといってもついてくぜ。おれは勝手に、行きたいほうへ行けるんだ。間違って、それがふたりと同じ方角だったとしても、文句をいわれる筋合いはなかろう？　いやになったら、途中で道を変えるだけさ」

「かたじけない」

岩千代は頭をたれる。

「それに一緒に行きたい理由も、ちゃんとあるんだ」

と、大助は笑顔になった。

佐助が顔をあげて、どんな理由？　と目で聞くのへ、大助はうなずいて、

「なんとなく、ふたりが好きになってしまったからさ。おれが大名になったら、あんたがたにきてもらうよ」

だが、真実の理由は、それだけではない。大助はふたりの知らないことを、知っているのだ。それは、霧隠才蔵がなぜ、香織を追うか、という謎の裏だった、香織が持っているらしい紅面夜叉の鏡の秘密だ。いってしまえば、大助もその鏡を手に入れたくなったので……。

徳川方と雌雄を決する一戦に、父ともども参加する日のために、その鏡が教えてくれるはずの黄金が欲しいのだ。豊臣方に、優れた武将を糾合するためには、金がどれほどあっても、これで充分ということはないだろう。

大助はそんな思いを胸につつみながら、静かにふたりへほほ笑みかける……。

馬市の立つ前後のほかには、あまりにぎわいを知らぬ山の宿場をあとに、道中を急ぐ旅びとのすがたが、朝霧の晴れやらぬ街道をちらほらする。

今日も天気は、極上吉だろう。金色の陽の光りが爽やかに流れて、乳いろの霧を濃く見せたり、薄く見せたりしていた。旅びとの足もとにおどる影も長い。霧のなかの並木の影は、二日酔いの目で見るように、ところどころかすんでいる。はっきり見える梢の上には、カラスの夫婦が仲好く首をかしげていた。

街道のまんなかで大きな黒イヌがいっぴき、緒の切れたわらじをくわえて、振りまわしている。馬に乗った武士がひとり、轡をとる小者を前に、うしろには槍持ちを従えて、鞍の上でそっくりかえって通って行く。黒の塗り笠が陽をあびて、権柄ずくに光っていた。小者に追われたイヌは、わらじを落して、街道のはしに退散したが、馬が通りすぎると、すぐ飛びだして、またわらじに戯れかかった。村の腕白小僧どもが、遊び相手に出てくるまで、少し変な臭いはするが、この藁の塊りで我慢するつもりらしい。

武士が馬をすすめていくと、太い松の木の下に、ひとだかりがしていた。ちらっとそちらへ目をやったが、百姓町人なみに、立ちどまってのぞいたのでは、沽券にかかわるとでも思ったのだろう。そのまま馬をすすめながら、お供の槍持ちに、

「なにごとがあるのか、見てまいれ」

と、いいつける。

「かしこまりました」

と、槍持ちは、立ちどまりたくて、うずうずしていた矢先らしい。横っとびに駈けもどって、ひとのうしろから、大身の槍をかついだまま、のぞきこんだ。鞘をかぶせた槍の穂先が、はずみに松の下枝にあたって、その気配にあわてたらしいカラスが三羽、ば

たばた梢から飛び立った。

　槍持ちは、ふうん、とうなり、感心したような顔つきで、旅びとのあいだをのぞいていたが、もうひとつおまけに、ふうん、とうなってから、報告にもどって行った。街道ばたのひとだかりは、ひとりが離れて行けば、ひとりがのぞき、大きくはなっても、小さくなる気づかいはない。

「どうしたんでしょうね？　これは」

「どうしたって、ちゃんと字が書いて、貼ってあるじゃありませんか。読んだら、わかるでしょう」

「それが、あたしは、字が読めないんですよ。読んでくださいな」

「ははあ、そりゃあ、気の毒ですな。そうですか。字が読めないんですか」

「まあ、笑わないで、読んでください」

「どこから、読みましょう？」

「決ってまさあね。初めから……」

「どうも、わたしは初めから読むのは嫌いでね。おしまいから逆さに読むのなんざ、好きなんだが……。さもなきゃあ、一字おきに……」

「そんな曲芸みたいな読み方してもらっても、しかたない。あんたも読めないいんだね？字が」

「いや、読めないいんじゃない。知らないんだ。知ってりゃ、読めまさあね」

「あたりまえだよ」

と、弥次馬の声は高い。

「そっちのひと。お前さんはお商人衆らしいから、読めるでしょう？」

「ああ、読めますよ」

「読んでくださいな。すみませんが……」

「こりゃあ、泥棒ですよ」

「なるほど、それで縛られてるんですか？」

「ああ、石川五右衛門という大泥棒だ」

「え？　冗談いっちゃいけませんよ。石川五右衛門なら、親父に聞いたことがある。ずっと以前、まだ太閤さまの生きていらした時分に、京都で釜ゆでにされて死んでるはずですよ」

「それは、初代の石川五右衛門でしょう。ここには、二代目石川五右衛門と書いてある」

確かに、そう書いてあった。

松の大木の下に、さらしものにされているのは、三十がらみの男なのだ。カニのように顔の寸がつまって、横幅がひろく、顎に鬚の剃りあとが嫌らしいほど蒼い。それが米俵のなかに、窮屈そうに身を縮めて、頭だけ出している。いくら窮屈でも、俵の上には前後左右、厳重に縄をかけられているので、手足をのばすわけにはいかないのだ。カメの子のように首だけ出して、おとなしくしているより、しかたがない。おまけに頭には桟俵がくくりつけられ、珍妙な笠になっている上に、鼻の下には墨でいたずらの八字髭。男は濃いけむし眉の下で、ふてくされたように目をつぶっていたが、ほんとうに眠っていられるほど、胆のすわったやつではないだろう。米俵の胸には、半紙が一枚、こより紐でとめてあって、その上を達筆の墨いろが鮮やかにおどっていた。

ここに
俵の鎧かぶと着かざりて
さらされおる者は

己より
二代目石川五右衛門
と名のる天下の大うつけなり
ひとの寝息うかごうすべさえ覚えず
鼻紙一枚ひきかねる未熟をもって
大盗の名を犯せしこと
見のがすべからざる大罪なり
よって諸人に笑止のすがたをさらし
見せしめとするものなり

貼紙に署名はなかった。

だれかがそれを、声高に読みあげると、ひとだかりが、どっと笑いくずれた。あとはてんで勝手に、俵づめの男を嘲笑う声がとぶ。

「こいつは、よっぽど間抜けな泥棒ですぜ」

「駈けだしのこそ泥の分際で、二代目石川五右衛門とは、これだけはまた大きな名を、よくも盗んだもんですな」

「名前には番人がいませんからなあ……」

「そんな図図しい男でも、さすが恥ずかしいと見えて、目をつぶっているわ。やい、目をあけ、阿呆め！」

「舌を出せ。おれが閻魔さまの名代で、ぬいてやるから」

「それにしても、こいつを捕まえたのは、どんなおひとでしょうな？」

「あの達者な筆を見れば、おおかた、お武家に違いはなかろう」

「なかなか、面白いことをするお武家だの」

「やい、なんとかいえ。大馬鹿の大間抜け」

だれか石を抛げつけたものがある。

それが、男の脣を切ったらしい。口のはしから、まっ赤な血が、つっと糸をひいた。

それと同時に、桟俵の兜の下で、男は、くわっと目をひらいた。あっと息をのむほど、その目は大きかった。目の玉だけがぎらぎら燃えて、飛びかかってきやしないか、と思われたほどだ。

「うるせえやい！　土百姓めら！」

これまた総毛立つくらい大きく、野太い声だった。

「黙って聞いてりゃ、いい気になりやがって、手めえたちに捕えられたわけじゃねえんだぞ。勝手なことをぬかすねえ。悪態もくたい吐きたかったら、おれをここから出して、またもう一度、俵のなかにつめてみろ。それができたら、なんでもいえ！」

目玉が猛獣のように凄じく光り、カニに似た顔はまっ赤になって、男は赤鬼そのままだった。吼えおわって、血のまじった唾をぺっと吐く。弥次馬たちは蒼くなって、人垣をひろげたが、動けない相手といまさら気づいて、だれかがふるえ声を励ました。

「この野郎、お役人を呼んでくるぞ」

「おう、願ったり、かなったりだ」

と、男は歯をむきだして、にやりと笑う。胸の貼紙とおなじ筆で、いたずらされた滑稽な八字髭が、ぴくりと動いて、ほんとうの髭のように見えた。

「役人がきて、おれを牢に入れてくれれば、有難い。どんな牢でも、入ったその日に破るおれだ。たちまち自由の身になって、貴様たちのところへ礼にまわろう。おれは物覚えがいいからな。そのときの用意に貴様たちの顔を、よく見せてもらおうか……」

大きな目玉が、弥次馬たちのひとりひとりを、にらんですぎる。ひとびとは背すじに、ぞくっと寒さを覚えた。

「この俵のなかからだって、出ようと思や出られるのだ。自分がしくじった報いだ、と思って、おとなしくしていたが、いまこそ俵の縄を、五体の力で、ひっちぎって見せようか。それえっ」

途方もない大声は、大地も揺れるかと思われた。見物人は胆をつぶして、わっと叫ぶと、あとをも見ずに逃げ散って、松の大木の下には、だれもいなくなった。

だが、二代目石川五右衛門は、そのまま動こうともしない。相変らずのカメの子で、脣の傷を舐め、血のまじった唾を吐きちらしている。馬鹿声を張りあげてはみたものの、力を入れたくらいで、ちぎれる縄ではなかったのだ。

「くそいまいましい。どうともなれ！」

と、自嘲の声をあげて、またも両目を、つぶろうとしたときだった。

「おい、五右衛門。二代目五右衛門とかいう男……」

と、呼びかけた低い声がある。

はっと男は目をひらき、不自由な首をねじまげてみたが、声の主は見あたらない。気のせいにしては、言葉のひとつひとつが確かすぎた。気味悪くなって、首をすくめる

と、

「おい、五右衛門」

と、また同じ声が呼ぶ。五右衛門は身をすくませながら、それでも答えた。

「なんだ。どこのどいつだ。おれを呼ぶのは？」

「助かりたいか？　五右衛門。助かりたければ、助けてやる。俵から出たかろうが？」

声はだんだん近くなった。五右衛門はもう見栄もなく、喉をふるわす。

「助けてくれ。助かりてえとも。出てえとも……」

「よし、助けてやる」

声の主は松の蔭から、五右衛門の背後に、すっとすがたを現わした。

「だが、その代り、こっちの頼みもきいてくれるな」

「きくとも、きくとも。なんでも承知するから、ひとのこねえうちに、早く縄を切ってくれ」

声の主がにやりと笑って、脇差の鞘を払ったかと思うと、五右衛門は、俵から、ころげだしていた。桟俵の兜をなげすてながら、命の親の顔を見る。知らない男だ。しかし、その異様なすがたは、五右衛門を、ぞくりと身ぶるいさせずにはおかなかった……。

「やい。生臭坊主。タコ坊主。なんとか返事をしたらどうだ？　図体ばかり大きくても、このおれが怖いと見えるな。そうだろう。おれの軀からは、金色の後光がさしているはずだ。おれはいまに大名になる男だ。貴様のような乞食坊主には、拝めなくなるこの顔を、せいぜい、いまのうちに拝んでおけ。おれは江戸へ出りゃあ、将軍家と膝つきあわして、話しをする人間なんだ。驚いたか」

酔ってろれつの怪しくなった声が、坂の上の茶屋の軒下から、甲高くひびいていた。

葦簾をめぐらして、狭い床几を並べた軒先には、干柿の数珠が白く粉を吹いてぶらさがり、そのあたりを秋のハエが、もの憂げに羽をふるわしながら、往き来している。陽はもう西にかたむいて、葦簾の影を斜めに長く、街道になげかけていた。薄暗い店の奥の、土を固めたかまどの上に、大きな虎斑のネコがいっぴき、酔っぱらいの喧嘩など、そしらぬ顔で、ひっそりと香匣をつくっている。

街道からすぐの床几に、あぶなっかしく腰をおろしている痔せぎすの男が、どなっている当人だった。このごろ目立ってふえてきた牢人《ろうにん》ていの武士で、刀は二本さしているが、風采はいっこうに上らない。悪酔いをするたちと見えて、険のある顔がまっさおだった。いっていることは大きいが、あまり頼りにはなりそうもない武士なのだ。

だれかと思えば、これは紅面夜叉の最期の夜、赤鬼嶽の城から、すがたを消した雨傘三平ではないか。

三平のそばに旅装束の不似合いな女がいて、男が喧嘩を売った相手に一生懸命、わびをいっている。あらためて名をあげるまでもないだろうが、それがお鈴。

「どうぞこらえてやってくださいまし。ふだんは気の弱いひとなのでございますが、近ごろ酒の上が悪くなって、ひとさまにからんで困ります。ふだんはいえない強がりを、しゃべりちらしたいのでございます。酒のいわせることだと思って、笑いながしてやってくださいまし」

と、目に涙さえ浮かべているのは、空わびばかりではなかったからだ。お鈴が霧ガ窪を棄てた日から、三平の気性は急に変ったようだった。酒をやたらにあおって、酔えば大言壮語する。上月いちまきを裏切った身が、ほんとうは追手を恐れてふるえるのを、酒の力でごまかしているに違いない。そう思えば、お鈴は哀れで、深酒をいさめる言葉も鈍るのだった。

大言壮語を自分に聞かせているうちは、まだよかった。それを他人にまで、見境いなく持ちかけるようになっては、お鈴の眉も曇る日が多くなる。今日もおなじ床几で湯呑の酒をたしなんでいた旅びとに、赤い鼻が気にいらないとか、つまらないことから因縁をつけはじめて、顔が蒼くなればなるほど、雑言はつきるところを知らなかった。

それにしても、今日の相手はひどく悪い。薄墨の法衣で身をつつんだ大坊主だが、ただの坊主でないらしいことは、帯びた刀や、軒に立てかけた樫の六角棒を見るまでもなく、角石を固めたような軀つきで察しがつこう。

いまにも爆発しそうに目を怒らし、額に筋がぴくぴく動いているが、お鈴に取りすがられて、しかたなく黙っているのだ。

「お鈴、なにも謝ることはないぞ。酒のいわせる言葉だ、と……。馬鹿をいうな。おれは本当のことをしゃべっているのだ。その坊主はな、おれが怖くて、黙っているのだ。やい、おれの女房の手を放せ。だれに断って、その女の手なんぞ握りやがるんだ。この助平坊主！」

三平は足もとあぶなく近づくと、お鈴の肩をぐいとひいた。不意だったので、お鈴は斜めに地に膝をついた。さすがに、男の愚かさが胸にこたえる。

相手もあろうに、見ただけでも強そうな大坊主に喧嘩を売って、自分がいなかったら、いまごろ首をねじきられているだろう。それとも、一刀で斬られ伏しているか。

「いっそ、斬られてしまうがいい！」

自分の胸のうちで、そうつぶやいたものがあるのに、お鈴は愕然として、痛む膝を起こした。

「うぬ。酒の上と思ってこらえてやれば、いい気になって、おれが貴様のような瘠せ牢人を怖がると思うのか？　ゆっくり地面と仲好くして、酔から醒めろ。おれが寝かしつけてやる。少し子守唄が乱暴だが……」

坊主が床几から立ちあがる。三平の頰が、ぴくりとふるえた。お鈴はふたりのあいだに飛びこもうとした。しかし、それより早く、葦簾の蔭から一本の腕がのびると、法衣の袖をとらえて引いた。

「おい覚蓮坊。よさないか」

と、低くいうのが男の声だ。

「おとなげないぞ。酔いどれ牢人に腹などを立てて……。おれたちの立場を考えろ。普通の旅とは違うのだし、やっかいな連れもある今だ」

声はますます低く、坊主の耳にだけ、それが聞えた。

「だが、あまりこいつが悪くからんでくるから……」

「おぬしだとて、酒がすぎれば、悪くからむではないか。いつだったか、大坂の茶屋で塙団右衛門にからんで、大喧嘩になりかけたことがある。覚えているか？　おれは仲に入って弱りぬいたぞ。仲に立って困っているその女を、気の毒に思って、こらえてやれ」

坊主はこの旧悪を持ちだされるのが苦手らしく、力を入れた拳のやり場に困りながら、床几に腰をもどした。

「女、お前に免じて、堪忍してやるから、その男を早く連れて行け。さっさとおれの目の前から消えないと、持ってきどころがなくて、わくわくしてるこの拳骨が、その顔を三角にしてしまうぞ」

噛んでするようにいいながら、坊主は両方の膝を、石地蔵のような左右の拳骨で、しきりにとんとんたたいている。それは、拳骨がひとりで、動いているように見えた。

「有難うございます。申しわけございません」

お鈴は頭をさげて、そっぽを向いている三平の手をとった。ふてくされた男の重い足を引きたてて、夕陽の坂をくだりはじめる。茶屋を遠巻きにした弥次馬の四、五人は、つまらなそうに散って行った。だが、そのなかのひとりは、するどい目で、三平の背を見つめていたが、やがて、おなじように坂をおりはじめた。そのカニに似た顔は、二代目石川五右衛門のものだった。

床几では隠れ山の覚蓮坊こと、三好清海入道が、まだ膝の上に拳骨をおどらせている。

「お蔭で、こぶしがとまらなくなったぞ」

「ちょうどいいから、ここの婆さんに、ダンゴの粉でもついてやるんだな」

望月六郎の声が、葦簾の蔭でそういって、低く笑うのが、聞えた。

秘《ひ》鏡《きょう》転《てん》転《てん》

少し前まで、乞食坊主でも吹いているらしい尺八が、旅籠の軒下ちかく聞えていた。いまはそれも止んで、寝しずまった宿場の夜の静けさが、身にしみる。遠くでイヌが長く尾をひいて吠えた。今夜も澄んだ月の上を、怪しい雲でも通りすぎたのに、おびえたものでもあろうか？　しかし、それに連れて鳴きだすイヌはなかった。このへんのイヌは人間なみに、夜は早くから寝てしまうのかも知れない。

それだと、ある稼業の人間どもには、まことに好都合なのだが、ちょうどここにも、そういった種類の男がひとり、いつの間に忍びこんだものか、廊下の闇にうずくまって、じっと耳をすましていた。それが、自分から二代目石川五右衛門と名のっているあのカニづらの青鬚男なのだ。

二代目石川五右衛門は、辛抱づよく耳をすまして、動かない。廊下は暗いが、この旅籠中の人間がぜんぶ、寝しずまったわけではなかった。帳場のほうで、かすかな話し声がまだしている。

「なかなか、迂濶には動かれねえ」

と、二代目五右衛門は慎重だった。こないだの今夜だけに、二度とあんな不様をくりかえしたくはない。

「あいつは、まったくひどかった。いま考えても、冷汗が出る……」

それほどの相手とは思ってもみなかったのだ。武士だったから、いつもより用心はしたのだが、ひょろっと瘠せた軀は、とても腕達者とは見えなかった。面長の顔は蒼白く頰がこけて、切長の目が光っている上に、眉ばかり濃く太い。そんな顔つきからも、陰気でじめじめと、不活潑な性格しか考えられなかった。ただあの目の光りようは、いま思えばただ者ではない。

たかをくくって二代目五右衛門は、その武士の部屋に忍びこんだものだ。目星をつけた胴巻は、夜具の下に入っているらしい。武士は静かな寝息を立てていた。

五右衛門は、音もなく枕もとにはいよった。真暗な部屋のなかで、しばらく武士の寝息をはかり、大丈夫と見きわめると、夜具の下に、そっと手を差入れた。

「はてな?」

と、胸のなかで口走る。

いくら探っても、胴巻がないのだ。こんなはずはない。あわてて闇に目をむくと、なんということだ。間違えて、夜具の裾のほうを探っていたらしい。確かに枕もとのつもりだったし、寝息もすぐ近かったのに、武士の頭は反対側にある。

「今度こそ」

と、枕もとにはいよって、急いで探ったが、やはりない。どうしたというのだろう。顔をあげてみると、武士の頭は反対側に黒く盛りあがり、五右衛門はまたしても、夜具の裾を探っているではないか!

「畜生。おれは頭がどうかしてしまったのか?」

と、五右衛門は額をかかえて、また夜具のまわりを半周した。顔をあげると、やはり反対側で、寝息がやすらかだ。こうして、夜具のまわりを、いくたびまわったろう。いくらまわっても、枕もとにすわれないのは、不思議というより、もう不気味だった。五右衛門の全身には冷汗が流れ、歯の根のふるえがとまらない。

これが最後、と夜具の下に差しこむ手に、ふくらんだ胴巻がふれて、ほっと息をついた。胴巻をひきだす。と同時に、その胴巻が闇のなかで、カエルに化けたに違いない。黒い影は、床に落ちるたびに銭の音をさせながら、ぴょんぴょん跳ねて、部屋の隅へ飛んでいくのだ。

「うわっ」

と、五右衛門は小さな叫びをあげて、もうなにがなんでも構わない。この奇妙な座敷から逃げだしたくて、腰をあげた。その背後から、するどい声がかかる。

「待て！」

もう破れかぶれ。五右衛門は脇差をぬいて斬りかかったが、相手の黒い影はふわりと宙に浮いて、鴨居の上にうずくまった。そう思ったとき、五右衛門はうしろから、利腕をねじあげられていた。脇差が床に落ちる。

「畜生。さあ、殺せ。はばかりながら、二代目石川五右衛門さまだ。こうなったらじたばたはしねえ。きれいに笑いながら、斬られてやらあ……」

「なんだ？　二代目石川五右衛門だと……。誰に断って、その名を名のっているのだ」

「泥棒が名を名のるのに、どこへ断りがいるもんか。おれが勝手にくっつけたのよ」

「そうか。図図しい男だな。よし、すこし懲りさせてやろう」

武士がそういいおわると同時に、五右衛門は妙な匂いのする布を鼻にあてられ、たちまち意識を失って、つぎに気づいたときには、しらじら明けの街道ばたは、松の大木の下に、俵づめの身となりはてていたのだった。

武士は俵の貼紙に矢立ての筆を走らせていたが、顔をあげてにやりと笑うと、書きおわった筆を、五右衛門の顔にのばして、鼻の下に大きな八字髭をなすった。それから、筆を矢立てにおさめると、

「なかなかよく似合うぞ。通行人に笑われながら、よく考えてみろ」

と、いいすてて、歩きだした。まるで風に乗るような足の早さで、たちまち、街道の朝霧に消えこんでしまった……。

それ以来、今夜が初めての仕事なのだ。

二代目五右衛門が慎重になるのも、無理はないだろう。帳場の話し声も聞えなくなった。秋の夜の寒さが、廊下にしゃがんでいる膝に凍みる。五右衛門の影は、そっと動きだした。

目ざす障子の外へきた。なかの気配をうかがってから、手洗鉢の水を吸わせてきた布を、そっとしぼって、障子の溝を湿す。音もなくそれをすべらし、暗い部屋のなかをの

ぞきこんだ。闇の廊下で待つ間がながかったお蔭に、暗さがそれほど気にならない。

「いけねえ。まだ起きてやがる」

と、首をすくめたのは、夜具のなかの女の顔が、確かに目をあいていたからだ。

女は闇のなかに目をひらいて、男の顔を見つめていた。そっと手をのばして、夜具の襟を直してやりながら、

「三平さん。起きているのね？」

と、男の耳にささやいた。

「ちえっ、こいつはまずいことになったぜ」

二代目五右衛門は、腹のなかで舌打ちした。明りを消したひとつ夜具のなかで、男と女が目をさましたら、どういうことが始まるか、まずわかりきっている。闇に馴れた目に、そんなもの見せつけられたのでは、仕事にならない。

普通の場合だったら、なかの両人にいたずらをしてやろうと、そんな部屋は避けてべつに忍ぼうと、こっちの勝手だが、今夜はそうはいかないのだ。どうでもこのふたりから、頂戴しなければならないものがある。命の親の頼みだから、見事に手に入れなければ面目ない。五右衛門を米俵から出してくれた男の、頼みというのがこれだった。

「あの牢人と女のふたり連れ。朱鞘の大小を差した男のほうの荷物のなかに、錦の袋におさめた小さな鏡が入っている。その鏡を盗みだしてもらいたいのだ」

「鏡？」

五右衛門が問い返すと、男はすぐ目の下の街道を、歩いて行く男と女を指さしたま ま、もう一度、うなずいたものだった……。

だから、この部屋を離れるわけにはいかないのだが、旅をしてる女はふだんより味がいいとかで、げっそり目のくぼむような場面を見せられたのでは、かなわない。

五右衛門がそんなことを考えながら、のぞいていようなどと、夢にも知らぬお鈴は、もう一度、男の耳に口をよせて、

「三平さん」

と、ささやいた。雨傘三平は女の思った通り、まだ寝てはいなかった。半ば寝返りをうつと、天井に顔をむけ、目をとじたままいった。

「お鈴、夕方のことを怒っているだろうな」

「つまらないことを気にしてるのね。いつまでも……」

お鈴は男の肩に、頬を押しつけながら、ささやく。

「いや、本心ではおれの意気地なさを、笑っているのだろう。そろそろ、おれに愛想がつきたんじゃないか？　おれも自分ながら愛想がつきだした。おれはこうしてると、酒が飲みたくなる。飲まずにはいられなくなるんだ。玄蕃は怒っているだろう。霧隠が追ってくるかも知れぬ。いくら強がりをいってみても、無駄だ。おれは怖い。やつらが怖い。お鈴、お願いだから、おれから離れないでくれ。おれに愛想をつかさないでくれ」

三平の言葉は、しだいに熱をおびた。舌のもつれるような早口で、低くかきくどきながら、女の胸にのしかかって、その顔に狂おしく脣を押しあてた。お鈴は顔中にふりかかってくる熱い脣にめんくらいながらも、妙にしらじらとした感情を覚えていた。

「三平さん。どうしたのよ。気が狂ったみたいに……」

お鈴のそむけた首すじに、三平は顔を埋めた。むせかえる肌の匂いが、男にほかの世界をわすれさせるのだ。お鈴の肌には、甘い匂いが濃かった。胸もとをくつろげ、肉づきのいい水蜜のような肩をあらわにすると、男はそこにも顔を押しあてた。お鈴は顔をそむけたまま、動かなかったが、三平の腕が両肩を抱きすくめて、軀の重みが迫ってくると、くるりと男の手を逃れだした。

「今夜はどうかしているわ。いやよ。そんな子どもっぽいの……」

「子どもっぽい？」

三平はあっけにとられたように、お鈴の顔を見つめる。

「子どもっぽいわよ。泣き声を出したり、わめいたり……。あたしみたいな女に、憐んでもらったって、しょうがないじゃないの。そんなの嫌いよ。お酒をのむのも、喧嘩をするのも、勝手だけど、そんなにじめじめして見せられちゃ、たまらないわ。いやよ。いやよ」

お鈴は男の手を外して、夜具のそとへ転げだした。三平は息をあえがして、ものもいえないほどだったが、やがて、喉仏をごくりと上げて、

「お鈴。そんなにおれを嫌うのか？　おれにこんな大仕事をやらせたのは、お前じゃないか！　おれはお前を喜ばすためなら、どんなことでも、するつもりだった……」

「ふふふ、あたしを喜ばしてくれる男なら、だれでも好きだわ、あたしは」

「こいつ、殺してやる」

三平の手がのびる。

「殺してごらんなさい。死んでしまえば、もうこの手で、あんたを抱きしめてあげるこ

とも、出来ないのよ。それでもよかったら、殺してごらんなさい」

お鈴は白い歯を見せながら、男の手を逃がれて、腰をくねらした。汗ばんだ肌が妖しく闇をのたうって、獣じみた男ごころを、いっそうかきたてるのだった。

「いやよ、いやよ」

と、お鈴は面白がっているように、その声も調子も、鼻にかかって甘ったるい。男は女の肩を押さえて、

「お鈴。どうしたら、お前は喜んでくれる？　いってくれ。教えてくれ。お前のためなら、なんでもしよう」

「ほんとう？　三平さん」

お鈴は男の目を見つめる。三平は大きく、うなずいた。

「それじゃあ、あの鏡をあたしに頂戴。あなたが紅面夜叉の城から、命がけで盗みだしたあの鏡を……」

「あれが欲しいか。よし、やるぞ。どこへ売りつけようと、どぶ川へたたきこもうと、お前の好きにするがいい」

三平は跳ねおきると、荷物を忙しく掻きまわして、錦の袋を取りだした。

そのときだった。障子のそとの二代目五右衛門は、手早く顔を布でつつみかくすと、脇差をぬきはなって、部屋のなかに飛びこんだ。お鈴と三平が、あっと叫んだときには、鏡は五右衛門の手につかまれていた。

「泥棒！」

と、お鈴が叫ぶ。三平は荷物を抛げつけると、朱鞘の愛刀にとびついて、抜きうちに斬りつけた。その一閃は、闇を斬っただけだった。つづいて二の太刀を見舞う。それが、曲者の顔をかすめた。顔をかくした布が落ちる。

はっとした五右衛門は、脇差の片手なぐりを三平に送り、もうその瞬間には軀ごと障子にぶつかっていた。廊下に倒れる障子を踏みやぶって、五右衛門は逃げる。その顔を、お鈴は流れるうす明りに、はっきりと見てとった。

「あんたの所望のものは、これに間違いないだろうね？」

五右衛門はふところから、錦の小袋をとりだして、相手の目の前にさしつけた。

相手の男は首から先に泳ぎだして、両手を鏡にさしのべたが、五右衛門は袋をひょいとひっこめて、

「いや、まあ、よく見てくだせえな」

「見たとも。見たとも。たしかにその袋に相違ない。錦の浮織模様に見覚えがある」

と、目をすえて口走った男の背には、歪んだ瘤が異様に盛りあがって、これは紅面夜叉いちまきの蜘蛛六だ。

「そうですか。そりゃよかった。あたしも、頼まれ甲斐があったというもんでさあ」

二代目石川五右衛門は、青鬚のすさまじい顎で、にやりと笑う。

「これで、あたしが助けていただいた義理は、お返しいたしましたぜ」

「そんなことは、どうでもいい。早くその鏡を、手にとらしてくれ」

蜘蛛六は、また両手を前に泳がした。

二代目五右衛門は、艫のほうへひょいっと腰をずらして、にやりにやり笑いつづける。

小舟は櫓をはずしてあげていても、急流に乗って、飛ぶように下って行くのだ。ひろい川幅の岸を飾っている奇態の岩岩に、流れは白く泡をかんで、玻璃《ギヤマン》を砕いたようなしぶきを、ぱあっと明るい宙に散らす。迫った絶壁の松の緑が、濡れて光って、目も染まりそうだ。

激しく上下しながら、滑って行く小舟のなか。ふたりは、どちらも蓑をつけていたが、舟ばたにあがる水しぶきで、全身びっしょりだった。蜘蛛六はすのこ笠の下で、けげんな目つきをしたが、

「そうか。これは有頂天になっていて気づかなかった。約束の礼金をださなければ……。いや、すまぬ。すまぬ」

と、機嫌とりの笑顔になって、ふところに手を入れた。

だが、五右衛門は、相手の太い眉の前で、大きく手をふると、

「まあ、待っとくんなさい。べつに催促してるわけじゃあねえ。もちろん金がいらねえたあいやしませんがね……。だが、それより、ちょっと聞きたいことがあるんだ」

「聞きたいことと？　なんだ。早くいってくれ……」

蜘蛛六は自分でもいうくらいで、確かに有頂天になっていた。木曽に知られた山大名の命をふたりまで奪い、恐しい騒動をひきおこした原因の秘鏡。それをようやく目の前にしたのだから、軀中が興奮に突きあげられたのも、当然だろう。

もともと卑屈な蜘蛛六に、主人の財宝を狙う下ごころがあったわけではないのだが、紅面夜叉が不意討ちの鎧通しにあっけなく倒れ、巨万の富のありかを秘めた懐中鏡が雨

傘三平に奪われて行く現場を、偶然、目撃してみると、自分ながら思わぬ方角に心が動いた。

「こんな名も知れぬ野郎が、漁夫の利を占めるなら、おれがそれに、取ってかわってもいいはずだ」

主人が殺されてみれば、明日のわが身のわからぬ今だ。どうともなれ、こいつに手を出して、ひと勝負してみよう、という気になった。三平のあとを追ったが、乱戦のなかに見失い、いったんはあきらめかけたものの、翌日、女づれで東海道をめざすらしい男を見かけて、覚悟は決った。

宿場、宿場で機会を待ったが、どうにもうまく盗みだせず、いらいらしていたところへ、二代目五右衛門を見いだしたのだ。

「こいつを助けて恩を着せ、利用してやるのも一計だぞ」

と、声をかけたのが、図にあたって、鏡を目の前にしたいまだった。

「聞きたいこと、というのは、ほかでもありませんがね」

と、いいだしながら、五右衛門は、鏡をふところにもどしてしまった。

蜘蛛六は身を乗りだして、目をきょろきょろさせる。相手のふところに隠された鏡が、そのまま煙りにでもなってしまいそうで、落着かぬ胸さわぎがするのだった。

「この鏡には、なんかいわくがあるんでしょう?」

カニづらが上目づかいに、ずけりと切りだす。

「そいつが知りたいんだ。あたしゃあ……」

「いわく、とは」

蜘蛛六は息をひいた。双親がよっぽど、いい加減にこしらえたらしい不様な顔が、背中の瘤にめりこんだように見えた。

「いわくは、いわくさ。なぜ、あんたはこんな鏡を欲しがるんですね。金まで使って……」

それがわからねえ、といった身ぶりで、首をふる。

「あんたは男だ。裸になってもらって、確かめるまでもねえだろう。この鏡を後生大事に持っていた野郎、三平とかいいましたね。あいつも男だ。女を連れてはいたが、鏡はあの牢人野郎が持っていた。ところが、こいつは女に用はあるが、あまり男にゃあ、縁がねえしろもんじゃありませんかね? たいてえは」

せむしは、するどく見つめられて、目をそらした。

「それを、男が目のいろ変えて欲しがる。臭えね、こいつは……。ぷんぷんする。なにか、あやがあるんでがしょう？　聞かしてもらおうじゃありませんか、そいつを……」

「別にあやなど、なにもない」

「そうはいわさぬ。お前さん、頼んだ相手が悪かったよ。二代目石川五右衛門さまだ。こんな変てこりんなはなしは、見逃せねえたちなんでね。あの野郎、おれに斬りつけてきたんだぜ。金を盗んだわけじゃあねえ。たかが鏡だ。おれと白刃のやりとりをしてまでも、それを奪られたかあねえらしい。変だねえ、こいつは……。お前さんだって、そう思やあしねえか？」

小舟がぐらっと揺れて、水しぶきが立った。蜘蛛六は舟ばたにつかまりながら、相手を見つめて口走る。

「礼金を倍にしよう。な？　約束の倍、金を出す。鏡をわたしてくれ」

「いやだね。金は約束どおりで、けっこう。話を聞かしてくんねえ」

五右衛門はうそぶいて、天竜峡の空を仰いだ。

断崖の上のはい松に、秋の陽が燃えたって、絶壁の岩肌が濃い明暗をつくっている。

澄んだ青空を鳥影がかすめて行った。岸に聳立する岩塊の、羅漢に似た容貌がしぶきに濡れて黒く、見る見る近づいては、また離れて行く。

「聞いてどうする？」

蜘蛛六の目は、血走っていた。五右衛門は、すのこ笠の下から、横目でちらっとそれを見やって、気のない返事だ。

「さあ、どうするかね」

「話したら、わたすな？　必ず」

「まあ、話してみなせえよ」

「いや、話さない。五右衛門、貴様は恩知らずだな。盗賊というものは、義理堅いと聞いていたが……」

「妙に喉にからんだ声を出すじゃねえか。義理はもうすんでいるはずだぜ。約束どおり、鏡は手に入れた。これから先は取引でさあ。こいつは、大した金を生むしろもの、とにらんだんだ。それ、ずばりだろう？　目のいろが変ったぜ」

「だから、礼金を倍にするといった」

「へっ、そいつはお前さんのふところに入る金の、何分の一だい？　礼金なんざ、いらねえからよ。おれにも半口のせてくんな。どうだい、この相談は？」

「半口のせて、どうしろ、というんだ」

「儲けは仲良く山分けさ。おれのお蔭で手に入った鏡だからね」

五右衛門は厚い脣を、にたりとゆがめる。

蜘蛛六は答えない。脣をかんで、いまいましそうに、カニづらをにらみつけたままだ。

「どれ、いつまで舟を流してはおけねえ。岩にぶつけでもしたら、おいしい仕事も、まるきりふいだからね」

五右衛門は腰で拍子をとって、身軽く立ちあがると、櫓に手をのばした。

及び腰になったその姿勢が、蜘蛛六の心を決したのだろう。蓑の袖が跳ねあがったと見ると、大刀が銀の尾をひいて鞘走った。

「裏切者！」

だが、白刃は舟ばたにあがる玻璃《ギヤマン》のしぶきを、さっと薙いだばかりだった。

「あぶねえ！」

ぐらっとかしぐ小舟のなかで、二代目五右衛門はたくみに刃尖をかわすと、流れる相手の小手をつかんだ。

「なにをしやがるんだ。裏切者だと？　手前勝手ないいがかりはよしてくれ。おれはお前さんの家来になった覚えはねえぜ。ただ助けてもらった恩返しに、鏡を盗んできただけだ。それから先はなにをしようと、こっちの勝手じゃあねえか。こんな狭いなかで、刃物をふりまわされちゃ、迷惑だ。あやうくかけ替えのねえ命を、ヤマメの餌にくれてやるとこだったぜ」

「うぬ！　このカニづらめ」

蜘蛛六はもがきながら、毒づいた。すのこ笠が台を離れ、風に白くひらひらひるがえって、波間に落ちる。見る見るそれは押しながされて、見えなくなった。

「看板のことは、いいっこなしにしようぜ。お互いによ」

と、五右衛門は顎をしゃくって、

「お前だって、あんまり女っ惚れのする道具立てじゃあねえや。好みであつらえた御面相じゃねえんだからな。お前も、おれも」

せせら笑いながら、腕に力筋を立てて、刀をふりおとそうとする。

蜘蛛六は肱を突っぱって防ぎながら、背中の瘤ごと軀を相手にたたきつけた。よろめいて、五右衛門の手がゆるむ。すかさず、自由になった刃を返して、左に払った。

「くそ！」

五右衛門がわめく。がっと脇差を抜きあわせた手に、どす黒く、血の糸がからんでいた。

小舟は狭いし、蓑が動きのじゃまをするのだ。蜘蛛六は焦立ち叫んで、斬りかかった。とたんに舳先《へさき》が川の岩に触れて、舟ぜんたいがくるりと廻る。中心を失って、せむしの足がよろめいた。自分がふった得物にひかれて、前へのめりかかる軀を、五右衛門が突きとばした。

「わあっ」

手をふりまわしても、支えはない。どっとあがる水しぶきのなかに、脇差がきらりと躍った。

五右衛門は白刃をほうりだす。揺れる舟に調子をあわして、櫓をとりあげた。舟底に横たわった脇差には、鮮血が薄く走り、あぶらがぎっとり浮いていた。矢のようにすすむ舟に櫓をあやつりながら、二代目五右衛門はせむしの沈んだあたりを見返って、ぺっと唾を吐いた。

東海道に出ると、さすがに旅籠も豪勢になって、拭きこまれた廊下が長くつづき、畳にごろりと抛げだした軀も休まる。どこかの座敷で、女中が客にからかわれてでもいるのだろう。ぞっとする尻あがりの笑いが、かすかに聞えた。

中庭の樹木に弱い夕陽が黄いろくあたって、影が縁先にまでうっすら届いている。二代目石川五右衛門は、障子を半分ひきあけた座敷のなかに腹ばいになって、錦の袋からひっぱりだした懐中鏡を、ためつすがめつ眺めていた。

「いってえ、どんなあやがあるんだろう、この鏡に？」

見たところでは、なんの変てつもないただの鏡だ。よく磨いてあるから、よくうつる。それだけのことだった。

畳において、のぞいてみる。無精鬚の黝《くろ》ずんだ顔が、下から見あげた。明日の朝は、かみそりをあてねばなるまい。それにしても、まずい面だ。カニと蔭口たたかれるのも、もっともだ、と自分ながら感心する。

「親父はちょっとした色男だったんだがな。いってえどんな手順の狂いで、こう出来そこなっちまったんだろう？」

いまさらながら、お天道さまがうらめしい。もう少しましな顔に生まれていたら、泥棒になんぞならなかったかも知れないのだ。餓鬼の時分から、カニ、カニ、と呼ばれつけて、本当の名を思い出せないくらいだった。他人が呼ぶならまだしもだが、親父までが自分のつけた名を使ってくれないのだから、情なくもなろうではないか。

「もっとも親父にしてみりゃあ、生まれてもらいたくなかったおれなんだろうなあ……」

それが生まれたばっかりに、木曽の山里で一生を埋める羽目になったのだ。身からでた錆、といってしまえば、それまでだが……。

親父は女道楽から大坂を食いつめて、旅の空を流れてきた商人だった。それが木曽の福島で豪家の娘を、商売に利用するのがもともとの腹だったらしいが、とにかく、だまくらかしたのだ。それが、女の腹に五右衛門の入ったのをきっかけに両親に知れ、どうにも、逃げだせなくなってしまった。両親にしてみれば、得体の知れぬ旅ガラスを聟にしよう、というのだから、娘かわいさの大慈悲心だったのだろうが、親父のほうは、クマの穴にでも墜ちたような無念さだったに違いない。豪家といってもたかは知れているし、おまけに寝顔を見れば、よくまあ、こんな女が抱けたものだ、と自分ながら感じいるような相手なのだから。

おふくろは生来、鈍感だったのだろう。親父のやるかたない悔恨を、幼い男の子ひとりがひしひし感じて、妙に根性のねじれて行った裏街道の果が、二代目石川五右衛門の名につつまれたいまの自分なのだった。

「ちえっ、つまらねえことを思い出させる面だぜ」

と、舌を出す。鏡のなかからも、岱赭《たいしや》いろの分厚い肉がのびあがった。人間の舌というやつは、よく見るとなんだか気味の悪いものだ。へらへらと動かして見ているうちに、馬鹿らしくなってきた。

「遊んでるんじゃないんだ。馬鹿野郎！」

と、鏡のなかの顔に舌をひっこめさせて、裏を返してみる。青銅いろの肌に、卒塔婆に書いてある文字みたいな模様が、浮彫りされていた。指でたどってみたが、さて、なんのことだか見当もつかない。

今度は縁をしらべてみる。鉄が二枚、張りあわせになっていて、なかになにか隠してありはしないか、と思ったのだが、それらしい痕跡はなかった。

「駄目だ！」

癇癪を起して、五右衛門は鏡をほうりだした。それは廊下に飛びだして、音を立てたが、五右衛門は両手を頭にあてると、仰むけに寝てしまって、お構いない。

「あのせむしの馬鹿野郎め。短気を起したばっかりに、おれまで儲けそこなった。短気は損気ってことを知らねえからいけねえ」

と、口のなかでぶつぶついいながら、目をとじたが、いつの間にか寝こんでしまった……。

廊下に静かな足音がして、だれか衣ずれの音をさせながら近づいてきたと思うと、ひらいた障子の前で、ぴたりと立ちどまった。

「鏡だわ」

女は夢のようにつぶやいて、自分の胸もとに、白くしなやかな手先をすべりこませたが、

「ああ、ない。わたしの鏡。お母さまの大事な遺見の鏡がないわ。どうしたのかしら?」

と、小さな声で歌うようにいう。あたりを妙に頼りない目もとで見まわしているのは、穴山岩千代が見たら、狂喜するだろう。ほかでもない卒塔婆弾正の娘、香織なのだ。

少しやつれてはいるが、相変らず﨟とし て、目鼻立ちも美しい。ただ、その顔は不思議にかがやきを失っていた。顔いろが悪いとかいう理由からでなく、なにか魂のない人形のように見える。それは、妙にうつろな目のせいに違いないが、いったい、どうしたというのだろう。

香織は足もとの鏡を見て、首をかしげていたが、

「これがそうだわ。ここに落ちていた。すみません、お母さま。大事なお遺見を落したりして……」

そうつぶやいて、拾いあげると、また静かな衣ずれの音をたてて、いってしまった。だれも見ているものはない。庭木に、桃いろの胸をした小鳥がとまっている。それが葡萄いろの南京玉みたいな目で、眺めていたばかり……。

座敷のなかの五右衛門が、大きなあくびと一緒に、身を起した。見まわしたが、鏡がない。いっとき自棄は起したものの、まだ充分に未練のある品だから、顔いろが変った。跳ねおきて、廊下をのぞくと、拭きこんだ板の流れが、いちど鉤の手に曲って、またまっすぐのびているむこうの座敷へ、女の後ろすがたが消えるところだ。

「臭いぞ、あいつが……」

五右衛門はうなずくと、さりげない足取りで歩きだす。

座敷の前まできた。障子が、きちんとしまっている。お手のもので、音を立てずに、わずかすべらすと、あたりにひとの気のないのを見さだめてから、できた隙間に、顔を押しつけた。

女は横顔を見せて、すわっている。膝の前においたふたつの鏡を、不思議そうに見くらべていた。

「あれ？」

五右衛門は、あぶなく声を洩らすところだった。よく似ているのだ。鏡を盗んだ相手の男、三平とかいったあの瘠せ牢人の連れの女に……。

だが、よく見ればだいぶ違う。あの連れの女は、もっと色っぽかった。こっちの女はお上品にとりすましていて、迂闊に冗談なんかいえそうもない。他人の空似で、ちょっと見が、ただ似通っているだけなのだろう。

五右衛門は女の顔から、その膝の前へ視線を移した。鏡が目について、舌打ちした。

「やっぱり、こいつだ！」

虫も殺さない顔をしている癖に、この女、手が長いとみえる。

「畜生！」

と、口走って、障子をあけると、おどりこんだ。

「ふてえ阿魔だ。そりゃあ、おれの鏡だ。さあ、おれの鏡を返しゃあがれ」

「あれ！」

と、女は叫んで、腰を浮かした。膝に突かれた鏡が、畳の上を左右に走る。五右衛門は、ちょっと二面を見くらべてから、

「おっ、こっちだ」

と、ひとつを手にとりあげて、

「この鏡、いまおれの座敷から盗んで行ったものだろう。そんなきれいごとの御面相に、なにも知りませんてえ様子をしやがって、油断のならねえ小女郎だ」

「怖い！」

香織は目を大きくひらいて、部屋のすみに身をすくませた。肩のふるえが、かえって軀のしなやかさを思わせる。五右衛門の目がそこに光った。

「わたしはなんにも知らない。それはお母さまの遺見の鏡。持って行かないで……」

「まだしらを切りゃあがるか？　悪いと思ったら、謝れ。すみませんでした、といやあ、こらえてやらねえものでもねえ。その顔なら、出来心で通るぜ、お姉ちゃん」

カニづらに卑しい笑いがただよった。五右衛門は鏡をふところに入れると、女に近寄って、ぐいっと手を握ったが、背後の障子が開きっぱなしなのに心づいて、閉めにもどった。その鼻先へ、夕あかりの中庭を背に、立ちふさがった大男がある。

「なんだ、お前は？」

「へ？」

と、五右衛門は胆をつぶした。

「ひとの部屋へなんの用があって、入った」

障子一枚の幅では入りきらないような大坊主だ。五右衛門の肩を小突いて、なかへ入る。うしろにもうひとり、ウメボシの黒焼みたいな小柄な武士が、目を光らしていた。

「さあ、いえ。なんの用があって入った。返答次第では、ただではすまぬぞ。女ひとり残った部屋に、なんで入った」

三好清海は、湯あがりの額を光らしながら、部屋のすみに脅えている香織へ、気づかわしげな視線をなげた。

「人相が悪いな」

と、望月六郎も女のほうをちらと一瞥して、災難が起ったらしい衣服の乱れの見えないのに、安心しながら、顎をしゃくった。

「こやつ、泥棒らしい」

「そうじゃあ、ねえや」

五右衛門は目のいろ変えて、抗議の手を大きく振る。

「泥棒は、そっちの女だ」

「なんだと？」

清海入道は目を怒らした。

「この娘が泥棒だとは、理不尽なことをぬかす。もういっぺんいってみろ」

そう声を荒らげながらも、当惑していた。この娘のことをなんといったらいいか、いつも迷うのだ。名前が呼べれば、いちばん簡単なのだが、娘自身、自分の名前がどうしても思い出せない、というのだから、始末が悪い。名前だけでなく、自分の父の名もいえなかった。この女は漕ぎ手のいない小舟の上に、花がくずれたような身を横たえて、赤鬼嶽の裾を走る急流を運ばれていたのだ。川岸の朝の光りのなかを歩いていた三好と望月が、それを見とがめて、岸に寄ってくる小舟から、助けおこしたとき、女は意識がなかった。

しばらくして、香織は清海の腕に助けられたまま、目をひらいた。しかし、香織は昨夜の香織ではなかった。絶壁の宙に足もとを失った瞬間から、香織の心は、胸をさす悲しい記憶をふたたび思い出すことを拒んだのだ。非業の父の運命も、恐しい夜討ちの場景も、恋しい岩千代のことも、そして、自分の名前さえも、香織はわすれさっていた。

清海入道は、魂のない女のほうに目をやってから、もう一度くりかえした。

「さあ、いってみろ」

「いえ、なにもあたしゃこの娘さんが、お武家さまがたのお連れだなんて、夢にも思わなかったもんですからね。つい、かっとなって飛びこんじまったんで」

五右衛門は、清海の大きな軀に威圧されて、畳に両膝ついたまま、首をふりふり、後じさった。

「この鏡。これなんですよ」

と、ふところから出した鏡をかざしてみせて、

「あたしがこいつを自分の部屋に抛げだしたまま、居眠りをしてたんです。障子が開

きっぱなしだったのは、こっちの手落ちですがね。目をあいてみると、鏡がねえ。廊下に出てみると、このひとの姿が目に入ったんで、あれえっときてみると、この通り、鏡があった。まあ、女のひとのことだから、鏡には気が惹かれまさあ。無理もねえ。あたしだって鏡さえもどりゃあ、それでいいんで。なにも騒ごうの、なんのてえ、あれは……へっへっへっへ、まあ、ごめんなすって……」

五右衛門は、障子のほうへにじり寄った。

「それはお母さまの遺見の鏡。大事な鏡ですわ……」

香織は小声で、おびえながらいった。だが、その母の名は思い出せない自分なのだ。ただ優しいひとだった記憶だけが胸に甘い。

清海は、もう一面の鏡を見やって、

「いつも大事にしている鏡は、ここにある。きっと間違えたのだろうよ。大丈夫だから、安心しなさい」

と、うなずいてから、望月を返り見た。

「どうしよう？　この男」

「うん、そうだな。なにか、紛失しているものは、あるまいな？」

と、見まわす望月といっしょに、清海も座敷を眺めまわして、

「大丈夫らしいが……」

「それならば、まあ、放してやろう」

と、望月がいった。

「そうするか。やい、貴様、おれたちが借りた以上は、いわばわれらの城郭だ。そこへ、のこのこ入りこんだからには、敵方の密偵と見て、斬りころされても、しかたがないところだぞ」

ぐっとにらみつけられて、五右衛門はふるえあがった。

「だが、貴様なんか、斬っても刀の汚れだ。見逃してやるから、さっさと失せろ。二度と舞いこんだら、容赦はしないぞ」

「有難いことで……。ごめんなすって」

と、あわてて出かかる前へ、望月六郎が、そっと足を出した。五右衛門はそれに見事つまずいて、廊下にずでんと転がった。

煩《ぼん》悩《のう》不《ふ》尽《じん》録《ろく》

「あの男だ！」

お鈴は目を大きくして、立ちどまった。

「確かにそうだわ。間違いない」

わすれられる顔ではなかった。廊下を流れるうす明りで見たきりだったが、カニに似た顔つきは、はっきり目の底に焼きついている。

希望に急ぐ旅の足を、たった一夜で、あてのない暗い流浪に変えてしまった憎い男なのだ。お鈴は道ばたの柳のかげに身をひいた。柳はあらかた葉の落ちつくした枝を、夕闇のなかにたれて、ところどころに残った黄いろい葉は、すこしの風の通過にも、はらはらと散って行くのだ。その下に立てば、うしろが板壁の闇だまりで、往来の目から身をまもってくれるだろう。

男は、酒に酔っているらしい。足もとがわずかだが、ふらついていた。もう夜は冷え冷えとする地面に、淡く落ちた自分の影とからみあいながら、宿はずれのほうへ歩いて行く。

明日は宇津谷峠へかかろうという岡部の宿は、藍いろの暮色に沈んで、空には黄楊《つげ》の櫛のような月が黄いろい。

お鈴は柳の下から出ると、男のあとをつけはじめた。往来は人通りもまばらで、瘠せて肋の目立つ黒イヌが、むこうからへろへろと歩いてくる。それが、安泊りで待っている三平を思い出させた。

「おしまいだわね。男も、こうなっちゃあ」

そう思って、お鈴は脣をゆがめた。

まったく、人間も瘠せイヌから連想されるようになっては、形なしだ。三平の飢えたような目は、この二、三日、確かに獣じみている。鏡を失ってからというものは、むこうっ気もげっそりなくなって、お鈴を見る目までが、おどおどしていた。

それだけに、目の前を行く男が憎くてしょうがない。

月を背にしているから、ふりむかれても顔を見られる心配はなかった。第一、あの男はこっちの顔など、覚えていやしないだろう。それでも用心してうつむきがちに、お鈴は尾けていった。

だが、前を行く二代目石川五右衛門は、それを気づいていたのだ。だれか尾けてくるやつがいる、と酔ってはいても、ぴんときた。ふだんから身の危険には、油断がない。いつかそれが習性になって、もう動物のように、いわば臭いでわかるのだ。

「どんなやつだろう?」

小石につまずいてよろめく思いいれで、それとなくまぶたのはしからうかがうと、なんだ、女だ。

しかし女だからといって、油断はできない。もう自分の旅籠だが、迂潤に入ってしまうわけにはいかなかった。前を素通りして、板塀について曲る。

お鈴はこんなことには無経験だから、気づかれたとは夢にも思わなかった。躊躇なく板塀の角を曲ったとたん、いきなり手をつかまれて、

「姐さん」

と、呼びかけられた。

五右衛門は、薄暗い路地の板塀に、だらしなくよりかかって、女の手を放さない。

「どうして、おれのあとを追ってくるんだえ?」

お鈴は顔をそむけて、答えなかった。

五右衛門は酒臭い顔をすりよせて、

「どうしたんだよ。唖かい? お前は。さあ、返事をしねえな」

お鈴はそれでも答えずに、そのかわり、握られた手を、そっと廻して、男の指を握りかえすと、そむけたまま頰を寄せて行った。

「なあんだ。商売女か」

五右衛門は、ほっと息をついた。暗くて目鼻立ちの細かいところまではわからないが、なかなか美しい代物だ。寄せてきた肩の円味が、こたえられない。

安心したので、急に酔いの発した息を吐きながら、五右衛門は女の肩に背後から手をまわす。腕のなかで、女は艶かしい重みとなった。着物の上から乳房をさぐると、女はかすかな笑いを喉で聞かして、男の指をぎゅっと握る。

「おれの部屋へくるか? え」

五右衛門が黒髪に鼻を埋めながら、小さな耳にささやくと、女の項は白く前に揺れてうなずいた。

「それじゃあ、ここで待っていな。この塀に潜り戸があるはずだ。いま、なかから開けてやる。おれはここに泊っているのさ」

と、離れかけたが、このまま、消えられないとも限らない。せめて、ただ儲けをしておくつもりで、女をひきよせると顔を押しつけて、果実のような脣を貪った。女の歯のあいだから小さくのぞいた舌が、五右衛門の軀を、なますにした……。

座敷から庭下駄を突っかけて、板塀の木戸をあけると、女はうす闇のなかにキツネの精のような影を浮かして、おとなしく待っている。

「さあ、こっちへおいで」

と、手招きして庭へ連れこむと、廊下に宿の者のすがたのないのを見すましてから、座敷へあげた。

五右衛門が行燈に灯を入れようとすると、女はその手を押さえた。

「明るくしないで、恥ずかしいわ」

と、寄りそう声が消えいるようで、商売女のすれっからしとは思えなかった。まだ身を落して、間もないのだろう。五右衛門は、カニづらをくずした。それに、金のことをいいださないのも、有難い。たんまり御馳走になってから、場合によったら、おどしつけて、おっぽりだすこともできるだろう。

「恥ずかしがることはねえだろう。それとも、おれの顔を見たら、情が移って離れられねえか？」

いい気なことをいっているが、女にもてない原因のカニづらを見せつけずにすむのは、こっちも好都合だった。

「ほんとうだわ。ね、明るくしないで……」

女はささやきながら、上体をあずけてくる。顔を重ねて行くと、項をそらして、小さなあえぎが喉にからんだ。五右衛門は頬をはさんだ手を、白い首すじにすべらして行って、胸もとに差入れる。息づく丸い隆起をさぐった。女は五右衛門の首に手をからんで、身をそらしている。

月の光りが窓から忍びこんで、部屋のたたずまいが、ぼんやり浮かびあがっていた。お鈴は男のざらつく頬に、頬をあわせながら目をひらいて、申しわけばかりの床脇を見つめた。目をこらすと、棚の上に小さな円盤が、幽かながら識別される。錦の袋の浮織模様が月の仄明りに映えて、おぼろに浮かんで見えるのだ。

お芝居でなくて、鼓動が迫った。いやな思いをした甲斐があった、と思うと、お鈴は男にすがる手の力を強めた。

　五右衛門の胸に、女の動悸が伝わる。それを自分が早めさせた動悸と信じて、男は有頂天になった。帯を手でさぐる。それは暗がりで、ネズミの鳴くような音をたてた。

　うす闇のなかに、くつろげられた女の肩が、白くほのめいている。五右衛門は女帯の立てるきしりを手であやつって、その長さにじれったがりながら、

「なんていうんだ、お前の名は？」

　と、ささやいた。

　大きく目をひらいて、棚の鏡を見つめているお鈴には、それが聞えなかった。もう一度くりかえされ、はっとした口が思わず、

「おす――」

　と、すべりかけて、いいつくろった。

「お杉というの」

「お杉か……。帰さねえぜ。明日の朝までは」

「帰らないわ、帰れといったって……」

　お前が不覚に眠りこんで、あたしが鏡と一緒に消えるのも気づかぬほどになるまで

は、とお鈴は胸のなかでつけ加えながら、軀をずらして、畳にうねった帯からぬけだした。

その目はなお、床脇の棚を離れず、部屋をひたす秋の冷気にさらされた肌を、男の手が撫でまわす気色の悪さにたえていた……。

雨傘三平は、お鈴の手から、錦の袋をひったくった。唇がふるえているが、ものもいえない。古代錦の浮織模様を、わななく手で撫でまわしている。お鈴は縁に腰をおろして、それを見つめていた。なんだか当てがはずれたような思いで、胸が寒い。かきあわす胸もとに、まだあのカニづらの体臭がしみていそうで、嫌らしかった。

「あたしの心は、もっと嬉しさに、はずんでいるはずだった」

と、頭のなかでつぶやいている。三平に鏡を渡して、その喜色に明るむ顔に、自分も明るくなれると思った。しかし、これはどうしたことだろう。自分は三平の手のわななきに、白い目さえむけているではないか。

お鈴は眉をしかめた。狭い庭にさす午前の日光がまぶしかった。梅の古木が黒い土にゆがんだ影を落している。井戸側に乾してある飯櫃が砥の粉いろに明るんで、その上にスズメがいっぴき降りていた。

低い竹垣のむこうに、すがれた畑が枯草のあせた緑をところどころに見せて、遠くまでひろがっている。畦道の繁った大木の下に、五つ六つかたまっている墓石が、澄んだ大気のなかに、鮮かに浮かびあがっていた。もっと遠くの畦で焚火をしているらしく、煙りが白く微風にひろがりながら、雲の多い空に立ちのぼるのが望まれた。ウシの鳴声ものどかに聞える。

お鈴は目をとじた……。

ここは、あまりに明るすぎる。霧ガ窪の霧の澱みが、なつかしかった。毎日のように男の顔が違う暮しも、思えばかえって気楽だった。恥ずかしい、と考えたこともない。ものごころついた頃から、父と呼ばされる男が、半年おなじだった例しはなかった。母は素焼の酒瓶から、手づくりの酒をあおって酔うと、

「あたしたちはね。このへんの山の女とは違うんだよ。お前は立派なお武家さまの子なんだ」

と、お鈴の髪を撫でて、笑いくずれたものだったが、それだからといって、幼いここ

ろには、なんの変化も呼びさましようがなかった。

丸木の壁に寝藁を寄せて、童女の顔がまだ目をあいているのに、平気で裸の軀を客の野武士に、からみつかせる母だったし、髪に白いものがまじりだして、若いお鈴のほうを客が望むようになると、嫉妬の目も光らしたものだが、やはり懐しいただひとりの故人なのだ。

嫌な客もあったが、どうしてもわすられない顔もない。少くとも霧ガ窪にいたあいだ、そうだった。しかし、こうして三平を前にしていると、ふと思い出される顔がある。

あの日の朝、ひとつ家を送りだした名も知らぬ一夜の客が、その顔の主だった。他国者らしい元気のいい若者で、額にたれた無雑作な髪が、子どもっぽかった。ずいぶん、すれっからしのような振舞いも見せたが、きらきらした目は、若い猛獣のそれに似て、近寄りがたいほどの清潔さを見せていた。やさしく人懐っこい話しぶりは、黙って聞いていても微笑をさそわれたが、それでいて、芯には薄情そうなところも感じられる。

お鈴には、そんな若者を、なにか新しい植物でも見せられた思いで、

「また会いそうな気がするわ。どこかで……」

と、口走ったものだったが……。

雨傘三平は、お鈴を見ていなかった。汚れた畳にあぐらをかいて、袋の口をゆるめると、鏡をすべりださせ、食入るように見つめた。

あわただしく裏返す。青銅の浮彫りを指がはいまわる。目をまぶたが押さえきれずに、あせっていた。

「違う！　違う！」

三平は、狂おしく口走った。

お鈴は、はっとして目をひらく。

鏡を持った三平の手が、わなわなふるえていた。脣もわなないて、かすれた言葉がとびだしてくる。

「これは紅面夜叉の鏡ではない！」

「えっ」

と、お鈴も腰を浮かして、男の手をのぞきこんだ。

「この模様が違っている。これは贋物だ。これは違う！」

「でも……」

と、お鈴はいいかけてやめた。しかし、確かにあの座敷には、ほかに鏡はなかったのだ。

「お前はうまうま、贋物をつかまされてきたんだ。ひと晩がかりで、お見事な腕だったよ。だが、腕ずくで奪ってきたわけじゃあるまい」

三平の目に、冷たいかがやきを見て、お鈴は表情を凍らせた。

「どうやって奪ってきたのか、いってみろ」

「それを聞いて、どうするの？」

お鈴の返事は、そっけない。それが、三平の胸をつきあげた。

「この売女っ」

男は縁に鏡をたたきつけて、立ちあがった。頰が蒼ざめているが、お鈴の石のような顔を見ては、それ以上の言葉は出ないのだ。

三平は無言で、大刀を取りあげると、狭い座敷から出て行った。瘠せた肩がさびしげだった。足音が遠ざかると、お鈴は、ほっと息をついた。大きな飴いろのウシが、垣根のすぐむこうを、鳴きながら通った。その鳴声が、冷却したこの場の空気を、いやに間抜けに揺がした。お鈴の頰に苦笑が浮かぶ。

縁から腰をあげて、女はあたりを見まわした。

脇の廊下を、ひとりの若い武士が通りかかった。お鈴はその武士の顔を見て、思わず、

「あっ」

と、口走った。

武士も立ちどまって、声のほうを見たが、ちょっと間をおいて、その顔に微笑がわいたのは、女を思い出したものらしい。

「やあ、妙なところで会うな」

と、相変らず、磊落な調子だった。

「あたしの虫の知らせ。当ったでしょう、やっぱり?」

そういって笑ったお鈴の頰に、生き生きと血のいろがさした。

真田大助は、こだわりもなく近づきながら、

「どうしたんだ?　霧ガ窪にいるんじゃなかったのかい」

「ええ。旅をしていますの。江戸へ行く途中ですわ。あなたも?」

「うん。おれのは例によって、あてがあるような、ないような……」

「そうですか」

と、お鈴はうなずいてから、急にいたずらっぽい目つきになって、

「約束ですから、お名前を教えてくださいな。いいでしょう?」

「おれの名か? そんな約束をしたっけかなあ……」

大助は笑いながら、首をかしげる。

「しましたとも」

と、お鈴は大きく顎をひいて、

「こんどお目にかかるときがあったら、あたしも本当の名をいうし、あなたも教えてくださるって……。あたし、お鈴というんです。それがおっかさんのつけてくれた名」

「おれの名は、大助」

「大助さま」

女は自分の胸に刻みこむように、若者の名を舌にのぼせた。

「どうだい。いい名だろう?」

と、大助は胸をそらす。

お鈴は心づいたようにいった。

「あたしの部屋、ここなんです。ちょっと寄っていってくださいません？」

「だれか、お連れがあるんじゃないのかな？」

「そんなひと、いやしませんわ。ほんとにお願い……」

「そういわれると、断れないたちなんでね」

大助は笑いながら、座敷へ通ると、隅に朱鞘の小刀だけが抛げだしてあるのへ目をやってから、庭をむいてあぐらをかいた。

「やあ、この部屋は見通しがきいて、すばらしいな。あの煙りは焚火かしら。焚火というやつは、遠くから見ていると、なんとなく昔が懐しくなるもんだ。枯れっ葉をあつめてさ。なかに芋でも抛りこんで、焼けるのを待ちながら、山神さんの話を木樵りの爺さんにしてもらったっけ。夢中だったもんだ……」

ひとり言のように話している横顔が、美しかった。

「おれにも、そんな時分があったんだから、おかしいよ。年寄りの家来に見つかると、うるさかったぜ。木樵りの子どもなんかと、遊んじゃいかん、というんだ。むろん、大人しくきくような子どもじゃ、なかったからね。また翌る日になると、城をぬけだして、みんなを集めちゃあ、餓鬼大将さ……」

「あなたは」

と、お鈴は畳に片手をついた姿勢のまま、

「お大名の若殿さま?」

「どうして?」

「だって、お城をぬけだすって……」

「ははははは、城といったって、紅面夜叉の城みたいに、ちゃちなものさ。若殿なんて柄じゃないよ。それにいまは親父のところをとびだして、ただの風来坊の大助だ。あらたまってもらっちゃ、迷惑だな」

大助は両膝をかかえて、笑顔をむける。

お鈴はなぜともなく、目をそらした。見つめられると、自分ながら不思議なほど、胸がせつなくなる。なにかいったら、声がふるえそうだった。

大助はまた、目を垣根のむこうの風景にもどした。

「大きなウシがいるね。眠っているのかしら。ちっとも動かない。へえ、カラスがウシの角にとまったぜ。見てごらんよ」

だが、お鈴は顔をあげず、急に突きつめた調子で、低くいった。

「大助さま」

「なんだね?」

「江戸へいらっしゃるんですか?」

「さあ、わからないが、多分そういうことに、なりそうだな」

「連れて行ってください、あたしを。お願いですから」

「え? お鈴さんをかい。江戸まで……」

「ええ、お願い。決してじゃまにはならないつもりです。ただ一緒に歩いてくださるだけでいいんですから」

「どうして?」

大助は静かに女の目を見つめる。お鈴は、はじかれたように、若者の膝にすがった。

「お願い! 連れてってください。おそばにいたいんです。あたしを見ていていただきたいんです。さもないと、あたし、どうかなっちまいそうで……。自分が怖くてしょうがないんです。あたしを、あたしを助けてください。大助さま」

若者の手に女の涙がしたたった。お鈴は男の胸に顔を埋めて、その肩がふるえている。

「困ったな。泣いたりしちゃあ……」

「ごめんなさい。わかってるんです。あたしのような女が、お伴できるはずはないって……」

「そんなことはないよ」

と、大助はいいきかすように、女の肩を押さえた。

「ただ、わたしは友達ふたりと一緒なんでね」

そういったとき、むこうの廊下のほうで、

「大助！　大助！」

と、呼ぶ声がした。猿飛佐助の声なのだ。

「そら、友達が呼んでる。行かなくちゃあならない。おなじ道中だから、また会えるさ」

「わかりました」

お鈴は小さな声でいったが、大助の胸から離れようとはしなかった。

「もう困らせたりはしませんわ。ただもうしばらく、こうしていて……」

お鈴は男の胸に軀をあずけて、じっと目を閉じた。遠い思い出のなかの日のように、心は安らかだった……。

しばらくして、お鈴は若者の胸から身をはなした。涙に濡れた顔に、恥ずかしげな微笑が浮かんでいる。大助は静かに立ちあがった。

「じゃあ、また……」

お鈴は無言でうなずいたが、ふと縁に抛げだされたままの鏡に気づくと、拾いあげてさしだした。

「大助さま、これを持って行っていただけません？」

若者は女の目を見てから、ほほ笑んでいった。

「預かっておこう」


「大助、どこへ行っていたんだ？」

猿飛佐助は腰を浮かして、若者を迎えた。大助は窓のそばへ行ってあぐらをかくと、鏡を膝の横において、窓框によりかかった。

「ちょっと景色を眺めていたんだ。子どもの時分を、思い出したりしてね。どうしたんだい？　いやに興奮しているじゃないか」

「見つけたんだ。とうとう見つけた」

佐助はまるい顔をかがやかせて、落着かない腰をおろす。

「見つけた？　だれを……」

と、大助が問い返すと、穴山岩千代がひきとって、それに答えた。

「香織どのらしい女と歩いていた男なんだ。佐助が馬子から聞きだしたその男の人相に、ぴったりあてはまる牢人を見かけた、というんだ」

「それもどこでだと思う？　この旅籠でなんだ」

と、佐助が口疾《くちど》につづける。

「おれが外から帰ってくると、そいつがどこかへ出かけて行くとこだったんだ。おれの頭のなかには、馬子から聞きだした人相書が、ちゃんと絵になっている。はっと思ったぜ。さっそく番頭をつかまえて、それとなく聞いてみると、確かに女を連れてるんだ。番頭のいうその女の人相も、香織どのにぴったりだ。男は出かけたが、女は座敷に残っている。すぐ行ってみようじゃないか？」

「部屋はどこだ」

と大助は口をはさんだ。佐助はもう立ちあがりながら、

「廊下をむこうへ、曲ったとこだとさ。裏庭へむかった部屋らしい」

「ふうん」

大助はちょっと考えてから、佐助に手ですわるように合図をした。

「まあ、そうあわてるなよ。聞きたいことがあるんだ。その牢人というのは、大刀一本きりしか、差していなかっただろう？」

「よく知ってるな？　その通りだ」

「驚くなよ。まだ知ってるんだ。その大刀の鞘だが、そいつは黒みがかったくらいに赤い朱鞘じゃなかったか？」

「ふうむ、どうして知ってる。見てたのか？」

佐助が目をまるくする。岩千代はあぐらの膝をたたいて、笑った。

「大助に、そんな隠し芸があろうとは、思わなかったぞ。こいつを太夫にして、千里眼の興行をうって歩こうじゃないか」

大助は微笑しながら、頭をふってつぶやいた。

「……なるほどなあ、そういえば似ている。口づての人相じゃあ、そっくりそのままに感じるのも、もっともだ。確かに似てるよ」

「なんか変なことをいいだしたぞ。今度はなんだ?」

と、岩千代が身を乗りだす。その顔と佐助の顔を見くらべながら、大助は静かにいった。

「水をさすようで、気の毒なんだが、こりゃあ、行くだけ無駄だよ。その女は香織さんじゃない。確かに似てはいるがね」

「どうしてわかる?　それが」

「実はいま、その女と話をしてきたとこなんだ、おれは。獅子吼谷で知りあった女でね。そういわれれば、香織さんに似てるんだ。感じは違うから、おれもいままで気づかなかったんだが、目鼻立ちがそっくりなようだ。おれは初めて香織さんを見たとき、なんだか前にどこかで、会ったことがあるように思ったものだが、その女の顔を思い浮かべていたらしいんだね。こっちはその女の性質なり、感じなりが、先に染みついているから、それから香織さんを見ても、ひどく似ているとは思わないが、香織さんを先に知ってるものが、黙って立ってるあの女を見たら、おどろくだろう。しかし、ぜんぜん別人なんだ……」

「そうか」

佐助は重い息といっしょに、そういって、肩を落した。岩千代も首をたれて、

「どうやら、おれたちは、ずいぶん無駄道をたどっていたようだな」

と、暗然とつぶやきをもらす。その目がふと、大助の膝わきにおかれた鏡にとまった。手に取りあげて、裏表をあらためていたが、急に顔をあげると、

「大助、この鏡はどうしたのだ？　さっきまでは、持っていなかったようだが……」

「なぜ？　鏡がどうかしたか……」

大助がけげんそうに見かえすと、岩千代は思いみだれた調子で口走った。

「これは香織どのの鏡なのだ。亡くなられた母御の遺見だとか、大切にしていた品だが……」

「なに！」

大助と佐助と、ふたり同時にそう叫んだが、

「よし、待っていてくれ」

と、いい残すと、大助は立ちあがり、足早に廊下へ出て行った。

しかし、部屋にお鈴のすがたはなかった。

庭から縁へかけての午前の陽ざしが明るすぎて、座敷のなかはひどく暗く見える。壁

の下になげだされた朱鞘の小刀が、うす暗がりのうちに、濃い朱のいろを沈ませているばかりなのだ。

大助はしばらく、廊下の陽だまりに立ちつくしてから、待っているふたりのもとへ帰ると、手短かに事情を説明して、また裏庭へもどった。庭へおりて、石に腰をおろす。お鈴の帰りを待つつもりだった。ウシが眠そうに鳴き、頭上でトビが輪をかいていた……。

陽が西にかたむいても、お鈴はもどらなかった。夕方、朱鞘の大刀の男は帰ってきたが、すぐひどい狼狽ぶりで座敷をとびだして行った。お鈴は男を残して、どこかへ行ってしまったのだ……。

乙《おと》姫《ひめ》変《へん》化《げ》

「どうも寺の離れなどに滞在していると、抹香くさくなってかなわん」

熱燗の杯を一気に乾して、そういう御当人が坊主なのだから、すこし話はおかしくなってくる。

そばで知らない人間が聞いていたら、妙な顔をするだろう、と思うと、なんだかくすぐったくなって、望月六郎は苦笑した。

「なにを笑う？」

手酌で杯をみたしながら、三好清海入道は、けげんな顔をあげたが、すぐ気づいたと見えて、にやりと笑うと、坊主あたまを平手で撫でた。

望月も、まだ口もとに苦笑を残したまま、冷えてしまった杯の酒を、ぐっとあおる。

それを膳にもどそうとするのへ、清海は銚子をさしつけながら、

「だが、あの和尚、若い頃にはおれといっしょに、大僧正連中の偽善者ぶりを慨歎して、反逆者きどりのでたらめを、ずいぶんとやらかしたものだが、変れば変る。いまでは、そんな昔を毛すじほども見せずにおさまりかえって、立派なお住職だ。まじめくさって、経をあげてるところなど見ると、なんだかおかしくなってくる……」

「町人の言葉を借りれば、雨が降って地が固まった、というやつなんだろう」

「すると、おれの場合は、雨が降りすぎて根こそぎ流されてしまった、というわけか?」

入道は、酒焼けのした胸の肉を揺すり、膝をたたいて、愉快そうに笑う。望月も笑いを誘われながら、杯をふくんでいたが、それを膳にふせると、

「しかし、構わんのだろうな?」

と、眉をあげた。

「なにが?」

清海は笑い声をのみこんで、問いかえす。

「いや、おれたちがあの寺の離れに厄介になっていることが、だ。しかも、頭の変な女など連れて……。住職、ないないでは迷惑に思っているんじゃあないか?」

「そんなことはないだろう……」

「場所が場所だけに、おれは気にしてるんだ。ここは駿府の御城下。その上、いま駿府城には徳川家康がきている。もちろん世間の表面では、いちおう豊臣家、徳川家、手を握りあっていることになってる現在だ。そんなに気を使うことは、ないかも知れない。だが、豊臣方の真田の家臣であるおれたちを、離れに滞在させていた、ということが知れたとき、住職に迷惑がかかったりするようだったら、申しわけがない、と思うんだ」

「うむ、なるほど」

と、清海入道はうなずいたが、

「しかし、その心配はする必要がないんじゃないか？　あの和尚、迷惑なことだったら、最初から承知などしない男だ。それに、ここでおれたちが騒動でも起こせば別だが、ただ真田の家臣を泊めた、というだけで、文句をつけられる理由はないだろう。おれたちが自分から触れて歩かぬかぎり、それは知れるはずのないことだ。あの娘だって、ぼんやり坐っているだけで、離れから、めったに出はしないんだし……。おぬしはすこし、苦労性すぎるよ」

「そういえば、そうかも知れないな」

「それよりも、困ったのは、あの娘よ。いまだに自分の名も思い出してくれんのだからなあ。どうする気だ？」

「どうする気だ、ときかれても、返事のしようがないよ。いまさら、おれたちはもう知らんぞ、どこへでも行け、といって、おっぽりだすわけにもいかんだろう。だいたい助けたのは、おぬしだからな。美人が流されている、と大騒ぎをしたのを、わすれては困るぞ」

「そう薄情なことをいうな。あの場合、だれかが助けてやるだろうで、ほうっておけたかどうか、考えてみろ。あの急流だぞ。おぬしがひとりで見かけたとしても、助けていただろう？」

「まあ、それはそうだが……。気がつけばすぐ家へ送りとどけてやれる、と思ったからな。こんな足手まといになろうなどとは、考えてもみなかった」

「まったくだ。柄にない善根など、ほどこそうとしたのが、間違いかも知れん。おれたちは戦争に出て、殺生をするほうが、性に合っているのだろう。人助けをして、音をあげていれば世話はない」

「そう溜息をつくなよ。せっかくの酒が、陰にこもる。急ぐ旅ではないのだから、なんとかなるわさ。大助さまの消息をここで待っているうちには、あの娘のほうも、目鼻がつくのじゃないか？」

「うん。そうなってくれれば有難いが……。しかし、大助さまはどうしたのだろう。それらしいひとを見かけたというものが、ぱったりなくなってから、だいぶになる」

「やはりおれの考えどおり、どこかで追い越してしまったのだ、と思うよ。東海道へ入ったのが確かなら、ここに腰を落ちつけて待っていれば、必ず消息がつかめるに違いない……。だが、その話はもうよそう。だれかに聞かれないともかぎらんからな」

「わかった」

と、入道は隣座敷の襖へ、ちらっと目をやりながら、うなずいて見せる。望月は銚子をとりあげて、相手の杯をみたしながら、首をふった。

「まあ、いまは隣りに客はないらしいが……」

酒亭はなかなか、繁昌しているらしい。床几を並べた土間で、酒肴をあきなっている廊下の喧噪が、この二階座敷までかすかに聞えてくる。

半ばひらいた窓の空には、清海の坊主あたまに似た月が、鋼のように冴えわたっていた。夜空のいろも、この二、三日、急に冬らしく藍鼠の冷たさをました。鉛いろのちぎれ雲が、ときどき月をかすめて通る。

「そろそろ帰るとするか」

と、清海も杯をおいた。

「うむ」

望月はうなずきながら、銚子をふってみて、

「まあ、残っているだけ、あけてしまえよ。あの娘がひとりでさびしがっているだろうが……」

「おれをからかっているつもりでは、ないだろうな。あの女をどうこうしようなどという料簡を、おれが持っているわけもない」

「そうだとも。覚蓮坊はもっと善良で、お人好しだ。つまり、女に甘いだけだからな」

「こいつ、いいたいことをいう」

苦笑しながら清海は、銚子に残った酒を広蓋にあけて、ひと息にあおった。

望月は、にやにやしながら、手をたたいて、店の者を呼んだ。勘定をすましたふたりが、階段をおりて行くと、土間の床几で飲んでいた客のひとりが、ぎょっとした様子で顔をそむけた。

杯を口もとへもって行きかけていたウマより顔の長そうな男は、相手が急にむこうをむくと、床几へ頭を抱えこんでしまったので、目をまるくした。

「どうしたんだ？　おい」

杯に宙乗りをさせたまま、声をかけたが、返事もない。

「気分でも悪くなったのか？」

それでも相手は黙ったままだ。頭をかかえた手の蔭で、横目づかいに、入口のほうをうかがっている。

ウマづらの男は、あっけにとられていたが、わすれかけた口もとの酒に気づいて、きゅっとあおってから、杯をおいた手をのばした。

「おい。どうしたんだってば！」

と、肩を揺する。

相手はようやく頭をあげると、命拾いでもしたように、肩で大袈裟な息をついた。

「ああ、驚いた」

と、もらした顔がカニのような横長で、これは二代目五右衛門なのだ。

「じれってえ。どうしたんだよ？」

こっちは相手と反対で、顔が縦に長いのが、そう問いかけると、五右衛門は、三好と望月が出て行った障子のほうに、目をやって、

「苦手に会ったんだ」

「なんだ。さっきもそんなこと、いってたじゃねえか？」

「うん、今夜は因果な晩だ。会いたくねえやつにばかり、会いやがる」

「そうするてえと、なにかい、おれも会いたくねえひとりなのか？」

と、はばかりもなく長い顔が、気を悪くしたしるしの皺を、鼻のあたまに寄せる。五右衛門はあわてて、大きく手をふった。

「冗談じゃねえ。お前はべつだ。それも唯のべつじゃなくて、昔馴染みにめぐりあえた嬉しさに、逆立ちしたくなるくれえのべつなんだ。大仕事に誘ってくれたんだもの。なにしろ、このところ、星のまわりが悪くて、腐りつづけなんだから……」

「それで、苦手というのはなんなんだ？」

「恥ずかしくて話せたもんじゃあねえ。さっき会ったのが一番の苦手で、いまのは中っくらいの苦手なんだ」

「あっはっは、いろいろ苦手があるもんじゃねえか」

と、相手はこともなげに笑っているが、五右衛門にしてみれば、さっきは身の縮むような思いだったのだ。

そろそろ路銀が心細くなったので、ひと仕事しなければなるまい、とコウモリがかすめて行く安泊りの軒を、ふらりあとにした五右衛門だった。裾模様のように夕焼けの朱が残っている空を背に、町筋を歩いて行く男の目は、真夜中の仕事に備えて、この家ならものになる、ならないを見わけるのに、忙しかった。

「さすが徳川さまの御城下だけあって、大した繁昌だ」

秀忠将軍のいる江戸という、いま開けつつある都会は、噂でしか知らないが、ここと賑わいはどっちだろう。そんなことを考えながら歩いているうちに、どきっとした。

「だれかに見られている！」

身についた動物のような本能が、背すじを走ったのだ。五右衛門は油断なく、前後左右に気をくばった。その視線が道ばたの松の木の下に釘づけになった。黒っぽい身なりの武士がひとり、そこに立ちどまって、こちらを見ている。頰のこけた面長の顔に、目がするどく、眉が濃い。あっと思ったとたんに、背骨ががくがくと鳴った。

「あの侍だ！」

ふるえのとまらぬ足を無理やりひきずって、駈けだしたい心を懸命に押さえながら、五右衛門はさりげなく前を通りすぎると、最初の路地にとびこんだものだ。

それからは、走った。走った。右に曲り、左に折れ、不案内な町すじだが、どこへ行こうと構わない。ただあの自分に俵詰めの憂目を見せた恐しい相手から、ひと足でも遠く離れたかった。

動悸がして走っていられなくなってから、ふりかえったが、尾けてきてもいないらしい。もう大丈夫だろう。イヌみたいに、はあはあいいながら、すっかり夜の蒼さに塗りつぶされた知らない道を歩いていると、すれちがった男が立ちどまって、

「五右衛門じゃあねえか？」

と、声をかけてきた。さっきがさっきだけに、心の臓が口からとびだしそうな思いで、ふりかえってみると、それは以前いっしょに仕事をしていた男。いま目の前にしている相手だったわけだ。

「どうだ？　もう落着いたかい」

と、ウマづらが笑った。

「落着いたら、そろそろ行こうじゃねえか。ここじゃ詳しい話はできねえ」

「うむ、行こう」

と、うなずきはしたものの、五右衛門は、さっきの大坊主とウメボシの黒焼が、まだそこらにいやしないか、と心配で、ウマづら男の背中について戸外に出ながら、しきりに左右を見まわしている。

「こっちへ行こう」

長い顎に促されて、月光のなかを歩きだした。

濃淡さまざまな雲が、凄じく空に騒いでいる下を、ふたりは家並みの蔭が暗く寝しずまっているほうへ進んでいく。そのうしろから、片闇ぞいに実体のない影だけのような感じで、動いていくものがある。

五右衛門が気がついたら、飛びあがるだろう。ふたりを追って路地を曲るとき、月光のなかに浮かんだ顔は、頬のこけた面長に、眉ばかりが濃く太い。霧隠才蔵ほどの男になると、面白半分の尾行にしても、五右衛門ごときにまかれるようなことは、万が一にもなかったのだ。

ふたりは、そんな尾行者のあることを夢にも知らないから、立聞く耳はないものと信じきって、歩きながらの小声をかわしはじめる。

「おれがいまなにをしていると思う？」

と、顔の馬鹿長いのがいった。

「さあ、見当もつかねえ」

五右衛門の首をかしげるのへ、相手はうなずいて、

「見当がつくはずもねえさ。おれはいま、海賊を働いてるんだ。瀬戸内から熊野の海へかけて、海竜丸といやあ知らねえものはねえ。お頭《かしら》は女だ」

「女？」

「うむ。うっかり顔を拝んだら、目がつぶれそうな御縹緻《ごきりよう》だが、大したおひとだ。ほんとうの名は知らねえが、船の上では、乙姫さま」

「なんだ、冗談か！　ひとがまじめに聞いているのに、お伽噺でかついだりして……」

と、苦笑いする五右衛門に、相手は真顔の首をふった。

「冗談じゃあねえ。ほんとのことだ。乙姫さま、とお伽草子から持ってきたような、優しい名を名のっていらっしゃるが、瀬戸内海の荒くれ男でもふるえあがる。みんなは鬼乙姫と呼んでるくれえだ。小頭の名のりも、浦島太郎ととぼけているが、こりゃあ智恵

でこい、勇気でこい、天下にも少い豪傑。どうだ、お前も仲間に入らねえか」

「そりゃあ、話によっちゃあお願い申しても、だが……」

「実は、その海竜丸がいま近くの沖まできているんだ。というのは、この駿府で大仕事がある。めったに口外はできねえことなんだが、お前の力をおれが借りて、ひと手柄をしてえから、話すんだ……。そのお頭の乙姫さまは、まことをいやあ、関ガ原の合戦で豊臣方の心柱だった石田三成さま。あのお方の隠し子なんだ……」

「えっ」

五右衛門は思わずそう口走って、耳を疑った。だが、耳を疑ったのは、五右衛門ばかりではない。背後の闇の一部のように立って、耳をすましている霧隠才蔵の顔にも、好奇心の翳が、さっとかすめた。

「驚いたろう？　だが、ほんとうの話なんだ。石田三成さまの血縁の身になってみれば、この世でいちばん憎い相手は、だれだと思う？　いわずと知れた徳川家康だ。その家康は、いまこの駿府の城にいる」

長い顔に目が光る。五右衛門は惹きいれられるように、息をのんだ。

「明日いちにちおいたあさっての晩、鶴ガ原の鳳雲寺という大きな寺で、法会《ほうえ》があるんだ。それに家康も……」

相手は急に道の前後を見返ると、五右衛門の耳に口を寄せて、聞えるか聞えないかの声になったが、霧隠才蔵の地獄耳からは、逃れられなかったらしい。蒼白い顔が、すっと緊張した。

月はゆうべとおなじ鋼いろに冴えているが、今夜の空には、ずっと雲が多かった。うす墨を流したように形の定まらぬ雲が、朦朧と月の上に蔽いかかると、下界は油然と暗くなって、駿府城の重畳する甍《いらか》の影が、魔物のようにそびえたつ。

おおいかかった雲は見まもるうちに濃淡を変えて、その淡い部分からもれる月の光りが、幾重にも重なった城の塀を、蒼白く浮かびあがらしては、また闇に沈める。そうした月光の息づくなかに、いま塀の上を、黒い獣のような影が、すすっと走ったかと思うと、たちまちに消えた。

しばらくすると、今度は屋根の上にその影の動くのが、かすかにうかがえたが、それも一瞬、雲を離れた月が、冷たく天守閣を照しだしたときには、どこにも怪しい影は見えなかった……。

城内のだれも、そんな影の跳梁に、気づいてはいなかったのだろう。廊下は、ひっそりと暗い。

つい今しがたまで、家康の話し相手をしていた重臣の石渡信濃守が、静かな廊下を癇癖らしく裃の肩をふりふり、歩いてきた。控えの間がもうすぐ、というところまでくると、不意に声をかけるものがある。

「信濃守さま」

陰気な低い声だ。老人は眉の白い顔でふりかえったが、だれもいない。だが、気のせいでない証拠には、首をかしげて歩きだそうとすると、また呼ばれた。

「信濃守さま」

「だれだ！」

戦場で鍛えた声が、ひと気のない廊下にひびいて、うつろだった。

「あまり大きな声を立ててはいけません。わたくしです」

老人が、はっと気づいて、天井を見あげると同時に、黒い影がその前に立っていた。

「お見わすれですかな？　飛驒の霧隠才蔵です。だいぶ以前になりますが、なんべんか御用を承わったことがありました。わたくしは、よく覚えておりますが……」

蘇芳染の忍び頭巾のなかで、切長の目が冷静な微笑を見せている。信濃守は大きくうなずいた。

「おぼえておる。だが、その霧隠がなんの用で、ここへ忍びこんだ?」

ネコ背のまま、じろりと上目づかいに見返す眼光には、老人とも思えない気魄があった。

「火急の場合です。お目にかかる手段を、選んでいられませんでした」

「火急の用だと? 話してみろ」

「立話もできません。お部屋へお伴します」

霧隠の口調は丁寧だったが、それは真綿にくるまれた命令といってもよかった。老人は黙ってうなずくと、霧隠に先へ立つように促した。

控えの間に入ると、信濃守は座をしめて、

「聞こう」

と、ぶっきら棒にいい放った。

「話しましょう」

霧隠才蔵も座について、そううなずくすがたが、燭台の灯あかりのなかに、大きな黒ネコでもうずくまっているように見えた。

「だが、お断りしておきます。わたしは、忠義などという手ごたえのないものに動かされて、参上したのではありません。徳川の家臣ではないわたしのことだから、それはわかっていただけますな？　わたしは聞込みを売りにあがったのです。だから、詳しいことを、いきなりぶちまけてしまうわけにはいかない。ただこれだけ。家康公のお命にかかわる大事なのです」

信濃守の目が、一瞬、光る。才蔵は蓋をしたように黙りこんだ。

「それだけでは曖昧すぎる」

と、しばらくして、老人が低くいった。

「あるいは、こちらのすでに聞き及んでいることかも知れぬし……」

「お心当りがあるのでしたら、けっこう」

呆れるほどの諦めのよさで、忍び装束が、すっと立ちあがる。信濃守の顔に狼狽のいろが、かすかに浮かんだ。

「待て！　まだ話しあうところもあろう」

「わたしを相手に、かけひきなどおやめなさい。あなたは正直すぎる。知ってるふりをするなら、もっと上手におやりになることですな。しかし、わたしにはいまいっただけしか、しゃべれないのですよ」

頭巾のなかの目で笑いながら、才蔵は膝をもどす。老人は袴の上で、こぶしを握りしめながら、

「それは、確かなことなのだろうな?」

「確実です。事のはしを耳にはさんだのが昨夜、今日いちにちで、疑う余地のない事実と確かめてきました。あなたも御存じの通り、わたしが密偵として得る報酬は、ほかの密偵たちより、ずっと多額だ。お大名がたは、みなさん勘定高くていらっしゃる。でたらめな仕事ばかりしていたら、とてもそれだけの金を払ってはいただけませんよ」

才蔵の言葉の重みは、そのまま自負の重みだった。信濃守は、じっと相手を見つめてから、口をきった。

「その話の値段、聞かしてもらえまいか?」

「小判で百両」

言下に答えて、才蔵は相手に言葉をはさむ隙をあたえなかった。

「やすいものですな。まだ江戸幕府の根も固まりきらず、大坂城には莫大な戦費が残っ

ているいま、家康公のお命に万一のことがあった場合を考えれば……」

老人は無言で、首をたれている。

「話してしまえば、なんでもないことに思われるかも知れない。簡単に防ぎようもある。だが、知らないままでいたら、どんな結果になるか……。なにしろ、相手は命を棄ててかかっていますからな。ひどく考えこんでおられるようだから、もう少し金の出しいいようにしてさしあげましょう。相手は、石田三成の遺児、と称している。これは本当かどうか、調べようがなかったが、自分ではそういっているらしい」

才蔵は、いかがです、というように、目で笑った。信濃守はまだ無言のままだ。霜をおいた髷が、目の前で動いた。顔をあげると、白い眉のあいだに皺が刻まれている。

「もうひとつつけくわえれば、あなたのほうが今からひとを動かして、どんなに急いでしらべあげても、間にあわないことです」

才蔵がいいおわるのを待っていたように、老人は立ちあがった。燭台の灯が揺れる。瘠せた影も、悄然とそれにつれて揺れる。襖のほうに肩をふって歩きだしながら、石渡信濃守は、表情のない声をなげだした。

「しばらく待っているがいい」

老人が出て行ってしまうと、才蔵は忍び頭巾のなかで、かすかな笑い声をひびかした。

道のまんなかに、大の字になって、眠りこけている男がある。

重苦しい雲行きの空の下に、町家の塀のつづいている道すじが陰気に浮かびあがって、冬の月が光りを落すたびに、男の影がはっきりした。板塀の上に頭をのぞけている樹木を、冷たい夜風が揺すって行く。樹木はもう裸になって、細い枝の先を寒そうにかじかませているのもあれば、変らぬ緑の繁りを黒く見せているのもある。夜風は道の上にも吹きわたって、カンナ屑や黄いろい落葉を舞わせていた。

まだ夜もそうふけてはいないので、人通りも間遠にある。小さな溝川にかかった木橋を渡ってきた女連れが、月の光りでひとの倒れているのに気づくと、ぎょっとして立ちすくんだ。

「死んでるのかしら?」

ささやきながら、目を大きくして寄りそって、前方を見つめた。

男の腰のところに、大地に鐺を突きあげられた朱鞘の大刀が、ひょろっとそびえて、いまにも倒れかかりそうになっている。草履の片っぽが、長くのばした左手のあたりに飛んでいた。

「動かないね」

連れを互いに頼みにしながら、ふたりは恐るおそる歩みよった。どこにも血らしいものは流れていない。裾の切れかかった着物が、だらしなくはだかって、埃りで鼠いろになった毛脛がふんぞりかえっている。無精髭ののびた顔をのぞくと、ぷんと酒臭かった。

「なんだ。酔っぱらいじゃないか」

ひとりががっかりしたようにいいすてて、連れの袖をうながした。歩きだしながら、それでもあとのひとりが、

「牢人さん。あんなところで寝ていて、風邪をひかないかしら？」

と、女らしいことをいったときだ。寝ているとばかり思った酔っぱらいが、急に濁った声をあげて、どなった。

「心配だったら、抱いて暖めていってくれ」

「きゃっ」

と、妙な声をあげて、女たちは転げるように逃げだした。

牢人は喉の奥でいやな笑い声を立てていたが、やがて静かになったのは、また寝こんだのだろう。そこへまたひとり、女たちの逃げて行ったほうから、こんどは武士の影が近づいてきた。足早にきたのが、大の字の男に気づくと、顔をのぞきこんで、これも、

「酔っぱらいか」

と、つぶやいたが、ちょっと首をかしげて、顔をのぞきなおしてから、

「起きろ！　風邪をひくぞ」

かがんで、男の肩を揺する。牢人は熱い息を吐いて、目をひらいた。

「うるさい！　よけいなお世話だ」

かみつくようにいうのを、無理やり抱え起こすと、武士はその耳もとで強くいった。

「三平ではないか！　おれがわからぬか？　霧隠才蔵だ」

酔っぱらいは、愕然と相手の顔を月あかりに見たが、

「あっ、助けてくれ！」

と、急に叫んで、ころげながら大地に手をついた。

「お願いだ。助けてくれ！　斬らないでくれ！　上月玄蕃のところへ引っ立てないでく

れ！」

はんぶん泣き声で、そうわめき散らすのを聞くと、才蔵は笑いだして、

「馬鹿だな。子どもみたいに泣きわめくな。おれはお前なんぞに用はない。実をいえば、おれもあの夜から、上月玄蕃のところへ帰っていないんだ」

「ほんとか？　霧隠どの。おれになど、用はないというのか？　ああ、安心した。おれは殺されるかと思った」

「安心しろよ。お前なんぞ斬ってみたって、はじまらないじゃないか」

と、才蔵が機嫌のいい顔を珍しく見せるのは、駿府城での取引きが、うまくいった帰りだからに違いない。

「それよりも、お鈴さんはどうしたんだ？　霧ガ窪へ残してきたのか？」

「いや、一緒だったんだが……」

雨傘三平は、地面にあぐらをかいて、頭をたれた。泥まみれの髻《もとどり》が、瘠せた牢人すがたを、いっそうみじめなものに見せている。

「どうしたんだ？　喧嘩でもしたのか？」

と、才蔵も相手の前にしゃがんで、顔をのぞきこみながら聞く。

「まあ、喧嘩をしたようなものだ。お鈴は岡部の宿で、おれのそばから逃げていってしまってな。そのときはすぐ追いついて捕まえたが、以来、しょっちゅう喧嘩しているみたいなもんだ。おれが悪いのか、お鈴が悪いのか、恐らくいつでも、おれのほうが悪いんだろうが……」

月が雲に隠れて、あたりに闇がひろがった。暗いなかで三平の頭がふるえているのは、泣いているのかも知れない。才蔵は顔をそむけた。

「おれはお鈴が憎らしい。この女のために、おれは一生を棒にふるだろう、と思うと、殺してやりたくもなる。それでいて、おれはお鈴のそばが離れられない。ましてや、殺すことなんか思いもよらない。おれって男は、よくよく駄目にできてるんだな。おれには乏しくなるいっぽうの路銀を、才覚することだってできないんだ。見る通り、おれは酔っぱらってますよ。酔わずにはいられないんだ。霧隠どのも御存じだろう？　おれは大して、酒の飲める男じゃなかった。だいたい、酒が好きじゃないんだろう。今だって強くはなったが、好きで飲んでる酒じゃない。ただ酔いたいんだ……」

三平の言葉を嗚咽がさえぎって、泥だらけの髷が揺れる。

霧隠才蔵は、この酒臭い愁歎をすこし持てあましはじめていたが、わかれるきっかけがないまま、相手の肩をたたいてやっていた。

「この酒代だって、自分で工面したものじゃない。お鈴から、せびってくるんだ。はははは、そうですよ。女にあわれみを乞うて、生きてるんです。野良イヌだって、もうすこしましかも知れない。そのへんから食いものを盗んできて、結構、喰《くら》いふとってるのもいますからね。おれもやろうと思っている。だから、小刀は売ったが、大刀だけは残してある。だが、やれるかどうか……。とにかく今夜は、眠いから駄目だ」

月が雲を離れて、あかるんだ地面にくずれながら、雨傘三平は、泥で光っている汚れた顔をあげた。

「霧隠どの、お鈴がどこにいるか御存じですか?」

才蔵は冷やかに首をふる。

相手は地に顔を伏せながら、いった。

「この駿府の遊女町にいるんです。いまごろ、さかんに客を呼んでいるでしょう……」

巨大なイカが墨を吹きあげたような宙だった。今夜は月どころではない。雨ずんだ灰墨いろの雲が、目に見えぬ巨人の手にかき乱されてでもいるように、すさまじく渦巻きかえしている。その混沌のあいだに、ときおり閃めく電光があった。稲妻の裂け走る線が、くっきり闇に刻まれると、一瞬、この世のものとも思われぬ雲塊の形相が、鉛いろに鈍くかがやいて、浮かびあがるのだ。

駿府城下をはずれた鶴ガ原を取りまく林のなかに、天狗魔道の世界から、ただよいだしたかと疑われるばかり、怪しい影どもが刻々と群がり寄っている。

「お頭!」

と、低く呼びかける声が聞えた。

「まだなんですか? 腕がうなってしょうがねえ」

「まだだ」

落着いた男の声が答えたが、これはお頭と仰がれているひとではなかった。

「合図があるまで、動いてはならぬ」

と、おなじ男の声がつけくわえる。林のなかの闇はひときわ濃くて、わずかに背の高い軀の輪郭が、影絵になって見えるばかり。だが、月でもあれば、目鼻立ちの大きい男らしい顔が、見てとれたことだろう。坊主あたまなのか、白い法師頭巾が首までを隠している。黒糸縅《くろいとおどし》の鎧に胴をつつみ、片手に大薙刀を突いているのが、武者絵の武蔵坊弁慶を見るようだった。

　お頭はその脇に、黙念と立っている。闇に浮かんだ白い顔。その目鼻立ちのあでやかさは、息をのむばかりだ。黄金で飾った美しい鎧が、暗いなかにも凛乎とかがやいている。黒髪を背になげて、黄金の竜を浮彫りした鉢金が額に光るのも、この女の決意をしめしているようだ。

「乙姫」

　と、法師頭巾がささやいた。

「なに？」

　海竜丸の乙姫、とみずから名のる女海賊は、男のほうへ顔をむける。

「いよいよ来ましたな、大願の日が……」

「ええ、今宵こそはお父さまのお怨みを……。太郎、あなたにも、ずいぶん苦労をかけました」

　乙姫の声は、かすかなふるえを帯びていた。

「とんでもないこと」

　と、法師頭巾の浦島太郎は首をふって、目をそらす。その視線が、はっと緊張した。

鶴ガ原のまんなかに、篝火《かがりび》に囲まれた鳳雲寺の伽藍が、しだいに闇を濃くして、黒ぐろと屋根の影をそびえさしている。その塀外と思われる遠い闇に、一点の火光の円をえがくのが望まれたのだ。

「合図だ！」

「姫」

太郎が目をかがやかした。

乙姫はうなずくと、腰の太刀をぬき放った。

「それ！」

女海賊のひびきのよい言葉に応じて、一団の黒影が、闇の林が動きだしたように、すすみはじめた。

大屋根が黒くそびえる鳳雲寺を遠巻きにして、海賊たちは、しだいにその輪をちぢめて行く。

電光が黯黯《あんあん》の宙に走る。乙姫の顔が一瞬、闇のなかに凄艶に浮かんで、残像を白く残した。その黒髪は、ぽつりと雨の滴を感じて、空を見あげていた。雨はまた一滴、また一滴と、数と速度をまして、鶴ガ原の草むらを濡らしはじめ、伽藍の屋根に白くしぶいた。

鳳雲寺の門内は、篝火で明るい。騒がしいひとの気配も感じられる。だが、正面の山門を入ったあたりには、人影もなかった。海賊たちは二隊にわかれ、一隊は裏門にまわる。乙姫と浦島太郎は、正面の山門をくぐった。石段をのぼったところに、中門が見あげられる。朱塗りの楼門は、女海賊と副頭目を足下にして、篝火の灯に複雑な陰影をつくっていた。ふたりは顔を見あわせると、荒くれ男たちを従えて、雨のしぶく石段をのぼりはじめた。山門よりずっと小さいが、中門はやはり朱塗りで、勾欄の彫刻も華麗なすがたを、雨中の篝火に浮かせている。

乙姫と太郎を囲んだ海賊の前衛だけが、中門をくぐったと思うと、突然、変異は起こった。

「あっ、門が閉まる！」

と、だれかが叫んだ。中門の重厚な扉が、どういう仕掛によるものか、押しかける荒くれ男をこばんで、ぐぐうっと閉って行くのだ。

門内の乙姫たちは、驚いて扉をひきもどそうとした。門外の男たちは懸命に押す。だが、門扉はびくともしない。そのとき、楼上で笑い声が爆発した。

「馬鹿め！　鬼乙姫かなにかは知らぬが、名うての女海賊も、陸へあがっては自由がきくまい。貴様の狙う家康公はこの寺のどこにもおわしはせぬぞ。法会を急に取りやめて、おれたちが首を長くして待っていたのだ！　これを見ろ」

目の前の雨に濡れた石畳に、どさっと人間の軀がなげおとされた。合図の役を命じたウマより顔が長そうな男で、その胸は血でまっ黒に染まり、雨にたたかれても、もう動こうとはしないのだった。

「うぬ！」

と、法師頭巾の浦島太郎が叫ぶ。

同時に楼上から、銃声が起こった。いや、中門の上からだけではない。正面の本堂の高縁からも、左右の闇のなかからも、轟音とともに弾丸が雨の幕をつんざいて飛来する。

「お頭！」

門外で、荒くれ男たちの気づかう声がする。裏門のほうでも、銃声が起こった。そこでも戦闘がはじまったのだ。

乙姫は、きっと唇をかむ。父の怨みをはらしそこねた無念さが、胸をしめつけた。だが、こうしてはいられない。法師頭巾の太郎を見かえる。ふたりは、うなずきかわした。法師頭巾は楼上へ、薙刀を先に駈けのぼった。


「おう、雨が降ってきたぞ」

三好清海入道は、離れの縁に出て、稲妻のひらめく空を仰いだ。

寺の庭のはずれが傾斜になってゆるく降っている下に、林の闇だまりが海のように見える。目をこらすと、林の梢の風に騒ぐむこうに、鳳雲寺の大屋根のえがく線が、わずかに識別された。

「おや？」

と、清海がつぶやくのを聞いて、座敷のなかから、望月がいった。

「どうした？」

部屋の隅の経机の上に、袋におさめた鏡をのせて、じっと見つめていた香織も、さびしげな顔をあげる。

「いや、そこの斜面を、だれかのぼってくるやつがいるのだ」

と、清海は答えた。

「ふうん」

望月も立ってきながら、まっ黒な空を見あげて、

「だいぶ降ってきたじゃないか。家康をむかえた鳳雲寺では、雨具の仕度で大あわてだぞ」

入道はそれに答えず、するどく庭を見つめていたが、急に大声で、

「待て！」

と、どなると、縁から飛びおりた。

「こら、どこへ行く」

「わあっ、お助け！」

清海は、もがく男の襟髪をつかんで、縁先へ引きずってきた。灯りに顔を仰むけられたのは、二代目石川五右衛門だった。

「はて、こいつ、どこかで見たことがあるぞ」

「うむ、清海、おぼえていないか？　いつかの泊りで、あの娘ひとりのところへ入りこんでいたやつだ。そら、鏡をどうしたとか……」

と、望月が思い出すと、清海もうなずいて、

「うん、あの男だ。このカニづらにおぼえがある。このあたりをうろうろしおって、またなにか企んでるのか！」

仁王のような腕に力を籠められて、五右衛門は必死に叫んだ。

「違います。違います。逃げてきただけなんだ。あの寺で戦さがはじまって、殺されかけたから夢中で走ってきたんでさ」

「寺で。鳳雲寺でか？」

と、望月が口を挟む。五右衛門はなんども、なんども、うなずいた。

「あっしはただ、金で雇われただけなんです、合図の役目をいいつかって。ところが寺にいた侍に捕まっちまった。もうちょっとで、殺されるところを……」

「すると、なんだな？　だれか家康の命を狙って、鳳雲寺を襲ったものがあるのだな。やりおったか！」

片手で膝をたたいて、清海が叫んだ。

「瀬戸の内海の女海賊で、お頭が海竜丸の乙姫さま、小頭が浦島太郎という、ふざけた名のりをあげてる連中でさ。乙姫ってのは、なんでも石田三成の隠し子だとかで……」

「なんだと！」

と、清海の声はかみつきそうだ。五右衛門は庭についた膝をふるわせながら、

「確かにそういってましたぜ。ですが、あれじゃあ、助かりませんや。敵はこっちの企みをすっかり知ってて、家康は最初から寺へはこず、侍たちにおどされながら、坊主どもが法会の真似事をしてたんですもの」

「ほんとうか?」

清海の握りこぶしがわなわな動いて、勢いのました雨も感じないようだった。五右衛門は首をすくめて、顎の痛くなるほどうなずいた。

「嘘をついていいもんですか。山門のなかに誘いこまれ、鉄砲をあびせられて……」

「うぬ。こうしてはおられぬ。望月、こいつを押さえていてくれ!」

と、吊しあげた五右衛門をさしつけられて、面食いながら、望月はいう。

「どうするつもりだ? 三好」

「知れたこと。助勢に駈けつけるのだ」

「なんだと? 馬鹿な真似をするな。死にに行くようなものではないか!」

「死ぬかどうかは、行ってみなければわからん。おぬしが嫌なら、それは結構だ。おれひとりでいく。石田三成公のわすれ遺見が死地に陥った、と聞いていながら、のほほん

としていられるものか」

そういうあいだにも、清海入道は、すばやく身仕度をととのえおわり、鉄輪を嵌めた黒樫の六角棒を太やかにつかんで、

「さあ、そこのカニづら、案内しろ！」

と、縁に立ちはだかる。

五右衛門は顔いろを変えて、頭を庭にすりつけた。

「それぱっかりは、堪忍しておくんなさい。あっしが行かなくっても、わかりますよ。乙姫さまというのは、金ぴかの鎧を着た美人だし、浦島太郎というのは、白の法師頭巾に大薙刀。絵で見る武蔵坊弁慶みたいなひとだから……」

「ええ、泣きごといわずに、さっさと案内するんだ！」

清海入道は、雨のしぶく庭に飛びおりると、五右衛門を引っ立てて、斜面の闇へ走りだした。

望月六郎は、あわててその背に声をかける。

「待て！　どうしても貴様が行くなら、おれも行く。すぐ追いつくから、待っていてくれ！」

座敷へ走りこむと、あわただしく仕度をして、香織の肩をたたいた。

「いいか。おれたちが帰るまで、どこへもいっちゃいかんよ」

香織のうなずくのをあとに、雨のなかへ飛びだした望月は、傾斜を駈けおりたところで、清海に追いつくと、耳へ口をよせた。

「いいか。思う存分やるのはいいが、殿の名前も、おれたちの名も、敵に知らすな!」

うなずく清海を先に、林中の闇を急ぐ。急ぐ……。

血《けつ》風《ぷう》陣《じん》

雨はいよいよ激しさを加えて、目の前に滝のようなしぶきが見えるばかり。天も地も、ただ混沌の闇黒と化して、区別もできない。目に入るのは、前に立つ敵だけだ。ただこの雨のお蔭で、火縄が湿り、むこうが鉄砲を使えなくなったのは、有難かった。

乙姫は眼前の敵を袈裟がけに斬ってすてると、本堂の階段を駈けあがった。濡れた黒髪に、頭がうしろへ引かれるようだ。針金の下から滴る雨水が、目に流れこんで、あいていられない。だが、丁寧に拭っている余裕はなかった。平手で顔をひと撫ですると、新しい敵をもとめて、本堂の廻廊を走って行く。

いきなり駈けよって、斬ってかかるやつがいた。太刀を返して、相手の刀身を跳ねあげる。心得があると見えて、相手は、ぱっと飛びしさった。そりかえった大屋根のはじが、雨から護ってくれるので、ここはずっと闘いいい。本堂の壁にあいている格子窓か

ら、内陣に揺れている燈明の灯が流れだして、相手の顔もどうやら見える。それはつまり、相手にもこちらが見えたということで、

「おっ、女だな。さては貴様が、首領の鬼乙姫か？　おおい、鬼乙姫がここにいるぞ」

と、歯のつきでた大きな口で叫びながら、白刃をかすかにきらめかせて、おどりこんできた。

あやうく、その一撃をかわした乙姫の耳は、背後に駈けよるべつの敵をとらえていた。相手の刀身をかわした姿勢のまま、太刀を思いきり横に払う。手ごたえがあった。腰ぐるまを割りつけられた敵は、よろよろと雨のなかに身を乗りだして、手すりに一回転したと思うと、高縁下の闇に、どっと墜ちた。

「おのれ！」

朋友の仇、と背後から斬りつけるひとりに、もう向かいあっている乙姫だ。二本の刀身が嚙みあって、焼ける鋼の臭いをただよわす。乙姫は相手の押してくる力を、ぐっとたえた。気魄は充分だが、鍔ぜりあいになると、男と女の体格の相違で、長く持ちこたえることができないのだ。

乙姫の背は壁についた。相手は鼻の下に小さく髭を立てた男で、目がぎらぎら光って

いる。乙姫の太刀の背は、もう自分の顔につきそうだ。胸が大きく、あえいでいる。雨にずっぷり濡れたその胸は、鎧の胴の下で、若い娘のふたつの果実の盛りあがりを、はりついた着物を通して、はっきり見せていた。格子窓からもれる灯りに、きざな口髭の卑しい目が、それを見とめてにやりとする。だが、白刃を押してくる力は、弱まりもしない。

乙姫の左手が、急に太刀の欛《つか》から離れた。右の手首が、がくんと鳴る。乙姫が首をそらすと、その耳をかすめて、相手の白刃の先が、がりりと本堂の壁をかんだ。

男の唇をうめき声が突きやぶったと思うと、よろめいて刀の先で壁をかきながら、足もとへ横倒しになった。

「ううむ」

ほっと肩で息をついた乙姫の左手には、相手の腰から抜きとった鎧通しの刃が、持主の血を吸って光っていた。

「乙姫だな！」

と、声をかけられて、はっと壁から背を離す。追ってくる声に、左手の鎧通しを肩越しに抛げつけて、回廊を右へ走った。角を曲がろうとする出会いがしらに、いきなり白刃が閃めく。飛びのくのが精いっぱいで、あやうくなった足もとを踏みなおすのも、とっさだった。追いすがる二の太刀より先に、欄干に足がかかったと思うと、雨と闇のなかに身をおどらして……。

飛びおりたのは、斬りたおした屍骸の上だった。血にすべって泥水のなかに手をついたが、すぐ跳ねおきると、高い回廊の下のひときわ濃い闇に走りこんだ。

「失敗だ！　失敗だ！」

胸のなかで心の臓が、そう声高にくりかえしている。乙姫は脣をかんだ。

「味方はどうしたろう？」

つぎに思ったのは、それだった。浦島太郎は、どこにいるのだろう？　もしや不運な最期を……、と思うと、乳房をしめつけられるようだった。

二隊にわけた味方が、さらに中門の奇計にかかって、三隊にわかれわかれになったのは、悔んでもあまりがある。どうせ目ざす家康はいないのだから、もっと早く味方をまとめて、逃げだすことを考えるべきだった。それにしても、この雨では……。

乙姫は、はっとした。だれかの手が肩に触れたのだ。声を立てようとする耳もとで、聞きなれたささやきが、

「姫。わたしです。よく御無事で……」

「太郎。そなたこそよく……」

声が喉でからんで、意味をなさない。乙姫は夢中で男にすがりついた。浦島太郎の強い胸が、ふるえる肩を抱きしめる。乙姫はもう、血刀をふる女海賊ではなく、初めていだかれた男の胸で、ふるえおののく弱い娘になっていた。娘は男のひろい胸に頰を埋めて、目を閉じる。男の手は、濡れそぼって若い肌の線をあらわな肩を、いとおしげに撫でまわした。

「死にましょう、一緒に」

と、乙姫が上ずったささやきを、男の耳になげいれる。だが、太郎は無言だった。しばらくして、静かにいった。

「いけません。生きる道を考えましょう」

「それでも、この敵のなかを、どうして……」

「それです。なにしろこの雨で、敵の数も味方の数も見当がつかぬ。互いに声をかけあえば、敵に味方のありかを教えてやるようなものだし……。しかし、こうしてはいられません。死ぬことを考えるなど、もってのほかです。わたしにはあなたをお母さまから、お預りした責任がある。命にかえても、お助けします」

「いいえ、お前が死ぬなら、わたしも死にます。お前のいない世のなかなど、面白くもない……」

口走ってしまってから、はしたなさを恥じたのか、乙姫は顔をそらして、浦島太郎の手に触れられている肩があえいだ。

「なにをいわれる。あなたは石田三成どのの血筋をこの世に残す、ただおひとりの方なのですぞ」

と、乙姫の肩を強く押さえて、

「さあ、こうしていては時が移るばかりです。なんとか、味方を呼びあつめる工夫をしなければ……」

浦島太郎が、濡れた法師頭巾のなかで、そうつぶやいたときだった。

頭上の回廊を、だっだっだっと駈けてくる足音がふたり。電光の閃めきのような大声が、威勢よくひびきわたった。

「海竜丸のかたがた、御助勢にまいったぞ。敵は大勢。こういうときには早くみんなが集って、退き口を握るがいちばん。だが、この雨では、どれが敵か味方か、皆目わからない。内陣は明るい。そこへお集りなさい。海竜丸のかたがた、内陣へお集りなされ！」

大声でおなじ言葉をくりかえしながら、走っては立ちどまりして、どなっている。

「だれだろう？」

浦島太郎は薙刀をとりなおすと、水を吸って重い法師頭巾をかなぐりすてて、回廊の下から飛びだした。乙姫も太刀をきらめかしながら、それにつづく。

太郎は大薙刀を水車のように振りまわして、近よる敵を追い散らしながら、本堂へあがる幅ひろい階段の下まできた。滝としぶく雨のなかを見あげると、だれかが本堂の扉を押しひらいたらしい。内陣の灯りが帯となって散るなかに、大きな影絵になって、ちょうど階段のま上にひとり、見あげるような坊主のすがたが立ちはだかっていた。

「海竜丸のかたがた、内陣へお集りなされ！」

と、どなる左右からふたりの敵が斬りかかる。坊主の手に六尺ばかりの黒い棒が閃めいたと見ると、左のひとりは顎を突きあげられ、右のひとりは股をすくいあげられ、折重って階段をころげおちてきた。

すぐまた坊主の背後から、ひとりが襲いかかる。黒い棒が宙に半円をえがいたと思うと、背後の敵はのけぞって、坊主はふりむきもしなかった。

浦島太郎は中門の方角をふりかえった。叫びながら迫ってくるふたりの敵を、薙刀を舞わして、右に左に斬ってすてる。雨が薙刀の刃にしぶき、斬られたふたりは、水たまりのなかに、どっと倒れた。

乙姫は太刀をかざして、階段を駈けあがった。白鉢巻もものものしい敵が、大刀をふりながら、駈けおりてくるのを、身を沈めて一刀にすくいあげる。血が目の前に、ぱっと散った。敵は前のめりに宙を泳いで、頭から先に雨の幕のなかに墜落する。

乙姫と太郎が階段の上まで駈けあがったとき、坊主は樫の六角棒をふって、四人の敵を倒していた。鉄の輪をはめた黒樫の棒は、まるで生きもののように、坊主の周囲を飛びちがって、右のやつの頭を割りつけたかと思えば、後のひとりの胸板を突きとばし、前の敵の白刃を跳ねとばしたかと見る間に、左の男の足を払い、一本の棒が二本にも三本にも見える。

「御助勢かたじけない！」

と、浦島太郎は走りよって、叫んだ。法師頭巾の下の太郎の頭も、青々とした僧形だった。大坊主はちょっと目をまるくしたが、

「あなたが、海竜丸の浦島太郎か?」

と、口走って、視線を乙姫の顔に移した。

「どなたか存じませぬが……」

と、娘は目に感謝のいろを浮かべる。太郎も乙姫も、海からいまあがってきたように、ずぶ濡れだった。

「乙姫どのですな。さあ、ふたりとも内陣へ……」

三好清海入道はうなずくと、燭の灯の数も増して、沈鬱な明るさを感じさせる内陣のほうへ、うながした。

内陣を入ったすぐの天井に、大きな提灯が吊りさげられていて、風もないのに揺れている。さびた朱のいろが、美しく眺められた。正面の奥には三尊の弥陀が、くすんだ黄金のいろも敬虔に浮かびあがっている。天井からは、金箔の飾り冊をたくさん下げた天蓋が吊りさげられて、その下のひろい板敷に、色のまっ黒な小男が、左右に迫る敵を、にらみつけて立っていた。

大きな水車のような輪に、無数の蠟燭をかけつらねた燭台がある。その光りを受けて、小男の手の白刃がきらめいたと思うと、たちまち二、三人が、血煙りあげて倒れた。内陣には互いに叫びあいながら、海竜丸の荒くれ男たちが、集りはじめた。その数が、乙姫と浦島太郎を力づけた。味方は半分までには、減っていないのだ。

だが、むろん徳川方の人数のほうが、比較にならないほど多い。味方は内陣の中央へ寄った。燈明の光りのなかに、白刃がきらりきらり閃めくごとに、絶叫と血しぶきがあがる。走りまわる望月六郎の小さな軀は、敵を浮き足立たせた。望月の手にする白刃が、宙におどるたびに、人影があるいは弓なりに、あるいは横倒しに倒れて行く。ひとりがのけぞりながら、断末魔の手をのばして、吊りさがった天蓋の飾り冊をつかんだ。金箔の飾り冊が、きらっと光って、ひっちぎれる。天蓋が大きく揺れて、その影が修羅の光景の上を、死神の裳のようにかすめた。

清海入道の六角棒に振りとばされた男が、朱塗りの大きな木魚の上に倒れる。木魚は、間のぬけた音を立てた。清海は棒をふりながら、浦島太郎のそばに走りよって、低くいう。

「みんなの落合う場所は、きめてあるのでしょうな？」

太郎の若わかしい坊主あたまが、うなずいた。

「それでは、まず敵の力を分散させることだ。わたしとあの男が、敵をひっかきまわして、山門のほうへ連れだしましょう。あんたは乙姫どのを護り、みんなを率いて、引きあげるがいい」

「いや、それではあなたがたが危ない。わたしも残ろう。姫は手下が護る」

太郎は強くいいきった。清海はうなずいて、

「それでは、そうするとして、みんなにお命じなさるがいい」

と、いいざま、近寄る敵のひとりを、まっこうから打ちすえる。望月六郎が前に立つ相手を、つぎつぎに斬り伏せながら、走ってきた。

海竜丸の荒くれ男たちは、ひと塊りになって、裏口から引きあげはじめた。追おうとする徳川勢の前に、ふたりの坊主あたまと小男が立ちふさがる。清海は足もとの鐃鈸《にょうはち》をかかえあげると、頭上に高くさしあげた。

「命の欲しいやつは、引きさがれ！」

天蓋も揺れんばかりの声をあげ、鐃鈸を徳川勢めがけて、抛げつける。

「わあっ」

と、声をあげてくずれる床へ、巨大な鈸は地ひびきとともに落ちて、ぐわあん、と耳から喉へ突きぬけんばかりの音をあげた。

それを合図に、三人は敵中に斬りこんだ。薙刀と六角棒が血漿をはねあげるあいだをぬって、望月の大刀がきらめいている。清海は棒を車輪のように廻しながら、燭の火をつぎつぎと消して行った。つのる闇のなかを、大勢の敵を引きずりまわして、回廊のほうへ導いていく。

戸外では、雨が勢いを弱めはじめていた。浦島太郎は飛鳥のように、階段を駈けおりた。雲のあいだに月のかたちが、おぼろにうかがえる。だれかが背後へ走りよった。ふりかえる耳に、乙姫の声がとびこんできて、

「離れるのはいや。死ぬなら一緒に……」

雨は降りやんで、乱れる雲のあいだに、月が薄紙を切りぬいたような影さえ見せていた。

濡れてすべる傾斜をのぼると、闇のなかに寺の離れの灯が静かだった。清海は、ほっと息をついて、目の下にまっ黒くひろがっている林を見かえった。

「もう大丈夫だ」

声にしていいながら、濡れた袖をしぼる。望月は抜身のままさげていた血刀を、懐紙でぬぐった。その懐紙にまで雨は通っていて、どっぷりと手に重い。

浦島太郎は、乙姫を片手に抱きかかえて、黙々と斜面をのぼってくる。乙姫の白い頰に黒髪が乱れかかって、見るからに痛いたしい。

「あれが、われわれの宿にしている離れだ。ここまでくれば、心配ない」

と、清海がふたりに声をかける。

「かたじけない。お蔭であやうい命をとりとめました」

浦島太郎は、薙刀を地について、頭をたれた。

「いくら、お礼を申しあげても、足りぬ気持です。お名前をうかがわせていただけませぬか」

清海は望月を返り見た。望月六郎はしばらく考えて、

「他言は無用に願いたいが……」

と、口をきった。

「真田幸村の家臣、望月六郎です」

「おなじく三好清海入道」

「おお、そうでございましたか……。お名前はかねがね耳にしておりました。わたくし、浦島太郎などと名のっておりますが、まことは石田三成公の臣、毛利甚左衛門の一

子、毛利多聞之介。沙門の名を慧空と申します。乙姫さまのまことの名は、八汐さま」

四人は濡れた着物の袖や裾をしぼって、離れにあがった。

離れのなかには、経机にのせた鏡を前にして、香織が出かけたときとおなじに、ひっそりと坐っていた。

「徳川方の警戒は、厳重だろう。鎧や薙刀は、ここへおいて行ったほうがよくはないかな?」

清海入道が戸棚の隅から、徳利をひきずりだして、口をあけながら、浦島太郎の毛利多聞之介に顔をむけた。

「はい、そうさせていただきましょう」

と、多聞之介はうなずいた。

清海は徳利の口から冷たい酒をあおって、人心地がついたような顔になると、

「いかがだな?」

と、おなじ坊主あたまのほうへ、その徳利をかざした。多聞之介は首をふって、

「いや、いっこうに不調法です」

「まあ、無理にはすすめんが……」

と、清海は徳利を望月にまわす。望月六郎が、それをあおろうとしたときだった。

「あっ」

望月が小さく叫んで、燭台の火を吹き消したのは、庭の闇に火縄の臭いがしたように思ったからだ。

「伏せろ！」

そういわないうちに、鉄砲の音がした。暗闇のなかに瀬戸物の砕けるひびきが立つ。弾丸が徳利にあたったらしい。

「しまった！　つけられたぞ」

と、清海が叫んだ。

「逃げろ！」

四人は得物を手に立ちあがる。

清海は香織をひったてて、暗い廊下を本堂のほうへ走った。香織の声が闇に流れる。

「鏡を！　鏡を！」

乙姫は手さぐりで、経机の上の鏡をとりあげた。

だが、それを香織に渡すどころではない。徳川勢が離れの縁に、飛びあがってくるの

だ。乙姫は太刀をぬきざま、そのひとりを斬ってすてながら、

「鏡！　お母さまのお遺見のだいじな鏡……」

と、叫びつつ遠ざかっていく声に、

「わたしがお預りしておきます。御安心なさいまし」

と、声を送って、鏡をしっかり胸におさめた。

「姫。早く！」

浦島太郎は、薙刀を縦横にふりながら、乙姫をまもって、縁に立った。また、ぷんと火薬の臭いがした。

闇のなかに、銃声があがる。閃光が見えた。浦島太郎は縁から身をおどらすと、その残像をたよりに薙刀をふった。鉄砲を持った男の影が、絶叫して枯草のなかに倒れる。乙姫は太刀をふるい、ふるい、庭におりた。太郎を追って走りだす。白刃を受けたひとりが、庭の水たまりをころがりながら、わめいていた。

「おれは違う。助けてくれ！　おれは死にたくねえ。死ぬのはいやだ」

二代目石川五右衛門の声だった。徳川勢に捕えられて、助かりたさに、この離れを教えたのは、五右衛門だったのだ。カニづらが泥にまみれて、あえいでいる。脇腹から溢

れる血を、懸命に両手で押さえた。その手の力が徐々にぬける。霞んで行く目に、空の薄月をとらえた。それが生まれ故郷、木曽福島の月に見えた。五右衛門はもつれる舌で、うめいていた。

「おっ母、もうしねえ。もう悪さはしねえから、堪忍してくんな。痛え！　痛えよう！」

喉仏がぴくりと動く。それが、この哀れな小泥棒の最期だった……。

乙姫を先に立てて、浦島太郎は薄月の下を走った。追いすがってくる敵は、だんだん少くなって行く。太郎は立ちどまって敵を迎えては倒し、また走りしながら、思った。

「三好どの、望月どのは、どうしたろう？」

そのふたりは、本堂に通じる渡り廊下のまんなかで、香織をかばいながら、前後に迫る鉄砲の筒口に立ちすくんでいた。望月は、脣をかんで、迫る銃口をにらみつける。三好は六角棒を頭上に斜めに構えて、顔面に怒りの朱をそそいでいた。だが、どうすることもできない。廊下の左右は板壁になっているのだ。

「それ！」

徳川勢が三人に襲いかかった。狭い木の樋のような渡り廊下のなかで、すさまじい取っ組み合いがはじまる。三好は四、五人なげとばしたが、壁のために自由がきかない。香織が争いのなかにまきこまれて、叫びをあげる。だれかに背後から組みつかれた。もがくはずみに、足もとが乱れる。倒れふす背を、男の足が蹴った。

「殺すな。生捕れ！」

香織は後頭部に、激しい衝撃を感じた。鞘ぐるみぬいた脇差で、一撃されたのだ。瞬間、香織の頭のなかに、失われた記憶がもどってきた。穴山岩千代の顔が目の前をかすんで、遠ざかって行く。心細さに思わず叫んだ。

「岩千代さま！」

だが、それは声にはならず、香織は気を失って……。

窓の外で、だれか泣いている声がする。庭にむかった円窓の閉ざした障子に、小春日和の陽がさして、八手の影が明るかった。

火桶の縁に両足をのせて、畳へあおむけに寝ころんでいた真田大助は、首をかしげながら身を起こした。障子をあけてみると、白い花の毬を小さくつけた八手の木の蔭で、ちんまりした女の子が、俯むいた顔に手をあてている。切下げた髪の房が揺れて、可愛らしい手のあいだから、泣きじゃくる声が洩れているのだ。

「どうしたんだね？　小ちゃなお姉ちゃん」

と、大助は円窓から首を突きだして、声をかけた。

女の子はびくっとして、すすり泣きを飲みこむと、目を泣きはらした仔ウサギのような顔をあげたが、すぐまた手でふたをして、前より激しく、前髪をふるわした。

「うん？　お返事をしてくれなけりゃあ、わからないじゃないか……。まだ昼間だから、お化けが出てきて、おどかされたわけじゃないだろうし、ははあ、わかったぞ。お父ちゃんに叱られたな？」

大助が微笑しながら、そういうと、女の子は手のひらのなかで首をふって、

「ううん、お母ちゃんなの……」

「お母ちゃんに叱られたのか？　おやおや、いけないお母ちゃんだねえ。でも、泣いちゃいけないな。おいたでもしたんだろう。もうしませんっていって、お父ちゃんに謝ってもらいなさい」

「駄目なの。お父ちゃん、よそへ行ってるんだもの」

「ははあ、お父ちゃんがお留守なんで、よっぽどおいたをしたんだね？」

「そうじゃないわ。父ちゃんが帰ってこないから、叱られたのよ」

「ふうん。小ちゃなお姉ちゃんは、この宿屋の子かい？　そうか。でも、変だねえ。お父ちゃんが帰ってこなくなって、お姉ちゃんが叱られることはないじゃないか」

「お父ちゃん、よその小母ちゃんのとこへ泊りに行ってるの。お母ちゃん、それを知らなかったのよ。だから、教えてあげて、お母ちゃんより、その小母ちゃんのほうがきれいだっていったら、あたい、ぶたれたの……」

女の子はそういって、またしゃくりあげた。大助は、首すじを撫でて苦笑しながら、

「よしよし、もう泣くんじゃないよ。お父ちゃんは、じき帰ってくるさ。泣くのはおよし。さあ、小父ちゃんが遊んであげる」

と、なだめすかして、

「けど、なにをして遊ぼうなあ……。うん、そうだ。お人形芝居を見せてあげよう。待っていたまえ。いまお人形をつくるからね」

大助は鼻紙を裂くと、湯呑に冷えのこった茶で湿し、ひねりかためて、器用に大小ふたつの人形をつくりあげる。

「さあ、見てごらん。これは鬼だよ。角が二本あるだろう。こっちの小さいほうは、すこし不恰好だが、天下の豪傑だ。天下の豪傑が、鬼退治をするところだよ。だけど、うまく退治できるかねえ」

紙人形を窓枠の上で動かしはじめると、女の子は気をひかれたらしく、泣きやんで、小さな顔をあげた。

「やあやあ、われこそは天下の豪傑、三好清海入道なり。鬼め出てこい。……勇ましいだろう？　この豪傑はお坊さんだけど、とっても強いんだ。でも、鬼も強いからねえ。なにしろ、角が生えてるだろ。口だって大きくって、牙がにゅっと出てる。その上、魔術を使うんだ。豪傑先生、勝てればいいがねえ。そら、鬼が出てきた。まっ紅な口をあいてるんだよ。怖いねえ。……。わっはっはっは、ちょこざいな坊主め、ひと口にたべてしまうぞ。たべられちゃ大変だ。天下の豪傑、刀をぬいて斬ってかかる。ええいっ。鬼はひらりと飛びあがって、口から火を吹いた。すごいだろう……」

子どもは御機嫌が直ったとみえて、頬っぺたを涙で光らしたまま、にこにこしはじめた。大助がなおも熱演をつづけていると、背後の襖が静かにすべった。

ふりかえると、穴山岩千代だった。部屋へ入ってきたが、坐ろうともしない。様子が変だ。なにか思いつめたように、顔いろが蒼白い。

「どうしたんだ？」

と、問いかけると、ぽっつり答える。

「香織どのを見かけた」

「なに？」

大助は紙人形の動きをとめると、窓の外の女の子に、

「残念だが、小父ちゃんは御用ができちゃったんだ。この続きは、またあとでしてあげよう。そのときまで、このお人形をあずけておくから、ひとりで遊んでおいで」

と、手をさしのべた。子どもはうなずいて、人形を受けとる。大助はむきなおって、岩千代の顔を仰いだ。

「どこで見たのだ？」

「町を裸馬に乗せられて、ひきまわされているのを」

「え？　どうもわからないな。まあ、坐ってくわしく話してくれ」

「うん」

岩千代は六尺をこす長身を、力つきたようにくずして、あぐらを組んだ。

「おれたちが、この駿府へついた前の晩に、鳳雲寺という寺でなにか騒動があった、ということは聞いたろう？」

「石田三成の血をひく女海賊が、家康の命を狙って、斬りこみをかけたとかいう、あの話だな」

「そうだ。そのとき捕えられた三人の者が、明日の午後、磔《はりつけ》にされるらしい。その引きまわし行列に、往来で行きあった。裸馬に乗せられて三人やってくるのを、なにげなく見たんだ。いちばん先が、色の黒い焼栗のような顔をした小柄な武士だった。その次に馬上でうなだれているのが、女だった。おれはその顔を見て、はっとした」

「香織さんだったのか？」

大助が身を乗りだすと、岩千代は蒼白くうなずいた。

「確かに間違いなかった。最後のひとりは、荒岩のような大坊主だったが……」

「ちょっと待ってくれ。最初が色の黒い小男で、次が香織さん、最後が大坊主なのだな……」

「そうだ」

「はあて、おかしな取合せだぞ。どうして三人が、そんな騒ぎに巻きこまれたのかな?」

大助は考えこんだ。あとのふたりが、望月と三好のように思われてならない。腕をこまねいていると、廊下を急いでくる気配があって、さっと襖があいた。

「大変だ」

と、入ってくるなり、口走ったのは、猿飛佐助だ。

岩千代が顔をあげて、あとの言葉をさえぎる。

「見たのか?　あんたも」

「知っているのか?　岩千代」

「出会ったのだ。引きまわしに……」

「そうだったか」

佐助は、どかっとあぐらになって、岩千代ともども暗然と首を垂れた。大助は、はらりと組んだ腕をといて、

「いくら考えてみても、わからないことは、わからない」

と、元気よく顔をあげた。

「それよりも、三人を助けだす算段だ」

「三人を？」

「うん。実はその小男と坊主、おれの知ってるやつらしいんでね。坊主は頭の毛がのびかけて、鼻の赤い大男だったろう。小男は焼栗に岩千代が見立てたが、顔は皺だらけで老けて見える。ウメボシの黒焼みたいな先生じゃなかったか？」

「そうだ。そうだ」

　と、佐助がまんまるな顔をふる。

「やっぱり、そうか。とすると、見殺しにするわけにはいかないよ。おれの親父の家来なんだ。小男は望月六郎。坊主は三好清海入道……」

「三好清海入道？」

　佐助は、なにか記憶のなかから、さぐり出そうとするように、眉をしかめていたが、はっと小膝をうって、

「すると、あんたは真田の……」

「清海の名を知っていたのか。いままで悪気で隠していたわけじゃないんだが、いわれる通り、おれは真田大助だ。あのふたりは、紀州の九度山をとびだしたおれを探して、旅していたんだが……」

「どうやって助けるおつもりだ？」

それまで黙っていた岩千代が、顔をあげて、口をはさんだ。大助はその口調を聞きとがめて、

「よせよ、言葉使いをあらためたりするのは。おれがどこの大助だろうと、いままでとおなじ友達じゃないか？」

「わかった。だが、どうする？」

「処刑は明日だ、といったなあ……」

「うん、今夜しかないわけだ」

「破るか、牢を！」

と、いってのけたのは、佐助だった。

「いや、命を棄てに行くようなものだろうよ。そりゃあ」

と、大助は静かに首を横にふって、

「牢は駿府城の地下牢だから、警戒は厳重だ」

「なに、忍びこむのはわけない」

「猿飛はそうだろうさ。だが、考えてみろよ。三人で忍びこんで、六人になって出てく

るんだぜ。しかも、足弱の女が、ひとりまじる」

「そうだったな。どうすればいいんだ！　畜生め」

佐助は膝を揺すって、舌うちした。

「まあ、そう口惜しがるな。なにも機会は今夜だけじゃないはずだぞ」

と、大助が微笑する。

「処刑場にとびこむつもりか？」

岩千代が低くいって、目を光らす。

「うむ。警戒が厳重なのはおなじだろうが、そこでなら自由がきく。どうせ、ひろい原っぱのなかかなんかだ。見物人も大勢だろう。近づきやすいし、闘いやすい」

「うん、そうだ。それがいい」

と、佐助は顔をかがやかして、

「おれも明日は、一代の秘術を見せてやるぞ」

「頼むぞ、佐助。そうだ。ひとつ今夜のうちに、三人の様子を見てきてくれないか。入道と小男の軀が、どの程度にまいっているか、知っておく必要がある。磔柱からおろして、すぐ闘ってもらえるかどうか……」

「見てくるだけなら、わけはない。駿府城だろうが、どこだろうが」

「それと、明日の刑場の固めが、どの程度のものかも、わかると有難いがな」

「心得た」

と、うなずいて佐助は、大助の背後にひらかれた円窓に目をむけた。

「もう陽がかたむいたな。すぐ出かけよう」

立ちあがると、手早く身ごしらえにかかる。

大助は、窓から庭をのぞいた。陽ざしが移って、八手の花の毬が大きな葉のかげに、悄然と青ずんでいた。釣瓶の竿じりを高くはねあげた井戸のむこうの垣根に、山茶花の花がひっそりとうす白い。見あげる空には、黄昏の幕が浅葱にひかれはじめ、短い冬の一日が、暮れちかいことを知らせていた。

ふりかえると、岩千代がふところから、香織の鏡を出して、じっと見入っている。佐助は蘇芳染の忍び装束を着けおわり、忍者の定法で寸のつまった鉄鍔の大刀を腰に落すと、頼むぞ、というふたりの視線にうなずいて、円窓に近寄った。框に足をかけ、手が外庇にのびたと思うと、さっと軀は宙に返って、

「では、いってくるぞ」

もう、明るい声は、屋根の上にあった。

香織は、うとうとと夢みていた……。

強い夏の陽ざしに、鉾杉の梢が燃え立っている。その見あげるような枝の上に、まっ紅な鳥がとまっていた。いままでに見たこともない鳥で、羽のいろの美しさは恍惚とするばかり。それが、いつまでも動かず、枝の上で珊瑚のように絢爛と光っているのだ。

香織は、たまらなくなって、叫んだ。

「岩千代どの。取って、あの鳥を！」

その声は深い静寂のなかに、自分ながら意外なほど、ひびきわたった。鳥も驚いたのだろう。焰のような尾をひるがえし、枝を離れて、颯然と舞いあがる。香織は狼狽して、そばに立っている男の腕をゆすった。

「あれ、逃げてしまう。早く取って！」

男の顔は見えなかったが、恋しい穴山岩千代でなくて、だれであるものか。だが、返事のないのに、女ごころはかすかな動揺を覚えた。しかし、その不安も束の間だった。男の右手が高くあがる。黒い光りの矢のように、手からは二丈の革鞭が走って、やはり、これは岩千代だった。

珊瑚の鳥は翼をからめられて、さっと落ちかかると、ひろげて待った女の両手に重くのった。

「有難う！　岩千代」

声をはずまして、手のひらに目をやった香織の顔から、すうっと血のいろがひく。手の上にのっているのは、紅面夜叉の仮面ではないか！

恐しい山神の顔は、朱塗りの口をひらいて、ひっつれたような笑い声を立てる。香織は叫んで、仮面を抛げだすと、岩千代にすがりつこうとした。だが、男のすがたはどこにもなく、自分の悲鳴が林のなかに、不気味にひびきかえっているばかり。見る見るかがやく陽ざしは灰いろに翳り、周囲に冷たい霧が立ちこめる……。

香織の胸は、気味悪く汗でねとついて、かすかな呻きをもらしながら、のしかかる悪夢を押しのけようと、乳房があえいでいた。その耳に、地底から伝わるような声がとどいた。

「香織どの。香織どの……」

香織は牢屋の壁にもたれたまま、疲弊した仮眠にとらえられていたのだが、声を聞いて、目をひらこうとした。

「いや、起きずともよい。眠ったまま、答えるのだ。眠っているあいだは、だれもが子どものように素直になる。お前も素直に、返事をするのだぞ。わかったな。目を閉じろ。眠るのだ。眠るのだ……」

牢格子を握りこぶしで叩くらしい単調な音が、耳を訪れる。そのかすかな音の奇妙な調子に、香織のこころはひきずられた。黒髪の額が前にかたむき、目は呆然と不思議な霧を見つめている。そのなかに声がこだまして、

「香織。鏡はどうした？」

「鏡？　ああ、大事なわたしの鏡……」

乾いた脣から、もれるつぶやきは、苦しげだった。

「そうだ。その鏡だ。いまそこに、持っているのではないかな？」

と、異様な威圧をこめて、声がつづける。

「いいえ。持ってはおりませぬ」

「ほんとうか？　ほんとうだな？」

香織は、大きくうなずいた。

「では、どうしたのだ？　牢に入れられるとき、取りあげられたのか？」

「さあ、思い出せないのです……」

「そんなことがあるものか。思い出すのだ。できないことはない。お前は覚えている。そら、だんだん思い出してきた……」

「ああ、鏡は机の上においたままだったのです。まっくらななかを引きたてられて、取りにかえれなかったんだわ。だれか、だれかがいってくれた。あたしが預っておくから、安心なさい……」

「どんな声だった、その声は？」

「女、女のひとの声でしたわ。……ああ、あのお方！」

「だれだ！　名はなんという？」

「わからないんです。ほかのことを考えていて、名をおっしゃったとき、聞いていませんでしたから……」

「顔は？　顔を覚えてはいないか」

「覚えています……」

「もう一度、会えばわかるな？」

「ええ」

蒼ざめた顔は、あやつり人形のようにうなずくのだ。

怪しい声が念を押す。

「確かだな?」

ふたたび、香織のうなずくのを見ると、牢格子の外に黒くうずくまっていた影は、

「よし。もう聞くことはない」

と、腰を浮かして、太刀の欛に手をかけた。鍔鳴りの音が、一瞬の冴えたひびきを女の耳に送る。がくっと香織の全身から緊張がぬけて、前にくずれふした。

霧隠才蔵は、その背に一瞥をなげると、地下牢の暗い道を、風のように走りだした。名も知れぬふたりの男などに、用はない。才蔵も今日の引きまわしを見て、おどろいたひとりなのだ。自分の売った情報が、こんな結果を生もうなどとは、思ってもいなかった。才蔵は、目を見はったが、すぐこの偶然に感謝を送った。

「鏡を手に入れる機会がきた」

と、おどる胸を冷静にしずめて、地下牢に忍んだのだが、これは面倒なことになったものだ。頭のなかで対策を考えながら、才蔵は地下牢の出口までできた。そこには番卒が

槍を立てて、眠い目を一生懸命ひらいている。

忍びこむときには、ふたりが眠気ざましに、出口の周囲を歩きまわっていたから、隙をうかがい、松の枝から飛んだ軀を、地下道の天井にはりつけて、簡単に入ったものだが、今度はそうも行くまい。ふたりは向かいあって、立っている。才蔵は腰の袋から、いっぴきのコウモリをつかみだして、さっと放った。コウモリは自由を得たよろこびに黒い翼を颪に煽り、番卒ふたりの鼻先をかすめて、月光のなかに舞いあがった。不意をおどろかされた番卒は、身をすくめて、その通過を避ける。そのときには、もう才蔵のすがたが目にもとまらず、出口を走り出ていたのだ。

雲のまばらな夜空に、半欠けの月が冴えかえる下を、駿府城の塀が銀鼠いろに棟瓦をかがやかせながら、走っている。才蔵の影はその上に黒く忍んで、しばらくあたりをうかがっていた。だが、そこからはるか離れた屋根に、おなじような黒衣の影が、城内の気配を耳に澄ましていることには、さすがの才蔵も気づいていない。

しかし、もちろん猿飛佐助の側にしてみても、相手の存在に気づいていない点では、同様だった。やがて、影のひとつは城外に、もうひとつは城内に、いつの間にか、消えていった……。

才蔵は外堀を見おろす石垣の上に出ると、鉄鋲打った大扉を厳と鎖している楼門の庇に飛びうつり、暗い水に渡した橋におりたって、たちまちそのすがたを、蒼い闇にまぎれこませた。

才蔵の瘠せたすがたが、まだ灯かげの明るい町すじを歩いている。むろん忍び頭巾など、もうかぶっていない。両側の旅籠は、旅びとを呼びとめる声でにぎやかだったが、才蔵は無関心に考え考え歩いていた。

「処刑は明日だ」

と、胸につぶやきながら、夜空を仰いだ。

「この空が明るくなるまでに、あの女を牢から連れださなければならないわけだが、さて、どうしたものか？」

忍びこむのはわけもない。だが、軀の弱った女を連れださなければならないのだから、話は面倒になってくる。

「あの女を助けだしたとわかって、騒ぎ立てられたら、手に負えない。気づかれぬようにしなければいかん。牢をからっぽにしてはいけないのだ。あの女の牢のほうで、怪しい物音がする。驚いて、番卒が駈けつける。だが、女はちゃんとなかにいるんだ。これなら、安心するだろう」

と、才蔵は考えた。だが、それにはもうひとり、人間が必要なわけだ。あの女にそっくりでなくてもいいが、少しは似ていてくれたほうが、術もかけやすい……。

才蔵の考えは、そこで中断された。

道の片側に、酒を飲ませる店があった。その門口で、罵りあう声がする。ふと気をひかれて、才蔵は足をとめた。人垣がくずれて、ひと塊りのボロのように、男の軀が抛げだされた。

「おのれ！　武士にむかってなにをする」

もつれた酔いどれ声でわめきながら、男は足もともあやうく立ちあがる。その肩を、肥った無頼漢ふうの町人が、また突きとばした。

「なにをいやがる。痩せイヌ牢人め！　酒が飲みたきゃ、銭を持ってこい。今夜の分はこの赤イワシで負けといてやる、と旦那がおっしゃってくださらあ……」

と、相手の目の前に、朱鞘の大刀をかざして見せる。牢人は、ふらふらと手をのばした。

「か、返せっ。その刀！」

「あか、といえ、だれが返してやるものか。欲しいのはよくわかる。こんな赤イワシでも、差していりゃあ、おどしになるからな。手をかけて見せちゃあ、弱い町の者をいたぶって歩くやつだ。それも、これであがったりだろう。ざまあみやがれ！」

「おのれ！　おのれ、町人」

　牢人はわめいて、相手の四角い髭づらに、痰を吐きかけた。ぺらぺらのひとえ物は、ありなしの夜風にも裾をひるがえして、汚れた毛脛が寒そうだ。血走った目が病犬《やみいぬ》のように光り、そげた頬は、ぞっとするほど黝ずんでいる。

　声に聞きおぼえがあって、足をとめたのだが、これは雨傘三平だった。痰を吐きかけられた男が、目を三角にして、三平の頬を張りとばす。あっと押さえた口もとから、どす黒く流れる血にも、才蔵は心を動かされず、顔をそむけて歩きだしながら、はっと思い出した。

「そうだ」

　ふたたび、足をとめる。ふりかえって、まばらな人垣のなかにわけいった。

「まあ、待て」

と、三平をまだ小突きまわしている無精髭の町人を押しとどめて、

「これはわたしの知った男だ。酒癖の悪いやつで、店にも迷惑をかけたろうが、わたしに免じて、許してやってくれないか？」

男のいう勘定より余分に握らして、刀を取りもどしてやり、ぺこぺこ礼をのべる主人と用心棒に背を見せると、三平を促がして、才蔵は歩きだした。足は遊女町の方角をさしている。三平がようやく、かすれ声をもらした。

「申しわけない！　才蔵どの」

「まあ、いい。その代り頼みたいことがあるのだが……。手を出してみろ。礼はこれだけ……」

三平の手のひらは、小判の重みにふるえた。一枚、二枚、三枚……。数を増すにつれて、男の目は、狂気に近いかがやきを帯びて行く……。

金《きん》毛《もう》九《きゅう》尾《び》

空は冬らしくよどんで、灰いろの雲を敷きつめていた。思い出したようにもれる薄陽が、竹矢来のうちそとを、よろめきながら照して行く。

城下はずれのひろい原に、今朝早くから人夫が大勢やってきて、竹矢来を組みはじめ、午になる頃には処刑場ができあがっていた。竹矢来の内側は、いちめんの枯草が、くすんだ麦藁いろの敷物をのべているばかり。影になるような自然物は、ひとつもなかった。ただ、人夫の手で運ばれてきた三本の十字柱が、荒削りの木肌を見せて、まんなかに横たえられているのと、その裾のところに深く掘られた三つの穴が、まわりに新しい泥のいろを、黒く見せているだけだ。

高札にふれてあった時間になると、大勢の見物人が集ってきて、竹矢来に取りついた。駿府中の歩ける人間が、ぜんぶ集ったのではないか、と思われるばかりの群衆だ。

やがて、罪人が到着する。竹矢来のいっぽうが大きくひかれて、軍兵たちが入ってきた。死神と隣りあった三人の男女が、裸馬から降ろされる。いよいよ、磔柱にくくりつけられるのだ。見物が、わあっとどよめいた。

正面に幔幕が張られている。その前に部下を従えて、床几に腰をおろした小柄な老人が、今日の検分役、石渡信濃守だった。相変らずのネコ背だが、白い眉の下に光る目は、まわりの大きな図体の武士たちを、緊張させるに充分だろう。なにも老人が、わざわざ出馬するまでもないのだが、この騒動に最初から首をつっこんでいたせいか、すすんで検分役を買ってでたのだ。

三人を処刑することもだが、実は信濃守の胸には、ほかの目的があった。ネコ背の軀を左右に動かして、側近になにか指令している。警備に手落ちがないか、確かめているのに違いない。

「鬼乙姫は、必ず仲間を救いに現れる」

と、老人はにらんでいるのだ。だから、警備の人選には、朝から口やかましかった。幔幕のはずれから、左右に槍をきらめかしている兵士たちのほかに、幕の蔭には鉄砲組が隠してある。前日に三人を引きまわしたのも、乙姫への嫌がらせだった。

信濃守が満足そうにうなずいた。近衆に合図をする。近衆は走って行って、磔柱の近くに立った鎌髭の武士に、なにかいった。武士の手が、さっとあがる。群衆の顔が波のように動いて、

「わあっ」

と、もらす声のあつまりは、竹矢来を揺がした。雲のあわいから落ちる陽あしが、一瞬、刑場を明るませる。

磔柱が足軽どもに押し立てられて、ぐうっと頭をあげたのだ。

中央の柱には、女の蒼白な顔が目をとじて、すでに死んだもののような美しさを見せていた。かぼそい四肢を十字の柱にくくりつけた縄は、まっ白な囚衣の上から無慙に食入って、思わず目をそむけた見物も少なくない。

右の柱には大坊主が、これは豪気な目を見ひらいていたが、さすがに顔いろは泥のように沈んで、赤い鼻のあたまも紫ばんでいる。左の柱は、いろの黒い小男だった。その顔は軀の貧弱なのに似合わず、泰然自若としずまって、両眼を軽くとじた口もとのあたりは、かすかな微笑さえ、ただよっているかのようだ。

磔柱が穴に落され、根もとが掘りだした土で固められると、支えていた足軽どもは離

れ散った。鎌髭を耳朶にはねあげた武士が、幔幕のほうに顔をむける。石渡信濃守はうなずいて、側近を見返った。ひとりが大跨に歩きだし、三本の磔柱の前にすすむと、罪状書をひろげて、読みあげはじめる。若わかしい声が、しずまりかえった竹矢来のうちそとに、ひびきわたった。

「いよいよ、おれも最期をとげるか！」

突然、磔柱の上で声がした。罪状書を読んでいた武士も絶句して、おびえたらしい顔をあげたし、鎌髭の大男も、ぎょっと眉をあげた。各自の部署に、しゃがんでいた足軽のなかには、思わず腰をあげたものもある。

清海入道は柱の上で、にやりと笑った。頬がこわばって、うまく笑えなかったような気がした。いまの声も、ふるえてしかたがなかった。清海は、恥ずかしい、と思った。おれはこんなに、臆病者だったのだろうか？　こんなことで、どうするのだ。望月にいわれた通り、口をとざしぬいて、幸村公の名は出さなかったから、いいようなものの、見苦しい死にざまをしたら、三好清海の名がすたる。落着いて、もう一度、やってみよう。入道は首を左へねじむけて、口のなかで、いっぺんいってみてから、声にした。

「こんなことなら、貴様に気がねなどしないで、もっと酒を飲んでおくんだったよ」

こんどはどうやら、まあまあのできだろう。清海は胸をそらし、目をあげた。雪をかがやかした富士が、低い雲にいただきを隠して、正面に立ちあがって見える。望月の軽い笑いが、耳に入った。

「愚痴をいうな。地獄とやらにも酒はあるだろう。それより、おれのほうが順が先だったら、念仏を頼むぞ」

それきり黙りこんだ望月の声には、自分をはげましているようなところはなかった。落着いて、声も低く、下の武士たちには、聞えなかったかも知れない。

「やはり、望月だけのことはある」

と、清海は思った。聞えよがしの自分の声が、恥ずかしい。足もとを見ると、罪状書を読みおわった武士が、歩きだすところだった。いよいよ始まるのだ。どう考えても、殺されたくはなかった。清海は脣をかんで、呻きそうになるのをたえながら、おぼろな富士を見つめた。

幔幕の前では、石渡信濃守が鎌髭のほうにうなずいている。鎌髭がそれにこたえて、

「かかれ！」

と、叫んだ。槍を持った足軽が、立ちあがって、磔柱の前にすすみ寄る。このとき陰

鬱な雲は、また薄陽をもらした。槍の穂先がきらりと光る。三本の磔柱の影が、枯草の上にくっきりと落ちた。

「女から先にやるようにいえ」

と、幔幕を背にした床几で、石渡信濃守が、近衆にささやいた。

「どうも様子が変ではないか。ことによると、恐ろしさに胸をつまらして、もう死んでいるのかも知れぬ」

「はっ」

近衆は承って、鎌髭の武士に走りよる。その命をうけた足軽ふたりが、中央の柱の前に立った。二歩ずつ互いに離れると、さっと槍を宙に交叉させる。

群衆の上を、声にならぬどよめきがわたった。いよいよ処刑が行われるのだ。足軽は槍を手もとに引いて、身がまえた。見物たちが声をのむ。槍は宙にひらめいた。

だが、左右から女の脇腹めがけて突きかけたその槍は、ふた筋とも空にのびあがって、磔柱には届かなかった。見物たちが、あっと叫んで目を見はる。ふたりの足軽は槍を天に反らし、身をのけざまに、どっと大地に倒れたではないか!

それは、まるで目に見えぬ巨大な手に、槍の穂先をつかまれて、振りとばされたかのごとくだった。口ぐちに叫んで、鎌髭の武士をはじめ、近くの足軽たちが走りよる。見れば倒れたふたりの軀には、左右の目と、喉笛と、そして胸とに、刃の長い手裏剣が、柄も埋まるばかりに突き立っているのだ。

「狼藉者！」

と、鎌髭が叫ぶ。幔幕の前では、石渡信濃守が白い眉をふるわして、立ちあがった。

「それ！　処刑場破りに備えよ」

群衆の喚声のうちに、竹矢来の一角が大きくかたむいた。青竹を結んだ綱がはじけ、矢来はばらばらと倒れかかる。そこから、三人の曲者が走りこんだ。

「さあ、命のいらないやつは遠慮なくかかってこい。なるたけ痛くないように、あの世へ送りとどけてやるぞ！」

先頭のひとりが、大刀をふりふり、大声に叫んでいる。つづくひとりは、見あげるような長身だ。これは両手ともからで、なんの武器も持っていない。最後のひとりの足がいちばん早く、たちまち磔柱の下に走りよった。

見物が、ぞっと息をつめたのは、三人の顔だった。そろいもそろって、泥絵具の白と黒と朱と金泥で塗りあげたキツネの仮面をかぶっている。ふだんなら、ただこっけいな子どもの玩具が、場合が場合だけに、なんとも異様に見えるのだ。

「曲者はたかが三人。押しつつんで、討ってとれ！」

石渡信濃守の戦場で鍛えた大声がひびきわたる。警備の武士たちは、雪崩をうって三人をかこんだ。

「たかが三人とは不見識な！」

と、大刀を宙にかざして、ひとりのキツネが叫ぶ。信濃守に負けぬ大声だが、これはずっと若わかしい。

「甘く見ると、大間違いだぞ」

どなりながら、自分から敵の中に走りこんで、たちまちふたりを斬って棄てた。ぱっと血がしぶいて、枯草を染める。

「うぬ、ほざいたな！」

鎌髭は寸のびの大刀をひきぬいた。背の高いキツネに進み寄り、えっと叫んで、大上段にふりかぶる。だが、相手は両手をだらりと垂らしたままだ。鎌髭は勝手が違って、ふりあげた大刀の先をぴくぴくさせる。

「貴様、命が惜しくないのか！　刀をぬけ。刀を！」

「刀は持たぬ。斬りたければ、どこからなりと斬れ！」

キツネの仮面の内側で、すましかえった返事がひびく。鎌髭はいらだったが、こう平然としていられると、なんだか不安で斬りこめない。

「どうした？　怖いか。偉そうに生やした髭が泣くぞ」

「なに！」

かっとした鎌髭が斬りかかる。大刀は風を巻いて落ちかかった。だが、背高ギツネは、ぱっとうしろへとびしさったと見ると、その右手が肩へのびる。肩から斜めにかけた縄のようなものが、手に従って宙を走った。

「わあっ」

鎌髭は異様な武器に、大刀をはねとばされて、うろたえながら、逃げにかかった。岩千代の鞭がふたたびおどったかと思うと、鎌髭は顔を押さえて、のけぞっていた。ふきあげる血が髭にからんで、泡立ちながら、流れおちる。岩千代はもう鞭を返して、別の敵を迎えていた。相手は三間柄の槍をしごいて、突きかかってくる。その穂先が狙う獲物に届かぬさきに、二丈の鞭が持主の喉にからんでいた。槍を離して、鞭をつかもうとしたが、鞭は蛇のようにその主人のもとにすべりかえっていて、男は鼻から血をふきながら、倒れこんだ。

岩千代は、追いすがる別の敵を鞭のひとふりに倒して、柄を飾った黄金《きん》の十字架《クルス》を小さく揺らしながら、中央の磔柱に走りよった。そこには身軽く十字柱をのぼる猿飛佐助のすがたがあって、女のいましめを切り離しながら、走ってくる背高ギツネを見とめると、

「いいか！　落すぞ」

叫ぶと同時に、女の軀は柱をはなれて、顛落する。岩千代は、しっかとそれを両腕に抱きとめた。

「香織どの！」

岩千代の絶叫にも、女の目はひらかない。肩を揺すったが、首はぐらりと動くだけだ。はっとして、胸に手をあてれば、まだ暖く乳房は波をうっている。息をついて岩千代が、女の軀を抱きあげるかたわらに、真田大助は血刀をふりふり走りよった。

「背に負ったほうがいいぞ！　手を借そう。縁起でもないが、この縄で間にあわすより、しかたがないな」

切れおちている縛めの縄をひろって、手早く長身の背に女の軀を負わせて、結んだ。

「大丈夫か？」

「大丈夫だ！」

と、岩千代は立ちあがる。大助は走ってくる敵に、横なぐりの一刀を送った。返り血が女の囚衣の裾を染めた。

「岩千代、処刑場破りは、おれたちだけではないぞ。あれを見ろ」

「なんだと？」

見まわすと、法師頭巾や兜の頬当で、思い思いに顔を隠した荒くれ男たちが、白刃を閃めかして、枯草の上を走りまわっている。なかにひとり、竜神の形相を黄金いろに鋳出した頬当の、若い女が目に立った。大助が白刃で、それを指ししめす。

「あれが、海竜丸の乙姫さまだろう。なかなか腕も立つ。だが、ああいうのを女房にしたら、亭主はおっかないだろうねえ」

と、この騒ぎのなかでまで、のんきなことを口にする若者だ。

「こうなると、ぐずぐずしても、いられないぜ」

大助は顎をしゃくって、

「三好と望月は、あの連中にまかして、おれたちは逃げだそうじゃないか。なるたけなら、ふたりにおれが駈けつけたことは、知られたくないんだ」

「うん、わかった」

「おれはもう少し敵を片づける。いい加減なとこで、佐助に声をかけてくれ、ついでに、おれにもな。頼んだよ」

大助はもう駈けだした。岩千代は背中の女を揺すりあげると、鞭をかまえて、左右に近よる槍を迎えた。

磔柱の上を右へ左へとびちがいながら、佐助はふたりの縛めを解いていた。背に負った余分の大刀を渡しながら、

「大丈夫ですか？　闘えますか？」

と、心配げにいうのへ、清海入道が叫んでいる。

「御心配かたじけないが、さっきから癪にさわっていたところだ。ひと暴れしなければ、この胸がおさまらん」

「その元気なら、大丈夫。ひとりで降りられますね？」

佐助はもう、望月のほうへ飛びうつっていた。ここでも、大刀を渡して、助けおろす。望月は白刃を抜き放ちながら、いった。

「かたじけない！　海竜丸のお方か？」

「いや、わたしたちは、まんなかの女に用があってきた山ギツネです。海竜丸のひとは、あっちで闘ってますよ」

　佐助はそういいすてて、駈け去りながら、

「ふたりとも、磔柱からお離れなさい。いま面白いことが起るんだ」

　望月は意味がわからぬながらも、寄ってくる徳川勢を迎えて、斬りすすんだ。すると、突然、背後にすさまじい轟音が立った。敵のひとりを袈裟がけに倒しながら、ふりかえると、三本の磔柱が、沖天する白煙のなかに、倒れかかるところだった。

「やったな！　猿飛」

　離れたところで、白鉢巻の相手と斬りむすんでいた大助も、立ちのぼる三筋の白煙を仰いだ。

「やい、おれたちキツネはお稲荷さまのお使いだぞ！　なかでも、おれの祖先は金毛九尾のキツネなんだ！」

　と、若者は仮面のとがった口を、相手にむけて、突きだした。

「見たか、あの煙りを！　おれたちにはあの通り、神通力があるのだ。おれもなにかに化けてみせてやろうか?」

白鉢巻の下の目がおびえたようだ。大助はキツネのように膝を曲げて、片足ずつあげてみせながら、

「化けるぞ! 化けるぞ! それ」

ぱっとおどりかかる。白刃がきらっと光った。肩先を割りつけられて、鮮血を散らしながら倒れる相手に、大助は叫んだ。

「見えなかったか! おれが死神に化けたのが……」

穴山岩千代は、鞭を縦横にふって、槍の相手と渡りあっていた。黒い革の鞭は、二丈の長さいっぱいに輪をえがいて、敵を近づけなかった。

「まだ刃むかう気か!」

一本の槍が鞭にはじかれて、宙に飛んだ。つづいて右側のひとりが、足をすくわれて、仰むけに倒れる。そのとき岩千代は、背後に絶叫を聞いて、ふりかえった。いつの間に忍びよったか、ひとりの敵が、大刀を空にあげて、いま倒れるところだった。その眉間に、きらりと光る手裏剣が立っていた。

「かたじけない」

岩千代が、むこうを風のように駈けて行く佐助の背に、声をかける。キツネの仮面が、ちらとふりかえって、うなずいた。

猿飛佐助は、左右の手から見あたる敵に手裏剣を飛ばしながら、幔幕のほうへ走って行った。幕の前の床几では、石渡信濃守が白い眉をさか立てて、どなっている。

「鉄砲はどうしたのだ！　鉄砲は！」

「はっ」

と、近衆が幔幕へ走りよろうとした。その前に、ぱっと立った男がある。佐助なのだ。佐助は三間の幅を、大地に蹴って、信濃守の頭上をおどり越えたのだった。老人が、するどく叫ぶ。

「なにやつ！」

「はっはっは、爺さん。お気の毒だが、鉄砲組は役に立たない。ごらんなさい。このとおり」

佐助が片手で幕を引くと、枯草の上へ魚のように転がって、眠りこけている足軽たちのすがたが見えた。

「みんな無邪気な顔をして、寝ていますよ。起してはかわいそうだ。もっとも、蹴飛ばしても起きません。また起きたところで、鉄砲は役に立たない。さっき、わたしが火縄をみんな湿しておいた。この連中に、眠り薬の入った煙りを嗅がせたあとでね」

「おのれ！」

信濃守は、声を吐きだすといっしょに抜刀して、斬ってかかる。だが、そこにはもう相手のすがたはなく、幔幕のむこうに声だけがひびいた。

「およしなさい。年寄の冷水は……」

と、思うと、目の前に、ぱっと黒煙があがって、わきかえる煙りのなかに、見あげるような鬼のすがたが、怪しく動いた。近衆が、異様な悲鳴をあげる。老人はネコ背をのばして、叫んだ。

「まどわされるな。こやつ、忍者だぞ！」

「はははは！　こいつは他愛がなさすぎたかな」

煙りがうすれて行くなかに、佐助の笑い声が遠ざかる。黒煙に咳きこみながら、信濃守を取巻く側近たちが顔をあげてみると、みんなの頭は髻を切りおとされて、ざんばら髪になっているではないか！

「ええ、こしゃくな！　みんな、うろうろせずに、いまの忍者を追え！」

信濃守は、ばらばらになった白髪あたまを振り立てながら、地蹈鞴《じだんだ》を踏んだ。

「はっ」

と、答えて、四、五人が走りだす。だが、佐助のすがたは、つぎつぎ煙り玉を抛げながら、立ちのぼる白煙をぬって、たちまち見えなくなった。

かたむきかかった竹矢来にむかって、佐助は走る。見物人たちは乱闘を避けて、矢来のそとを移動しながら、まだ散ろうとはしていない。佐助は、ぱっと大地を蹴ると、見あげる竹矢来を大きなシカのようにおどり越えた。しばらくすると、またそのすがたは矢来を越えて、刑場にもどった。頭上の大刀をふりまわしながら、ほかのキツネの仮面をもとめて、走って行く。

むこうに、大勢と斬りむすぶ大助のすがたがあった。佐助は帯のあいだから発煙筒をぬくと、栓を噛みきりながら、走りよる。

「大助！」

「おう、佐助か！」

「用意ができたぞ。行け！」

「よし、心得た」

ぱっと発煙筒が煙りを吹きはじめる。それにまぎれて、ひとりを胴斬りに倒しながら、大助は竹矢来めざして走りだした。

佐助は手をふって、岩予代のほうへ進む。背高ギツネは女を背にして、鞭をふるっていたが、走ってくる佐助を見とめると、近よってきた。

「どうした！」

「うむ、用意はいいぞ」

と、佐助がうなずく。岩千代は女の軀を揺すりあげて、

「よし、行こう！」

と、走りだした。佐助は追いすがる敵に発煙筒をたたきつけて、背高ギツネのあとを追った。風を起して疾駆しながら、背後に黒い玉をまきちらして行く。しばらくすると、その玉のそれぞれから、紅蓮の炎が噴きあがり、たちまちそこに、燃えさかる炎の壁が現出した。追手がそれにさえぎられて、おろおろ立ちさわいでいるあいだに、三人は竹矢来の破れを踏んで、処刑場のそとに出る。

そこに佐助の用意した三頭の馬が、待っているのだ。女を負った岩千代をまず助けの

せ、大助は一頭の鞍にとびあがると、手綱を鳴らした。二頭の馬は高く首をふり、ひと声いななくと走りだした。佐助は残る一頭に跳びのると、竹矢来のほうをふりかえる。追手が倒れた青竹を踏んで、走り出してくるのが目に入った。

「馬鹿め！」

佐助は最後の発煙筒を敵中になげつけると、馬の脇腹を蹴って、弦を離れた矢のように走りだした。追いすがる徳川勢は、足もとからわきおこるまっ黄いろな煙りにあおられ、咳きこみながら、立ちすくんだ。鼻をつく異臭の煙りに、目からは涙があふれ、喉を刺されて、立っていられず、枯草のなかをころげまわる。

キツネをのせた三頭の馬は、雲間をもれる陽ざしの下に、土を蹴立てて、富士の見える松並木をつっ走った。

「手下のひとりが処刑場を見おろす松の木の上から、槍を持った足軽に弓を射かけようとしたところだったんです。わたしたちは足軽の倒れたのを見て、手下の矢があたったものだとばかり思ってました。すると、矢をつがえたままの弓を抱いて、妙な顔をしながら、手下が松の木から降りてくるじゃありませんか。それこそキツネにつままれたような思いでいると、反対側の竹矢来を押し倒して、ほんとにキツネが三びき、おどりこんだ……。いったい、なにものだったのでしょうね？　あのひとたち……」

乙姫は声のおわりをつぶやきにして、首をかしげた。

「さあ、わからない」

と、三好清海入道も首をふって、疲れきった顎を、立てて抱えた両膝の上にのせる。

苫をかけた舟は、河口を離れて入海にすべり出した。暗い胴の間から、舳先《へさき》をのぞくと、曇った空が鈍く光り、平らな波のおもてが、舟の動揺につれて、高くなったり、低くなったりするのが見える。静かな夜気のなかに、櫓の音だけがもの憂くひびいていた。

「おれたちは、あの女に用がある山ギツネだ、といっていたな」

と、望月六郎が白く繃帯した腕を抱えながら、思い出したようにつぶやいた。厚く巻いた晒しには、赤黒く血が滲んで、激しい闘いを物語っているのだが、暗いなかではそれも見えない。

「それだけでは、なんのことかわからんじゃないか？」

清海入道が目の充血した顔をむけて、望月にいう。

「うむ、わからん。妙な連中だ。あの女になんの用があったのだろう？　それとも、あの女の身よりなのかな？」

と、考えこむ望月に、乙姫は言葉をむけた。

「ほんとうに不思議なひとたち。わたしたちもすぐ竹矢来を破って、斬りこんだのですけれど、手勢を従えたわたしたちよりも、あの三人のほうが、よっぽど徳川勢を悩ましていましたわ」

「三人とも、まだ若いらしい。おれたちを磔柱から助けおろした男。まるでサルのような身の軽さだったが、あれは忍者ではないかな？」

望月がそういうのに、清海入道は相づちを打って、

「おれも、そう思う。煙りを起したり、炎を呼んだり、なかなかの手練だった。ああいう男が味方にいたら、さぞかし心強いだろう」

「ひとり、不思議な得物をつかう男がおりましたな」

と、口をはさんだのは、法師頭巾の浦島太郎だ。

「目立って背の高い男で……。あの得物は珍しい。太い縄か、革の鞭のようなものだと思うのですが」

「うむ、あの手ぎわも目ざましかった。恐しく長いやつを自由自在に使っていた」

清海入道は、思い出しても感にたえぬとみえて、大きく息をついた。その尾について、望月がうなるようなつぶやきをもらす。

「どうも気になる！」

「なにが？」

「いや、もうひとりの男のことだ。あの太刀さばきには、おれの流儀に通じるものがあるようだ。若さにまかして、自己流にくずしたでたらめの剣法みたいに見えるが、あれは、ちゃんと仕込まれたことのある腕だ。しかも、なかなかよく使う……」

「ああ、あのひと」

と、乙姫はくすりと笑って、

「敵と斬りあいながら、妙なことばかり、どなっていました。金をやるから逃げないか、とか、貴様、女房に名残りを惜しんできたか、とか、斬られると痛いぞ、じっとしていれば痛くないように斬ってやる、とか、死ぬということは決していいことじゃない、世のなかには、楽しいことがたくさんあるんだから、さっさと逃げろ、かなわない相手から逃げだすのは、恥じでもなんでもない、逃げるやつは利口で、逃げないやつは馬鹿なんだ、なぞと……。それから、こんなことも耳に入りました。貴様には女房も子どももあるんだろうな、と思うと、おれは刀が鈍るんだが、おれだって、斬られて死ぬのはごめんだから、かかってくるなら容赦はしないぞ。……あの乱陣のなかで、そんなことをいってるんですから、大した余裕ですわ」

「それを耳にして、覚えている乙姫どのの余裕も、大したものですな」

望月が愉快そうな声を立てて、

「だが、それは余裕とは別なものですよ。ああした乱戦になると、どなっていることが余裕のようなものをつくるのですな。余裕があるから、どなるのではなくて、どなるから余裕が出てくる。かたまった敵を蹴ちらすことよりも、腕の立つ相手と試合するときのほうが、気力がいる。実際、そうしたものなんです」

「なるほど、そうかも知れませんな」

と、浦島太郎が深くうなずく。

「それにしても……」

と、望月はまた首をふった。

「あの男、どうも気になる。竹矢来を破って入ってきたときから、退くときまで、ほかのふたりを思う存分、働かせながら、ちゃんと采配をふるっていた。ただの野武士や、牢人とは思われない」

「相変らず苦労性だな。いくら考えても、相手はどこへ逃げたか、わからんのだ。無駄だよ、考えるだけ」

と、清海入道に水をさされて、望月は苦笑した。

「そういえば、そうだな」

「そうだとも。こうして無事に落ちのびてこられたのだ。なにもいうことはない」

舟はうしろからも、もう一艘、手下たちを乗せて、ついてくる。沖の闇のなかに、海竜丸の船影が、黒く見わけられるようになりだした……。


燈芯の油を吸う音が気になるほど、あたりは静かだ。仄明るい光りのなかに、三人の真剣な顔が浮いて、六つの目がおなじ一点を凝視している。岩千代の顔は、蒼ざめていた。佐助の額には、油汗が光っている。大助の顔がいちばんおだやかだが、その目のいろは気づかわしげだ。

藁の上に横たえられた女の顔は、まだ目をひらこうともしない。胸がかすかに上下している。だが、顔いろは新壁《あらかべ》のように血の気がなかった。岩千代の呼びかける声も、その耳には聞えないのだろうか？

東海道から、ちょっとはずれたさびしい部落なのだ。段畠もすがれた斜面の上に、一軒だけぽつりと離れた農家があるのを、朝のうちに佐助が見つけ、欲の深そうな爺さん婆さんに金のひびきを聞かして、納屋を借りておいたものだった。はじめは、ひと晩だけの隠れ家のつもりだったが、女が意識をなかなか回復してくれないので、のばさなければならなくなるかも知れなかった。だが、いつまでいられる場所ではない。明日になれば、処刑場破りの噂が、ここまで聞えてくるだろう。

「はてな？」

と、大助がつぶやいた。女の顔に、じっと目をこらしたまま、低くつづける。

「香織さんの顔が変じゃないか。よく見ていると、なんだか違う人間の顔のように思えてくる」

「そんな馬鹿なことが……」

と、岩千代は笑いすてかけて、はっと息をのんだ。佐助の目にも、けげんないろが浮かぶ。

確かに、大助のいうとおりだった。女の頬にかすかな紅味がさしてくると、いままでの香織の面影の下で、なにか別の表情が動きだしたのだ。ただ、違う人間、というのは、あたらないだろう。顔つきは変らないのだが、その表情のなかになにかしら、別の要素が加わりはじめた、といったほうがいい。

女の睫毛が、かすかに動いた。やがて、目をひらく。女はまぶしそうに眉をしかめて、自分の顔を見つめている三人を仰いだ。だが、そこに意識を取りもどした女は、香織ではなかった。灯りのさしぐあいで、そう見えたのだろうか？　岩千代は手をのばして、光りの位置を変えてみた。だが、無駄だった。

「違う！　香織どのではない！」

岩千代は両手で、うっと顔をおおう。手のなかに声がこもって、悲痛だった。女はおびえながら、半身を起そうとする。大助の顔を、その目がとらえた。女は、はっとして叫んだ。

「大助さま！」

「お鈴さんじゃないか！　どうしたんだ」

大助は、お鈴を抱えおこした。女は肩にすがりついて、不思議そうにたずねる。

「ここはどこなんです？　どうして、あたし、ここにいるんですの？　ここは木曽かしら。大助さまがいて、そちらにいるのは、穴山岩千代さまね？」

「お鈴さん。あんた、なんにも覚えてないのか？　駿府城の牢へ入れられたことや、磔にされかけたことを」

「いいえ。どうして、あたしが……。あたしが牢に入れられたなんて、そんなこと、あるわけがないじゃありませんか？　ただゆうべ遅く、三平さんが店へきて……」

「三平？」

「ああ、大助さまはご存じないんだわ。あたし、いいたくないいんです」

「いや、いってくれ。ゆうべのことで、覚えているだけのことを……。三平というのは、あんたといっしょに旅をしている男だろう。知っているんだ。名前は知らなかったけれど……」

「ええ、そのひとですわ」

と、お鈴はうなずいて、記憶をたどりだした。

なんだか頭の芯が痛んで、うまく思い出せない。お鈴は大助の顔を見た。真剣な表情が浮かんでいる。思い出して、このひとを喜ばしてあげよう、と女は目をつぶった。駿府の遊女町に勤めていたことも、思いきって口にした。その店へゆうべ遅く、雨傘三平が顔を出したのだ。

「また小遣いをせびりにきたんだわ」

お鈴はそう思って、嫌な顔をしたが、

「そうじゃあないんだ。頼むから、ちょっと一緒にそこまで出てくれ」

と、三平はいう。真剣な顔つきだった。おれの一生の大事にもかかわることだ、とかきくどかれて断りきれず、裏口から男とともにぬけだすと、葉の落ちつくした柳の蔭に、男がもうひとり待っていた。

「お鈴さん。しばらくだったね」

と、笑いかける顔を見ると、これが霧隠才蔵だった。

「今夜はあんたに頼みたいことがあって、やってきたんだ。まあ、すこし歩いてくれないか？」

先に立たれて、しかたなく歩きだしたが、気がつくと、三平の影が見あたらない。ちょっと不安が胸をかすめた。相手が虫の好かない霧隠だけに、なおさらなのだ。

「お鈴さん」

才蔵は急に立ちどまる。呼びかけた声に、妙なひびきがあって、心窩《みぞおち》にこたえた。半欠けの月が、そうひろくない道に、片闇をつくっている。才蔵は、月光のなかに立っていた。お鈴は闇に身をすくめて、もし相手が変な真似をしたら、噛みついてやるつもりだった。

だが、才蔵は動かない。ただこちらの顔を、じっと見ている。瞬きしない蛇の目だった。女は顔をそらそうとしたが、首を動かすことができないのだ。しまいに石ころの多い道も、汚れた土塀も、半欠けのお月さまも、なにもかも見えなくなって、ただ才蔵の目だけが、またたきをわすれたまま、前に浮いた。

「お鈴さん。おれの頼みをきいてくれるな?」

才蔵の目が急に大きくなる。それは、大地いっぱいにひろがった。お鈴は夢中で、承知の返事をうなずきながら、その琥珀いろの瞳の中に吸いこまれて……。

「それっきり、なにも覚えてないんです。さっき、気がつくまで……」

お鈴はいいおわって、首をたれる。

「またしても、霧隠にやられたか!」

と、大助は脣をかんで、佐助と顔を見あわしてから、またお鈴に目をもどした。

「もうほかに、覚えていることはないね？」

「ええ。……ただ妙な夢を、見ていたような気がするんですけど」

「どんな夢だ？　話してみたまえ」

「なんだか暗いところへ連れて行かれて、あたしはひとりぽっちにされる。頭のなかで一生懸命、誰かべつの人間になろうとしているんです。あたしはもうお鈴じゃない。お侍の娘なんだから、もっとちゃんとしてなきゃいけないんだって……」

「それは夢じゃなかったんだよ。その暗いところが、駿府城の地下牢なんだ。そこへお鈴さんが連れて行かれたとき、だれかいなかったかしら？　思い出せないかな？」

「いたような気がします。蒼い顔をした女のひと……」

「香織さんだ。やはり、霧隠に連れだされたんだな」

大助は眉をくらくして、岩千代の顔を見た。それから、視線を佐助に移して、

「しかし、霧隠という男は、人間の心を自由にする方法を知っているのかな？」

「人間を、ある物音や目の力で眠らして、自由にする術があるそうだ。おれも聞いただけで、見たことはないんだが……。ただその術は相手によって、かかる時とかからない時があるらしい」

と、佐助が低い声で説明する。大助はうなずいて、

「驚いたものだな。さっきまで、このひとが替玉だなんて、思ってもみなかったし、第一、全然そう見えなかったじゃないか」

「恐しいやつだよ、霧隠というやつは」

佐助は大きく息をついた。大助は腕をこまねいて、考えこんだが、やがて顔をあげると、

「さて、また香織さんが、どこへ連れて行かれたか、という問題に逆もどりだ。ゆうべのことだ。なんとか見つかるだろう。こういう仕事だと、いつもあんただが、おれたちじゃあ、らちがあかない。夜が明けたら、頼むよ」

「大丈夫だ」

と、佐助が答える。大助は立ちあがると、岩千代の肩をたたいた。

「まあ、くよくよするな。今日まで頑張ったんだから、また明日からも頑張ろう。とにかく、香織さんは生きてるんだ。安心して、今夜は寝ようや。お鈴さんもやすむといい。おれはもう、くたくただ。さあ、灯りを消すぜ」

納屋は、闇の塊りになった。

お鈴が、そっと大助に寄りそうと、若者はもう健康な寝息を立てていた。

南《なん》蛮《ばん》地《じ》獄《ごく》船《せん》

　西の空をかたむきすべった巨大な銅鑼《どら》が、いま傲然の焔をあげて、濃藍の海に没しさるところだ。その残光は、紫磨黄金《しまおうごん》の征矢を空にはなち、千の蠟燭の涙を海に流して、潮のうねりの表面を、厚くかがやきわたらせている。

　ところどころ動かぬ雲をちりばめて、薔薇金色《こんじき》の肩掛けをたらした空は、きらめく瑪瑙の潮にのった異国の船の一隻を、鮮かに浮かびあがらせていた。荘厳にかがやく水と空のあわいに、くっきり切りぬかれたその影絵は、どこか邪悪の相を帯びて、兇兆のつばさを黒くひろげ、まさに翔びたつインフェルノ（地獄）の鳥かと疑われる。

　藍まさりゆく落日の余栄のなかに、巨船は静かに舳先をめぐらす。そそりたつ帆柱のいただきに、まっ紅なバンデイラ（旗）がひるがえっている。近よれば、血紅のいろのバンデイラには、銀糸で厚く、人魚の絵柄の縫いとってあるのが、見られるはずだ。丈なす髪を背になびかし、鱗の光る尾をくねらせて、人魚は喇叭《らっぱ》を吹いている。嚠喨《りゅうりょう》のその音いろは、魂を天外に飛ばすほどの、魅惑となって流れるだろう。だが、それに誘われたら、最期なのだ。楫取りの手もとは狂って、どんな船でも、藻屑と消えぬためしはない。

舳先を飾る船首像は、海神の上半身をかたどっていた。海藻の髪をふりみだし、魁偉な顔に牙をむいた海の妖精は、頭上に三叉の戟《ほこ》をかざして、航行の平安を阻むいっさいの災厄に備えている。いま舳先のめぐるにつれて、その恐しい形相は、なにが癇にさわったものか、満面の朱をそそいだ。それをなだめすかすかのように、突きでた前檣の三角帆が、追風《おって》に鳴って、影をおとす。その帆の布は、旗よりやや黝ずんだ毒血のいろに染められていた。いや、三角帆ばかりではない。見あげる帆柱いっぱいに、風をはらんで呼吸しているすべての帆が、おなじくまっ紅な血のいろなのだ。いまは勢いも弱まるばかりの落日に、それらの帆はいっそう映えて、血達磨の身を、もだえくるう巨大な野獣を見るようだった。

舷側には、船名が白くしるされている。横綴りの髯文字は、異国の仮名に違いない。もしポルトガル語を解するひとが、これを読んだら、目を見はるだろう。そこには、こう書きしるしてあるのだった。

——エシュクタドール・デ・モルチ（死刑執行人）。

この船は《死刑執行人》号というのだ！

ああ、なんという奇怪な名だろう。ほかに言葉がないわけでもなかろうに、選びも選んで、こんな恐しい名をつけるようでは、とうてい、まともな商船とはうけとれない。普通の神経を持った船乗りなら、いくら金を積まれても、この陰惨の名を知っての上で、雇われよう、とはいわないだろう。

だが、いま夕映えの舷側によりかかって、覚えはじめのタバコをくゆらしている霧隠才蔵は、この船がそんな破廉恥な名のりをあげていようなどと、知るよしもない。雁首が三角の顎髭いかめしい王様の顔になっている象牙の長ギセルを、片手でささえて、淡紫のけむりを気楽に吐きだしている。

瘠せぎすの影が、舷の内側の起伏にゆがんで、長ながと横たわっていたのが、いつの間にか、すっかりうすれた。舳先のほうに目をむけると、海は灼熱の銅鑼をのみつくして、かすかな余燼が濃藍の潮の上に、油光りの帯を流しているばかり。空の薔薇いろもようやくあせて、後光のさしていた雲は重苦しく、くすんでしまった。目の下の波には、もう夕闇の気配が濃い。

　才蔵は舷側にそえた手の上で、キセルをはたいた。吸殻の小さな赤い火玉が、すうっと暗い波に吸いこまれて消える。顔をあげると、のしかかってくるように偉大な帆布は、毒血のいろをいよいよ黝ずませて、張りめぐらした帆綱の上を、忙しげに渡る水夫の影。甲板の上では、栗いろの顎髪を逆立てたポルトガル人の水夫長が、猪首をそらして、口汚く罵っている。

「南蛮人のしゃべっているのを聞くと、しょっちゅう喧嘩をしているようだ」

　才蔵の苦笑は、そうつぶやいていた。

　だが、いまはほんとうに怒っているらしい。喉の奥まで見せて、足踏みしながら、水夫たちをどなりつけている。おびえながら、懸命に動きまわっている水夫たちは、荒《すさ》んだ顔つきの日本人もいれば、クマのような紅毛人もいる。油光りのした顔に、ぎろっと白目だけが目立つ黒人もいて、とりどりだった。しょっちゅう立聞きばかりしていそうな明《ミン》国人の顔も見える。

　水夫長がイスパーダ（刀）の欛を、拳固でいらいらたたきながら、唾といっしょに吐きちらす悪態には、

「バカ！」
「マヌケ！」
などと、片ことの日本語もまじっている。しかし、おおかたは、もちろん舌なれた自国語で、
「バ・デ・アオ・インフェルノ（地獄へ堕ちろ）！」
といった調子のものだった。才蔵にはなんのことだか、見当もつかない。
風が急に弱まった。帆はぐったりと呼吸をとめる。舷側から見おろすと、吃水線の上
あたりから、たくさんの櫂がムカデの脚みたいに、海面へおろされた。それがそろっ
て、暗い水をかきはじめる。船はふたたび、速度を増した。
じめじめ暗い胸の悪くなるような船底で、右舷と左舷それぞれ櫂一本にふたりずつ、
大勢の男が裸の軀を汗まみれにして、漕いでいるのだ。それが、みな日本人だった。男
たちの足には、足枷がはめられている。それを太い鉄ぐさりがつぎつぎとつなぎ、輪を
かいてもどってきた両端が、正面の太い柱を巻いて、頑固な錠前にかみあわされてい
た。巨大な鍵は、その柱の前にすわった番人兼音頭とりの男が、腰につけて離さない。
男は両手にひとつずつ槌を握り、前に伏せられた樽の底を、交互にたたいて調子をと

る。自由を奪われた漕ぎ手たちが、それに合わして、黙黙と櫂にとり組んでいるさまは、薄闇に惨と浮いて、この世のものとも思われなかった。

さすがの才蔵が、一度のぞいて二度のぞく気のしなかったこの船底を、水夫たちはアタウデと呼んでいる。どういう意味かわからなかったが、潮屋《うしお》源次兵衛から、

「なあに、ポルトガルの言葉で、棺桶、という意味なんですよ」

と、教えられて、

「なるほどなあ」

と、腑に落ちた。

《死刑執行人》号に、才蔵を手引きして、乗りくませたのが、この堺の貿易商、潮屋源次兵衛なのだった。

駿府城から香織を盗みだした霧隠才蔵は、いろいろ問いただして得た答えを検討して、紅面夜叉の秘鏡を預った女というのは、どうやら海竜丸の女海賊、乙姫とみて間違いあるまい、と結論した。だが、そのときには、駿河湾から海竜丸の船影は消えて、ゆくえは杳と知れなかった。陸の上での探し物なら、ひとに譲らない才蔵も、海の上のこととなると、勝手が違う。腕をこまねいた頭に、ふと浮かんだのが、潮屋源次兵衛のこ

とだった。

「そうだ！　あの男に相談してみよう」

これは密偵の仕事で堺にいたとき、知りあった貿易商人なのだ。

料簡のせまい武士たちばかり見ている目に、この男の言動は新鮮だった。物腰は町人らしく丁寧だが、その底に量りしれないものがある。世のなかを見る目が違うのだ。行きどまりのない海を足場に、毛いろの変った人間相手の取引きをしているせいだろう。

考えが日本のなかだけにとどまっていない。すっかり一目おいた才蔵が、

「あんた、商売などさせておくには惜しい男だな」

と、いうと、源次兵衛はにやっと笑って、

「武士になれ、とおっしゃるのですか？　お大名にしてやる、といわれても、まず御免をこうむりますね。なるほど、お大名の前に出れば、わたしどもは額を畳にすりつけて、へいへいいっていますがね。実際のところ、お大名を動かしているのは、わたしどもなのですよ。いや、金だといったほうが、正しいでしょうが……。これからの世のなかを動かして行くものは、金の力なんです。あなた様を前にして、失礼なことを申しあげますが、お武家衆はいわば舞台でおどっているあやつり人形。わたしは、人形になり

たいとは思いません。人形使いになりたいのです」

潮屋はそういって、豪華な彫刻のある卓子《テーブル》の上のマヨリカ焼の絵皿から、コンフェイ糖をつまみあげた。

「例えばこの堺の商人たちが、その気になって暗躍してごらんなさい。戦争のひとつやふたつ、いつでも起ります。世間のおひとは、戦争はお大名が起すもの、と思っているらしいが、大間違い。武器商人が起すものなんです。少くともこれからの戦争は……。わたしの扱う商品のうちには、鉄砲も入っていますが、わたしはそれを、闘っている両方の側に売りますよ。敵も味方もない。ご注文をくださるお方は、ぜんぶお客さまだ。お断りするのは、値段の引合わないときだけです。それを、裏切りだ、といったひとがありましたが、わたしは吹きだしてしまいましたよ。お取引きのつどつどには、尽すだけの誠意は尽しますさ。ですが、それを、しろうと娘を口説きでもしたみたいに、二年三年先まで、情にからんでこられちゃあかないません。……いや、あなた様は聞き上手。こりゃあ、すっかり本音を吐いてしまいましたな」

この潮屋源次兵衛は、毎年ちょうど今ごろ、小田原の出店へ出かけてきているはずだった。才蔵はすぐ小田原に飛んで、うまい具合いに潮屋をつかまえることができたの

だ。相談をうけた源次兵衛は、しばらく考えこんでいたが、才蔵の美しい連れに目をやると、大きくうなずいて、

「よろしゅうございます。ちょうど迎いの船がきたので、今夜、立とうと思っていたところでした。その船は瀬戸内海へまわって、ある島に寄ります。そこへ行くと、名のとおった海賊たちの消息なら、いまどのへんで仕事をしているか、たいがいはわかるのです」

「有難い。お蔭で助かりました」

「いや、お礼には及びません。だが、こちらにも条件がある。なに、大したことじゃございませんがね。実はそちらのお嬢さまに、船のなかでちょっとしたことを、お願いするかも知れませんので……」

迎いの船というのは、ひどく沖合いに碇泊していた。小田原の店の中型船が、だんだん近よって行くにつれて、その理由ものみこめた。月の細い海に、奇妙な城に似た影を、黒ぐろと浮かべているのは、日本の船ではなかった。

舷側に書いてある船名を、闇に強い目で読みとろうとしたが、おかしな髯文字で手に負えなかった。源次兵衛に小声できいたが、教えてくれない。店を出かけに、

「もし、なにかおたずねになっても、わたしが返事をいたしませんでしたら、重ねてお聞きなさらぬよう……。商売の秘密というものも、ございますので」

と、釘をさされているので、あきらめるより、しょうがなかった。

黒い鉄の籠の内側を、きらめくギヤマンで貼った南蛮燈籠が、唐草模様を見るように反りかえった鉄の枝をささえにして、舳先高く頭をもたげている。だが、灯は入っていなかった。

異国船の内部を見るのは、初めての才蔵だ。やたらに目を奪われてしょうがない。胴の間におりると、華麗な一室に案内された。花模様の絨緞が、踏む足も沈むほど厚く、豪奢に敷きつめられていた。大きな卓子の表面は、手のこんだ彫刻に縁取られて、重おもしくかがやいている。その脚は、珠を踏まえた唐獅子のそれのように、ふくらみ曲っていた。胴長の太鼓を伏せたような陶器の椅子は、青林檎の地いろに、支那の舞姫を極彩色に浮かして、鮮かだった。その上には、ふっくらとした緋ビロードの丸蒲団がのせられている。

卓子のむこうに、異人がふたり坐っていた。ひとりは猛禽のようにするどい顔つきの男で、葡萄酒いろの髪が房ふさと、金モールで飾った肩に波うっていた。もうひとりは、ずんぐり肥って金壺眼の卑しい男。頭蓋骨のまわりで、藁のように薄い金髪がちぢれている。潮屋源次兵衛が、碧い目のするどいほうから先に、

「こちらがこの船のカピタンで、ポルトガル本国でも知られたピストウラ（短銃）の名手、ドン・モンティエロどの。お隣りは、その仕事仲間のカプラルどの。大明《ミン》の澳門《マカオ》でなら、知らぬものはまずないという、コメルシアンチ・デシュクラヴです」

と、紹介してくれた。カピタンぐらいならば、才蔵も聞きかじっていたが、コメルシアンチ・デシュクラヴとは、いったいなんのことなのだろう？　待っているのに、潮屋は説明をつけてくれない。詳しくはいいたくない事情が、あるらしかった。源次兵衛は、器用にポルトガル語をあやつって、ふたりになにか話している。

「きっと、おれのことをしゃべっているのだろう」

と、思いながら、才蔵の目は、卓子の上の珍奇な品にひかれていた。

端のほうに大きな地球儀が、絢爛とおいてある。ふたりの異人の前には、ツルのように頸の細長いギヤマン徳利が、青瑪瑙《めのう》いろの南蛮酒をみたしながら、客の顔を弓なりに引きゆがめて映していた。ギヤマンの杯がふたつ、辛抱づよく一本足で立っている。鼓を小さくしたような砂時計は、長春いろに染めた砂をさらさらと落していた。それらの

ものを華やかに浮かびあがらしている燭台は、いぶし銀の人魚が、わきたつ波間に高だかと半円を描いて尾をもちあげ、その頭より高い尾の先と、胸のあたりで小さく丸く組んだ腕のなかに、それぞれ薄桃いろの南蛮蠟燭をささえた精巧な銀細工だった。

縮れ髪のカプラルは、イモムシのような指で、卓子の上の長い爪哇《ジャワ》ギセルをもてあそびながら、源次兵衛の言葉を、鉤鼻の先でふんふん聞いていたが、潮屋が話しおわると、硫黄いろの目を、まっすぐ才蔵にすえて、

「ようこそ」

と、抑揚のくるった日本語に、微笑の顔を愛想よくうなずかせた。

「お目にかかれて、たいへん、たいへん、嬉しいです。お近づきのしるし、いたしましょう」

モンティエロ船長のほうは、尊大な会釈をしたばかり。鼻の下に細くはねた八字髭のあたりには、微笑の影さえもない。

「こちらこそ、御迷惑なお願いをして……。よろしく、どうぞ」

と、頭をさげながら才蔵は、モンティエロのほうは武士、カプラルのほうは商人だろう、と見当をつけた。

カプラルは脳天の丸禿を見せながら、背後の飾り棚に手をのばして、ギヤマンの杯をふたつ、卓子に追加する。立ちあがって、きらきらかがやく徳利の南蛮酒を、四つの杯につぎわけながら、

「お互いの健康と、航海の安全のために、乾杯しましょう。さあ……」

と、みんなの顔を見まわしたとき、部屋のすみで奇妙な叫びが起った。はっとして、才蔵が見ると、色漆喰の低い格天井から、銀のくさりで吊された黄金の輪にとまって、まっ白なオウムがいっぴき。きんきん嘴をそらしながら、

「サンタ・マリア！」

と、叫んでいた。

「おお、プリンセザ（姫君）。お前も仲間入りしたいか」

カプラルは相好をくずして、オウムの輪に金髪の頭をむける。青瑪瑙いろの南蛮酒をたたえた杯で、驕慢な貴婦人に敬意を表するのだ。

すすめられた象牙のキセルで、初めてのタバコに恐る恐る南蛮蠟燭の火を移してから、才蔵は船室の壁を見まわした。正面に紫檀の飾り棚。その上の銃架に数梃のピストウラが、精巧な銃身を光らして黒い。シカの角の日本の刀掛けには、偃月刀が金銀をち

りばめた鞘をそらしている。上の壁に、大きな海図が掲げてあった。図の四隅には、雲形の模様がある。雲は頬をふくらました童児の顔をしていて、風を吹き起しているらしい。その風を帆にうけて、豪奢な帆船が、紺青に染められた絵の海を、小さく幾艘も走っている。波間には、髪の赤い人魚が艶かしい。

右手の壁に楕円形の額がかかっていた。赤銅に浮彫りした貴族らしい男の横顔だ。才蔵は南蛮酒にこころよく酔った目をこらして、おやおや、と思う。よく見れば男の高い鼻は、女の裸の足ではないか。まっ裸の女が足をのばし、淫らに胸をそらして、それがそのまま男の額から鼻をかたちづくっている。眉は女が背後にのばした腕なのだ。鼻の下の髭と唇は、手足をひしとからませて、秘密の愉楽に身もだえている男女。耳は立てた両膝のあいだにまるく裸身をこごめ、独りの楽しみに耽っているらしい少女のすがた。波うつ髪も顎鬚もことごとく、裸女の放恣な群像だった。才蔵ほどの目の持主でなければ、近づいて見て、はじめてにやりとするところだろう……。

これらの珍奇な品々は、香り高いタバコと酒の力を借りて、才蔵を摩訶不思議の夢にさそった。だが、もし切支丹の道にかしずく聖僧が、この船室のたたずまいを見わたしたら、

「ここにはサタンの影がさしている。これはインフェルノへ通じる邪悪の花園だ」

と、眉をひそめて、胸に十字を切ったに相違ない……。


霧隠才蔵は、目の下の櫂の動きから、顔をあげた。

見わたす無辺際の大洋には、すっかり夜のとばりが降りて、海面をこめた靄に、櫂の動きは、水音しか聞かさなくなったからだ。舳先の南蛮燈籠に、いつの間にか灯が入っている。帆柱高くひるがえっていた血紅のバンデイラもおろされた。半円の月が黄金《きん》の耳飾りのようにのぼって、遠くの海を銀いろに染めている。帆柱の上の物見に、テレスコウピウ（遠めがね）を手にした水夫の影が、暗い夜空を負って、わずかに識別される。

才蔵は象牙の長ギセルを片手にもてあそびながら、昇降口へ近づいて行った。艫のほうで、だれかが、歌を唄っている。かすれた声が悲しげで、故郷の歌ででもあるのだろう。耳をかたむけながら、昇降口の扉を押そうとすると、いきなりそれが内からあいて、まっ黒なものが飛びだしたと思うと、才蔵の手をつかんだ。

「なにをする！」

相手は背の低い黒人だった。ぱくぱくひらく口から、あああ、と獣めいた叫びがもれる。唖なのだ。こいつなら静かでいい、とカピタンの船室で、給仕などつとめている男だった。

気の弱い性質らしく、しょっちゅう、おどおどと気をつかっているのに、いじめられたイヌでも見るような気まぐれの憐みを覚えて、いつぞや粉ばかり残ったタバコをくれてやった。それをひどく喜んで、いろいろなことを進んでしてくれるようになったのだが、なんだというのだろう。ひどく真剣な顔つきだ。

「船室で、なにかあったのか？」

黒人は大きくうなずく。才蔵は昇降口をのぞきこんだ。女が駈けあがってくる。蒼ざめた顔が、香織だった。

「助けて！」

「どうしたのだ？」

女は裾を乱して、才蔵の背に隠れる。つづいて足音も荒く、昇降口を飛びだしたのは、船長のドン・モンティエロだった。

「女、逃げる、いけない。なにも怖いこと、ありません。こっちへ来なさい」

酔っていると見えて、猛禽のような顔が赤い。葡萄酒いろの髪が、額に乱れている。才蔵は背に香織のふるえを感じながら、するどくいった。

「どうしたのです？　カピタン」

「どうもしません。その女、どうかしています。わたし、抱こうとした。すると、嫌だ、いって、逃げるのです」

モンティエロは、細長く骨張った手をのばして、才蔵の背後にのぞく香織の黒髪を、ぐっと指さした。

「いや、どうも困りましたよ」

と、船長のうしろで、眉をしかめながらいったのは、潮屋源次兵衛の黒い羽織すがたで、

「ただちょっと、お酒の相手をお願いしただけなんですがね。お酌をするだけのことなんです。酔えば異人さんだって、冗談ぐらいはいう。言葉がお互いによく通じないんだから、まあ、しかたもないでしょうが、悪く感違いなさったようでしてねえ……」

「いいえ、感違いなんかじゃありません」

香織は才蔵の背に、必死でささやいた。

「あたしを力づくで抱きあげて、あの……」

と、恥ずかしさに声もかすれて、

「寝台へ運ぼうとしたんです」

「わかった」

才蔵はうなずいた。事情はすっかり、のみこめたのだ。下のほうの船室に、日本人の若い女ばかりが十人ちかく、どれも貧しい農家の娘なのだろう。皮膚のいろの悪いのが、入れられているのを見た。それがほとんど毎晩、モンティエロの寝室とカプラルの寝室へひとりずつ、宵のうちから呼ばれて行くのに、気づいていた。ただの酒の相手では、ないはずだ。朝になってふたりが帰ってくると、その晩は別のふたりが呼ばれて行く。

女たちは、あきらめきっているらしい。なかには、生まれてから見たこともないような酒や馳走に、申しわけのお相伴にしろありつけるので、順番のまわってくるのを、待っているのがいないともかぎらない。狭い船室のなかだが、自由を許されているのも、顔立ちよく生まれたおかげなのだ。見っともない女たちは、二十人ばかりの男たちと一緒くたに、船艙の生地獄に押しこまれて、手足をくさりでつなぎあわされている。

才蔵は、航海のはじめに潮屋から、船艙には降りないように、と注意された。降り口にはイスパーダを抜身で持った番人がついているから、注意だけで充分、と源次兵衛は思ったのだろうが、見るな、といわれると、見たい性分。番人の目をかすめることなど、児戯に類する才蔵だ。注意されたその晩に、もう船艙に忍びこんだ。厳重に錠をおろした格子蓋から船艙の底をのぞきこんで、嫌な気がしたものだ。女をまじえた男たちは、押重って身動きもしない。むっとカビ臭い温気。これは、闇黒地獄の臭いだろう。息づかいは感じられるが、死んでいるのも、あるのではないか？　それとも、生きながら腐りだしたのか？

この人間たちをどうするつもりなのかは、察しもつかなかったが、とにかくこれで、あのふたりの南蛮人が、決して立派な人物でないことは、はっきりした。だが、そんなことは、どうでもいい。海竜丸のゆくえが、突きとめられさえすれば、満足だ。この連中に同情してみたって、はじまらない……。

そんな気持でいた才蔵だが、香織にまで毛唐たちの目が光ったか、と思うと、腹が立った。香織がだれになにをされようと、ほかの場合だったら、知ったことではないが、自分が連れとして乗っているこの船の上、黙って見のがしたら、自分が馬鹿にされたことになる。

「カピタン」

と、才蔵は静かに口を切った。

「この女は、わたしの連れだ。間違っては困ります」

「間違い？」

モンティエロは頭をふって、一歩すすんだ。

「ナウン・ディス・トンテリア（馬鹿をいっては、いけない）！」

「わたしには、あんたの国の言葉はわからない。日本語でいっていただこう」

「間違いで、ない。約束したことです」

「約束？」

才蔵は、潮屋源次兵衛の顔を見た。

「いや、申しあげておいたはずですが……」

源次兵衛が、平然と答える。

「こちらの娘さんに、船のなかで、なにかお願いするかも知れません、と」

「それがこのことなのか、潮屋どの？　大したことではありませんか、と確かいったな。

これが大したことではないというそのことか？　驚いたものだ。馬鹿にしてはいけないぜ、源次兵衛どの。おれとこの娘がどういう間柄か、見ぬけなかったのか？　この娘は自分からすすんで、おれについてきてるわけじゃないんだ」

才蔵の瘠せた頬に、冷笑が浮かんだ。切長の目が、じっと潮屋を見つめて、

「はじめから、そうと話を持ちかければ、こちらも考えようがあったろうよ、源次兵衛どの。だが、今となっては手遅れだ。おれは、はっきり断る！」

「あなた、なにいいます？　約束を破る、いけない」

モンティエロが目に敵意を宿して、口をはさんだが、才蔵は眉も動かさない。

「なんでもいい。とにかく、この娘には指一本、触れさせない」

「霧隠さま。あなたらしくもないじゃございませんか？」

潮屋の口調には、大人が子どもを、さとすようなところがあった。

「ここは海の上。船長を怒らしたら、どこへ逃げるところもないんですよ。決してあなたを、馬鹿にしたわけじゃない。もう一度、よく話しあおうじゃありませんか？」

「おれに、おどしはきかないよ。なるほど逃げるところはないが、そりゃあ、あんたがただって同じことだろう。おれは忍者なんだ。こんな船の一艘ぐらい、たちまち火の海

にして見せる。もちろん、おれも助からないさ。だが、その前に、あんたがたはお陀仏だ」

「カレ・ア・ボカ（黙れ）！」

モンティエロの顔を、酒の酔いとは別のものが朱にいろどって、そう叫んだかと思うと、右手は革帯からピストウラを抜きとっていた。

源次兵衛は、手がつけられない、という表情で、昇降口の蔭に身をひいた。だが、才蔵の顔には、変化が見られない。この機械仕掛の死神の偉力を、知らないもののようだ。

「女を出しなさい。こちらへ！」

モンティエロが、するどく命じる。

「霧隠さん。この男、怒らす。よくありません」

いつの間にか、昇降口に縮れ髪を突きだしていたカプラルが、大げさな立皺を眉根にきざんで、首をふりながら、叫んだ。

「仲直りしてください。カピタン、ピストウラの名人。銀貨を空にほうって、浮彫りの王様の頭のまんなか、弾丸《たま》あてます」

ドン・モンティエロは、黒い銃口を才蔵にむけたまま、きっと振りかえると、カプラルと鴃舌《げきぜつ》を目まぐるしく交した。いいまかされたのだろう。カプラルが、両手を肩でひろげて見せて、口をつぐむ。

船長はむきなおって、銃口をあげた。全身がするどい武器になったようだった。八字髭が残忍な微笑にふるえているのが、帆柱に吊した角燈の光りで見とめられた。

「出しなさい、女を。出さなければ撃《う》ちます！」

「撃てるものなら、撃ってみろ！」

才蔵が傲然といい放つ。モンティエロのピストウラが、激怒の火をふいた。

だが、瞬間、ふたりのあいだに、異様な霧が立ちのぼった。死の葡萄玉が相手の胸にめりこんだかどうか、見さだめることもできない。モンティエロは兇器をかざしたまま、呆然と立ちすくむ。霧は見る見るうすれて行くが、そのむこうには見あたらないのだ。カプラルも目を見はった。才蔵のすがたも、女のすがたも。

「ははは、なにをきょろきょろしている。ここだ、ここだ！」

笑い声が頭上にひびいた。はっとして顔をあげれば、遙かに高い帆桁の上に、香織を横抱きにした才蔵のすがたが帆綱をつかんで、おぼろな影絵になっている。霧隠の秘技を知る源次兵衛も、これには舌をまいた。

「サンタ・マリア！」

船長は叫んで、ピストウラをかざす。轟然、筒口はふたたび火をはいた。

「馬鹿め！」

才蔵の声が宙を飛んだ。

モンティエロは、わあっとわめくと、額を押さえてうずくまる。前とは別な帆桁の上から、影さえ見えず声だけが舞いおりて、

「ほんとうなら、そいつの代りに手裏剣が、額に飾りを彫りつけているところだ。だが、おれはあんたに海竜丸を、探してもらわなければ、ならないからなあ……」

ドン・モンティエロの足もとには、象牙の長ギセルが、雁首からふたつに折れて、ころがっていた。


「おや？」

と、乙姫がつぶやいた。

「どうしたのです？」

粗末な白木の机の上に海図をひろげて、按じこんでいた浦島太郎が、坊主あたまをふりかえらした。

「あれを見て。なにかしら？」

乙姫はいっぽうの板壁を、目顔でしめした。

船窓のそとには、明るい冬の陽ざしが白湯《さゆ》のようにみなぎりわたって、海面をかがやかしているはずだが、船室のなかは夕方の暗さだった。畳表を敷いた床の上に、手造りの床几をすえて、机にむかっていた浦島太郎は、軀ごと乙姫のしめす壁のほうにまわした。

見ると、薄暗い壁の木肌の上に、奇妙な光りの模様が浮かんでいる。漣《さざなみ》の立っている水に陽があたると、その照りかえしが、壁や天井に光りの縞をうつすことがあるが、それに似て、もっと不思議な模様だった。

「なんでしょう？」

乙姫はまたいって、立ちあがった。浦島太郎も床几から腰をあげて、壁に近づいた。

風が落ちて、午後の海が静かなのだ。蔀《しとみ》をあげた窓のそとを、海鳥の影がするどく鳴きながらかすめて行く。甲板で唄を歌っているのが、かなりはっきり聞えた。京大坂が恋しくなるような隆達小唄で、なかなか渋い声だ。どうやら、楫取りの甚十郎らしい。ひときり歌いおわると、別な声がそれに続けて、違う隆達の文句を流した。これはだいぶ調子っ外れの銅鑼声で、舟子たちが笑いくずれている。あまり聞かない声だが、だれだろう？　乙姫は天井を見あげたが、思いあたると、美しい顔に微笑を浮かべた。あれは三好清海入道の声らしい。乙姫は壁に視線をもどした。

「あら！　消えてしまった……」

光りの模様が見あたらないのだ。今までそれがうつっていたあたりの木肌を撫でながら、浦島太郎は首をかしげた。

「おかしいな？」

板壁から離れてあたりを見まわす。乙姫が近よってきて、その腕にふれた。

「太郎、御覧なさい。またうつっていますよ」

なるほど、奇妙な模様がまた壁に揺らいでいる。乙姫は気味悪そうな顔をした。鬼のような荒くれ男へでも、ひるまず太刀をむけて行くひとが、太郎とふたりきりになると、急に若い女らしさを取りもどすのだった。

太郎は、壁に近よった。すると、光りはまた、ふっと消える。

思いあたって、軀を横にのけると、案の定、模様は木肌にもどってきた。太郎はふりかえって、さっきまで自分が海図をしらべていた机に、目をやった。机の上には蠟燭が一本、思い出したように焔を揺がしながら、寂然と光りの網をひろげている。

「姫、わかりました。これですよ」

浦島太郎は、机に近よって、蠟燭の火を手でおおいかくした。乙姫が壁に目をやると、妖しい光りは消えている。それが、また現れたのは、太郎が手をひいたからだろう。

「さっきはわたしの軀が、光りをさえぎったのです」

と、太郎が笑った。乙姫はまだけげんな面もちで、

「でも、蠟燭がどうして……?」

「いや、もちろん蠟燭だけのせいではない。たぶん、これが片棒かついで、いたずらをしているのでしょう」

太郎が蠟燭のうしろから取りあげたのは、一面のふところ鏡だった。

乙姫が駿府で鳳雲寺を襲った晩、香織から預ったあの鏡。太郎たちは知るはずもないことだが、木曽の赤鬼嶽から転転と、ひとびとのあいだを往来して、最初の持主である

紅面夜叉をはじめ、すでに数多くの生命を奪い、いまなお霧隠才蔵などに、妄執の漂泊をつづけさせている魔鏡なのだ。太郎は鏡を右手に、左手に鉄の燭台を取りあげると、机から離れて、床の畳表にあぐらをかいた。

「姫、ごらんなさい」

乙姫は太郎のそばに、膝を寄せてすわる。

浦島太郎が鏡の前に蠟燭の焔を持ってくると、正面の板壁に、さっきとおなじ不思議な模様が現れた。こんどは鏡のほうを、膝の上に伏せる。光りは形を失って、ただ蠟燭本来の明るさが壁に射すだけになった。

「でも、どうしてでしょう?　鏡には、なにも書いてあるわけではなし……」

乙姫は不審そうに、のぞきこんだ。太郎は鏡の裏側を、蠟燭で照して、

「この裏に彫ってある模様が、うつるらしい。どういう理窟でうつるのかは、わかりませんが……」

と、また表面を返すと、壁に異様な光紋が現れた。

「ほんとうに!」

乙姫は目を見はって、つぶやいた。

「不思議な鏡だわ」

「――魔鏡、というところでしょう。だが、待てよ。これは、文字ではないかしらん？」

太郎は壁にずり寄って、蠟燭の間隔を按配していたが、

「読める。姫、これは、なにかの秘《かく》し文です。読んでみましょうか？　達者な草書で、それもわざと模様めかしてあるので、読みにくいが、こう書いてある。……赤鬼の足もと、仏の顔より東へ十三、南へ六、鶏の朝、蛇の頭の落つるところ」

「なんのことでしょう？」

乙姫も顔を寄せて、壁の文字に見入った。

「わかりません。奇妙な文章です。赤鬼だとか、蛇の頭だとか……」

と、太郎が首をひねったとき、背後で、板戸のあく音がした。

「おや、これは睦まじく、影絵あそびですかな？」

三好清海入道だ。つづいて望月六郎も入ってくる。乙姫は頬を染めて、太郎のそばを離れながら、微笑した。蠟燭を見て、思い出したのだ。

初めてこの船室へ、ふたりを迎え入れたとき、清海は昼間から蠟燭をともしているの

に、目を見はったものだ。蠟燭は、近ごろ徳川幕府が、厳しく禁制しているタバコと同様、贅沢品、貴重品で、よほどの大名か、堺あたりの豪商たちでもなければ、ふだんやたらに使えるものではなかったので、

「これは驚いた。やはり、音に聞えた女海賊だけのことはある」

と、無遠慮にいって、望月に袖を引かれたのだった……。

浦島太郎は、鏡をふたりにしめした。

「これを、覚えておいででしょう？　あの女の方からお預りしたかたちのまま、ここにあるわけですが、不思議な鏡です。ごらんなさい」

と、板壁に謎の言葉をうつして見せる。

ふたりは目をまるくして、のぞきこんでいたが、

「なんのことだ、こりゃあ……」

と、まず清海が大きな声をあげた。

「なにか言葉の謎のような気がするが？」

と、つづいて望月が意見をのべる。

「赤鬼の足がどうしたとか、仏の顔も三度とか、鶏と喧嘩をして、蛇が首を落したと

か、気違いの寝ごとのようだなあ。おれにはわからん」

三好清海は、腹を立てたようにつぶやいて、壁をにらみつけた。

陽ざしが変って、窓を明るませはじめた。太郎は蠟燭を吹き消しながら、おだやかに笑って、「こんな手のこんだ隠し方をしているのですから、よほどの秘密なのでしょうな。これは、いよいよ魔鏡だ。持っていたのが、自分の名も思い出せない女で……。ますます、摩訶不思議ですよ」

「大助さまがおられればなあ……」

と、清海が頭をふりながら、望月をかえり見る。

「こういう謎言葉などは、お好きだから、なにか智恵もおありだろうが」

「まったくだ」

望月は相づちを打って、膝へ目を落した。

なんといっても、気がかりなのは、そのことなのだ。妙な行きがかりで、海竜丸の客になってしまったものの、自分たちには、主君幸村から命じられた任務がある。それを放っておくわけにはいかない。どこでもいい、次の寄港地でおろしてもらおう、と望月は考えた。

狂瀾怒濤《きょうらんどとう》

霧隠才蔵が昇降口の扉をおして、明るい陽ざしの甲板へ出ると、頭上から声が落ちてきた。

「バルコ（船だ）！」

顔をあげると、またおなじ叫びが聞える。

「バルコ！」

帆柱の上の物見で、見張りの水夫がどなっているのだ。

今日の見張り番は、明国《ミン》人の水夫らしい。平べったい黄いろい顔が、目にあてたテレスコウピウの重さに引かれるように、物見から軀を乗りだしているのが、見える。その頭上には、まっ青な空が涯もなくひろがり、血紅のバンデイラが翩翻《へんぽん》とひるがえっていた。

水夫長が大声で、どなっている。舷側に、潮屋源次兵衛の黒い羽織の背が見えた。これも遠めがねを構えて、かがやきわたる海のいっぽうをにらんでいる。かたわらにはカピタン・モンティエロが傲然と腕をくんで立ち、肩にとまらせたオウムが白金の独楽《こま》のように白い。才蔵も舷側に近づいて、海を見わたした。はるかに一艘の大きな和船の帆が、白鳥のように走っている。

「渡海《とかい》屋の船らしい」

と、源次兵衛が遠めがねを船長に渡しながら、つぶやくのが聞えた。モンティエロは黒い筒をのびちぢみさせて、じっと和船を見つめていたが、ポルトガル語でなにかいった。源次兵衛がやはりポルトガル語で、それに答える。

ドン・モンティエロは、きっとうなずいた。舳先に立った水夫長に、大声でどなる。肩のオウムがそれを真似て、けたたましく叫んだ。水夫長の吼えるような声が、もどってくる。たちまち、船上は活気づいた。罵声に近い命令が飛びちがい、水夫たちは甲板を走りまわる。帆綱を駈けのぼる水夫の影が、その上におどる。

源次兵衛が船長のそばを離れて、こちらへ歩いてきた。才蔵の顔を見て、にやりと笑う。

「霧隠さま。面白いことになりそうです」

「あの船を追うのか？」

「あれは、渡海屋という店の船です。わたしの商売がたきでしてね。今日わたしが自分の船に乗っていないのは、いい機会。まさか店の船で、変な真似をしかけるわけにはいきませんから……」

「あの船を襲うのだな？」

「モンティエロは、こういうことが大好きでございましてね。決してわたしから、頼んだわけではありません」

源次兵衛は、狡猾さを秘めた微笑で、肉の厚い頬をいろどった。

「ただの船ではない、と思っていたが、この船は海賊も働くのかね」

「いけませんか？」

と、不敵に問いかえす相手に、今度は才蔵が、にやりと笑いかけた。

「いや、面白いというのさ。おれにもなにか、手伝えるだろうよ」

「これは、恐入りました。よろしくお願いいたします」

潮屋は禿げあがった大きな額を撫ぜて、大声に笑うと、頭をペコリとさげ、忙しげに昇降口をおりて行く。才蔵はそれを見送った目を、また海にむけた。和船の帆影が、前よりも大きくなったようだ。三角波がぎらぎらかがやいている上を、海鳥の白い翼がかすめて行く。

《エシュクタドール・デ・モルチ》は、血染めの帆にはらんだ風と、櫂の力に助けられて、飛ぶように和船のあとを追った。

見わたせば、際限のない水と空。船はだいぶ南へさがっているらしい。冬だというのに、陽の光りは軽く汗を覚えるほどだった。前方の和船との距離が、ぐんぐん縮まるのを、才蔵は見まもっている。いつぞやモンティエロ船長とちょっとした争いがあって以来、才蔵は丁重に扱われていたが、だからといって、心を許してはいなかった。陸地の影も見えない海の上なのだ。カピタンを道連れに死ぬことはできても、自分だけ助かることはできない相談だ。才蔵はまだ、死にたくない。だから、できるだけ異人たちとも折合っていくつもりなのだ。

水夫長が大声でどなると、《死刑執行人》号は舳先を、ぐうっとめぐらした。水夫たちが右舷の砲門の蓋を、つぎつぎと引きあげていく。青銅の大砲が、押しだされた。砲手が位置につけば、燃える松明《たいまつ》を持った水夫は、大砲のうしろに片膝をついて、構える。

武装を整えた船長が、昇降口を駈けあがってきた。鍔広の南蛮帽子には、孔雀いろの羽根飾りが房ふさと波うち、まっ黒なマントは風にひるがえって、真紅の裏地を鮮かに見せる。革帯に二梃のピストウラをはさみ、片手にイスパーダの欛を握って、テレスコウピウを獲物にむけた。

渡海屋の船は舷を平行させて、距離が縮まる。カピタンがひと声、叫んだ。まずおどしの一発。それを発射した大砲が、反動でぐんとあとへさがる。

濃藍の海面に、まっ白に滾《たぎ》る水煙りが、どっとあがった。

渡海屋の船頭から、筒めがねを受けとった穴山岩千代は、鮮血の帆を近づけてくる南蛮船を見つめていたが、

「あれは、ポルトガルの船だな。舷側に名が書いてある。親父の国の文字だ」

と、つぶやいた。

「読めるか？　あんた」

眉の上に手をかざして、陽をさえぎりながら、黒船を見つめていた真田大助が、そう

いって顔をむける。

「うん、少しならな」

と、岩千代はうなずいて、めがねの筒先を舷側の文字に合わせていたが、喉の奥で不審のうなり声を聞かせた。

「妙な名をつけたものだな。《エシュクタドール・デ・モルチ》というらしい」

「どういう意味なんだ、そりゃあ？」

「……首斬り役人、とでもいうところだろう。処刑場で、死罪を執りおこなう役人のことだ」

「まったく風変りな名をつけたものだな。そう聞いたせいか、嫌らしく見えるぞ、あの船は。まっ紅な帆が、血をしたたらしているようだ。めがねをちょっと借してくれ。よく拝見させていただこう。……だが、どういうつもりで、おれたちを追いかけてくるのだろう？」

大助は筒めがねに目をあてて、南蛮船を円輪のなかにとらえた。そのとき、甲板に黒く影をおどらして帆綱を身軽く伝いながら、ふたりのそばに降り立ったものがある。陽焼けのした丸顔は、猿飛佐助だ。

「あれは異人の船だな。実際、大きくて奇妙な形をしている。この回天丸に乗りこんだときも、そう思ったが、おれはいまだに不思議でしょうがないんだ。こんな大きな図体が、水の上に浮かんで、沈まないんだからなあ」

木曽の山育ちの佐助には、海が珍しくてしょうがないのだ。どちらをむいても山や谷が、そびえたり陥ちこんだりしている木曽路と違って、どちらをむいても、目をさえぎるもののない碧瑠璃の大洋は、世のなかにはこんなところもあったのか、とおどろくばかりの光景だった。

胸毛のたくましい船頭が、佐助の言葉を聞いて、潮焼けのした鬼瓦のような顔をほころばした。大助も微笑をふりかえらせて、筒めがねを岩千代の手にもどしながら、佐助にいった。

「あの黒船は、《首斬り役人》丸、というんだそうだ」

「へえ、気違いでもつけたような名だな。だが、どうしてこの船を追ってくるんだろう？」

「どうも、調子の狂った名前から察すると、ろくな船じゃあ、なさそうだ。恐らく……」

と、大助がいいかけたとき、岩千代が叫んだ。

「あの船、こちらへ大筒を向けたぞ」

「なに！」

ふたりは、近づく不吉の船をにらんだ。船頭も、太い眉をあげる。

《エシュクタドール・デ・モルチ》の放った威嚇の一弾が、海面高く水煙りをあげたのは、この瞬間だったのだ。

舷側を、水しぶきがたたいた。

回天丸は、ぐらっと揺れる。

「畜生！　やっぱり、海賊だったんだ！」

しぶきに濡れた顔をあげて、大助が叫んだ。

「どうする？　源八」

「なあに、海賊が怖くて御朱印船に乗れますものか！」

源八と呼ばれた鬼瓦の船頭は、大きな肩をゆすって笑う。手をあげて、舟子たちに合図をしながら、潮風で鍛えあげた声がつづける。

「こうして手で合図をしただけで、舟子たちはどうすればいいか、われが承知で動きます。この回天丸は、呂宋《ルソン》くんだりまで通ったことのある船だ。相手がポルトガル人だろうが、なんだろうが、むこうっ気だけはこちらが上、と思ってます。先が嚙みついてくりゃあ、こっちも負けずに喰《くら》いついてやるだけのことでさあ！」

「その意気だ！　おれたちも手を借すぞ」

と、大助が叫ぶ。あとのふたりも、うなずいた。

霧隠才蔵のあとをたずねて、海の旅にでた三人なのだ。才蔵と香織らしいふたり連れが東海道を東に急いだ、という聞込みを追って、小田原まできた三人は、それらしいふたりが、潮屋源次兵衛とともに、海路を西にむかったことを確かめた。そこまで手ぐったのは佐助の働きだが、ここで大助が船を都合したのだ。潮屋とは商売がたきの渡海屋が、やはり小田原に出店を持っている。どっちも新しくにぎわいだした江戸を目あての出店なのだが、ちょうど、渡海屋へは回天丸という船が入っていて、堺へ帰るところだという。渡海屋の主人は、徳川将軍から御朱印をいただいている貿易商だが、心は豊臣方に寄せていて、大助も面識があった。これを利用しない手はない、とばかりに頼みこんで、回天丸へ乗りくませてもらったのだ。

三人が身支度を整えに、船室へ降りようとすると、下から蒼い顔をして昇ってきたお

鈴が、

「いまの音はなんなのです？　船がひどく、揺れましたけれど……」

と、心配そうに大助にすがり寄った。お鈴は駿府の遊女町から逃げだしたかたちになって、今さら帰れないし、行くところもない、一緒に連れて行ってくれなければ、舌を噛んで死んでしまう、とさんざん三人をてこずらせて、強引に回天丸へ乗りこんでしまったのだ。

「心配しないでも、大丈夫だ。船室に隠れて、じっとしていたまえ。異国の海賊が大筒を撃ちかけてきただけだ」

「えっ、海賊が！」

と、お鈴の唇が紫いろになった。

「わたしたちが一緒になって闘えば、なんとかなるだろう。敵がどんなやつかはわからないが、ここは海の上。逃げることはできないんだ。やるだけのことはやらなきゃ……」

大助は、お鈴を押しもどしながら、船室へおりる。ふたりがそれにつづこうとしたとき、すさまじい音響が耳をついて、回天丸はまた、ぐらっと揺れた。《エシュクタドール・デ・モルチ》が、第二弾を放ったのだ。さっきより近いが、これも海中に炸裂したらしい。

三人は仕度もそこそこ、ふたたび甲板に駈けあがった。こちらも左舷に大筒をすえて、負けずに応酬をはじめている。だが、相手の大砲より性能が劣っているから、砲丸が遠くまで届かない。二艘の船の中間ぐらいのところに落ちて、それでも轟音と水煙りだけは、一人前にあげる。

舷側には硝煙が白い。船頭の源八が、その煙りのなかに仁王立ちになって、迫ってくる真紅の帆をにらみつけていた。大助は走りよって叫んだ。

「おれたちにも鉄砲を借してくれ！　おれは海の上の戦さは初めてだが、これから、どういうことになる？」

「いまにむこうの砲丸《たま》が当りますよ、こちらへ。大筒のできが違うからしかたがねえ。だが、こっちのだって、当てて見せまさあ。だんだん船と船とが近づく。大筒は初めのうちだけです。むこうにしたって、沈めちまっちゃあ、稼ぎにならねえ……」

源八の言葉をさえぎって、頭上の風が轟いた。南蛮船の矢つぎばやに蒼白い火を吹く砲門から、飛来した一弾が、舷側を破ったのだ。足もとが斜めになる。木片が宙に飛んだ。しばらくは耳が聞えない。

つづいて、また一弾。これは舳先ちかい波に、水煙りをあげた。海面は大きく揺れ、つぎつぎと降る砲丸に、煮えくり返っている。

「お出でなすったぞ。こっちも負けずに撃てえ！」

源八が破れ鐘のような声でわめいた。大助が舷側から顔を出すと、目の前がまっ紅だった。いや、そう思われたくらい、南蛮船の鮮血の帆は迫っている。砲煙が海にこめて、陽も翳るばかりだった。

「こんどは鉄砲の撃ちっくら。その次にゃあ斬りこんできます。手ごわい相手だが、おめおめ餌食になってたまるもんですか！」

と、源八がさっきのつづきを、大声で結んだ。

回天丸は、怒濤に翻弄される小舟のように、砲丸を受けては、揺れる。帆桁が落ち、舳先が砕けた。敵は急に砲門をとざすと、舷側から鉄砲を撃ちかけてきた。大助も岩千代も、鉄砲を取って応戦する。釣瓶撃ちに轟く敵味方の銃声が、海に殷殷《いんいん》とひびきわたった。烟硝の臭いが鼻をつき、白煙で視界は混乱する。

「もっと船を、むこうへ寄せろ！」

大助は散乱する木片のなかに、突っ立って叫んだ。甲板には血も流れている。なにしろ、こちらの鉄砲は種子島の火縄銃。むこうのは、燧石《ひうちいし》を使った最新式のムスケッタ銃だ。歯ぎしりしても、優劣は争えない。

「もっと船を寄せろ！」

大助はまた叫んだ。二艘のあいだの海は、だんだん幅が狭くなったが、まだ斬りこむには遠すぎる。

「こうしていては、無駄死ができるばかりだぞ！　こっちから、斬りこんで行くのだ！」

耳もとを、びゅんと銃弾がうなって過ぎた。大助は悪態をつきながら、身をかがめる。

「岩千代、こうなったら、運を天にまかすより、しかたがない。かなわぬまでも、斬りこむんだ！」

「おれもそう思っていたところだ。大筒も鉄砲も、こう優劣があってはどうにもならぬ。このままで、むこうの斬りこんでくるのを、待っていられるものか！」

「あるいはここが、死場所になるかも知れないな。だが、岩千代、決して自分から死ぬなよ。おれは自分の運の強さを、信じている。だから、半殺しにされようと、どうしようと、息を引きとる瞬間までは、生きよう、と努力してみるつもりだ」

「うむ、わかった。ここで死んだら、未練が残りすぎるよ」

ふたりは鉄砲を抛げすてると、艫の船やぐらに駈けのぼり、帆綱をつかんで、立ち迷う硝煙のむこうに、夢魔のように迫る《死刑執行人》号をにらみつけた。

回天丸の舟子たちも、それぞれ白刃をぬいて、敵船の接近を待った。双方の銃声が、はたと止む。恐しい静寂のなかに、帆綱のきしる音が耳立った。むこうの舷側に動く男たちの顔が、見わけられる。このとき、黒船から縄がなげかけられた。先に小型の錨のついた縄は、回天丸の舷側に喰いこむのだ。舟子のひとりが、その錨の爪に首を襲われて、悲鳴をあげながら、舷と舷とのあいだの狭い海へ転落した。

「むこうも斬りこんでくる気だぞ！」

大助が白刃をぬき放ちながら、叫ぶ。そのとき、一本の帆綱が大きく揺れて、黒船へとび移ったものがあった。

「佐助だぞ！」

と、岩千代が目を見はる。大助は白刃をふって、どなった。

「抜けがけされたか！　おれも行くぞ」

大刀を口に咥えると、帆綱にすがって、舷側を蹴った。足の下で海が揺れる。

敵船の艫へとびおりざま、大助はイスパーダをふるいかかる赤髪の大男を斬って倒した。大男は女の顔を刺青した胸をそらし、甲板をひびかせて倒れる。その軀をとび越えて、大助はつぎの相手を求めた。

「バ・デ・アオ・インフェルノ！」

幅のひろいイスパーダをふって、大助に斬りかかってきたのは、猪首の水夫長だった。

「なんだかわからないぞ！　斬ってくれ、とでもお望みなのか」

大助は相手に空を斬らして、白刃を構える。水夫長は獣めいた吼え声をあげて飛びかかってきた。その猪首へ、横あいから黒い蛇が、からみついた。水夫長は変な叫びを立てて、仰むけに倒れる。

「ひどいぞ、岩千代！」

鞭をひきもどしながら、岩千代は笑って、

「すまない。すまない。飛びうつったら、まず今の男の顔が目に入ったんで、つい鞭をふってしまったんだ」

「あわてるな。相手は掃いてすてるほどいる。そら、いってるうちにも、お出でなすった。こんどは黒んぼか！　いろんな先生が出てくる。目先が変って、退屈しないぜ」

　大助は黒人水夫の正面に、白刃をのばした。

　岩千代は船やぐらの降り口に駈けよって、乱戦の甲板を見おろす。それを見た水夫が大声で叫ぶと、ピストウラをあげた。岩千代が、はっとして身をかがめる。だが、ピストウラは、とんでもない空中に火をふいた。見ると、水夫は額に手裏剣を光らして、身をのけぞらすところだった。ピストウラはその手を離れて、甲板にひびきを立てる。

　岩千代は、帆柱を見あげて、叫んだ。

「佐助だな！　お蔭で助かったぞ」

「お互いさまだ。礼などいうな！」

　と、佐助の声が、毒血いろの帆の蔭から、大きくもどってくる。

「岩千代、舳先のところに、偉そうな南蛮人がいるぜ。羽根飾りのついた帽子に、黒い衣のようなものを、羽織っている」

「カピタンだろう。船でいちばん偉いやつだ」

「なるほど、カピタンというのか。覚えたぞ」

岩千代は船やぐらから、駈けおりる。帆柱のうしろから、日本人の水夫がとびだして、恐しく長い刀を、たたきつけてきた。

船やぐらの上では、大助が黒人を舷側まで追いつめている。黒人は脣をふるわして、そのイスパーダには、こちらの白刃を押しかえす力もない。

「ペルダム（ゆるしてくれ）！」

と、叫んだが、大助に意味がとれるはずはない。さっと大刀をひいて、いう。

「なんだと？　もう一度、いってみろ」

「ペルダム！」

黒人のほうでは、大助が白刃を引いたのを、言葉が通じて、許してくれたのだ、と思ったらしい。あたふたと逃げにかかったから、大助はおどりかかって、

「逃げるか！　こいつ」

と、脳天から割りつけた。白くうじゃじゃけた脳味噌らしいものが、血と一緒にのぞいている頭をまたいで、降り口へ行くと、甲板で岩千代が、日本人の水夫の額に、鞭の一撃を送るところが目に入る。

「岩千代！」

「なんだ！」

「ペルダム、とはどういうことだ？」

大助が甲板へ駈けおりながら聞くと、岩千代は額に穴のあいた敵をとび越えて、敵味方いりみだれるなかを、舳先のほうへ進みながら、

「ゆるしてくれ、という意味だ」

「そうだったのか。そりゃあ、かわいそうなことをした」

舌打ちして、船やぐらを見あげる大助の背後に、敵がおどりかかった。どっと斬りこんでくるのを、あやうくかわして、手近な帆綱にとびついた。はずみをつけて宙を滑走しながら、五、六人の敵を蹴倒して、飛びおりる。

目をあげると、舳先に黒マントのポルトガル人が、乱戦などどこ吹く風と立っているのが、見とめられた。猛禽のような顔つきの大男だ。回天丸にむかって、なにか大声でどなっている。

「あれがカピタンだな」

と、大助は自分にうなずいた。

「よし、あいつをやっつけてやる」

このとき、モンティエロは顔をあげた。その碧い目は、帆桁の上から手裏剣を飛ばして、手下たちを悩ましている猿飛佐助を見とめたのだ。モンティエロの手が、革帯からピストウラを抜く。狙いを定めた。大助はその鉄の死神の黒い目が、だれを見つめているかに気づいた。

「猿飛！」

と、大助が叫んだのと、船長の手の兇器が、青銅いろの火華をふきあげたのは、ほとんど同時だったろう。

「ああ！」

大助は、目を閉じた。

猿飛佐助は帆柱の遙かな宙から、湧き立つ海へ吸われるように、まっ逆様に転落して……。

舷側に走り寄って、大助は木片の乱れ浮く波間を見たが、それらしい影は、二度と浮かびあがらなかった。

「猿飛！」

と、叫ぶ声がふるえ、胸の嗚咽は押さえかねたが、すぐ気を取りなおして、ふりむく目に岩千代を見とめた。岩千代は頭上に鞭をかざし、じりじりと後退してくる。相手は日本人だ。

その顔に、見覚えがあるどころではない。

「霧隠才蔵だ。あいつ、こんなところに！」

「お頭、妙なものが流れてますぜ」

と、舟子のひとりが、舷側から乗りだして、叫んだ。

「妙なもの？」

乙姫は、舟子の指さすほうに、視線を抛げた。

海竜丸は、夕陽に帆を染めて走っている。海の上は、もうだいぶ暗くなった。波のいろが濃い紫に見える。

「ほんとうに……。あれはなにかしら？」

と、乙姫は眉をひそめて、つぶやいた。

「戸板のようなもんですぜ。いや、そうでもねえかな」

舟子も首をかしげて、そうつぶやく。乙姫はそれを見かえって、いった。

「お前、太郎どのを呼んでおいで。ついでに、遠めがねも持ってくるのですよ」

「合点です！」

舟子が走り去ると、女海賊はまた夕焼けの海を見つめた。白い横顔を風が吹いて行く。黒髪が頬に乱れた。

波間を漂っているのは、大きな板のようなものだった。舟子が、戸板ではないか、といったが、そうも見える。乙姫は、はっとした。大きな板のようなものの上に、異様な影が見えるのだ。

「人間じゃないかしら？」

と、つぶやいて、なおも身を乗りだして見つめていると、浦島太郎が近づいてきた。

「なにが見えるのです？」

「太郎、あれをごらんなさい」

と、乙姫は波間を指さして、

「あの戸板かなにかに乗って流れているのは、人間ではないかしら？」

「人間が？」

浦島太郎は眉をひそめて、遠めがねの筒をのべると、姫の指さす波間にむけた。見ていると、その口もとが急に引きしまった。

「太郎どの、見えますか」

と、口を出したのは、好奇心を起してついてきた三好清海入道だ。

「乙姫どののいうとおり、この坊主の目にも、人間のように見えるのだが……。望月、おぬしはなんと見る？」

「さあ、なんともいえんな。人間のようでもあり、そうでないようでもあり……」

望月六郎は、じっと波間に目をこらしながら、静かに答える。

「もし、人間だとしたら、ずいぶん変な話だ。いったい、どこから流れてきたのだろう。ここは、陸地からは遠すぎる。あんな戸板みたいなものに乗って、陸地からここまで、ひっくり返らずに来れると思うか？」

「そりゃあ、そうだ」

と、清海はうなずいた。

「姫のおっしゃるとおりです」

ふいに浦島太郎がそういって、遠めがねをおろしたので、望月はひらきかけた口を閉じた。

「これで見ると、船板のごく大きなもの。たぶん船体の一部と思いますが、その上に乗っているのは、女です」

「女？」

乙姫は問いかえした。太郎は大きく、うなずいて見せる。清海と望月はなんとなく、ぞっとして顔を見あわせた。船幽霊ということもある。まだ陽は暮れきっていないのだから、幽霊が出るには早すぎるが、こんな大海原のまんなかに、女がただよっているということは、普通でない。

浦島太郎は遠めがねを、乙姫に渡しながら、考えぶかく口を切った。

「望月どののいわれたとおり、陸地から流されてきた、とは思われない。とすると、難破船があった、と考えるのが、常道でしょうな」

「しかし、太郎どの」

と、望月は海を見つめたままいう。

「この四、五日は……」

「雨雲の影さえ見えなかった、といわれるのでしょう？　わたしもそれを考えて、どうにも合点がいかないのです」

　浦島太郎は、当惑したように声を落した。

「太郎、船を寄せてみましょう」

　と、乙姫は遠めがねをおろして、男の顔を見た。その顔には、真剣さがひらめいている。

「よくわからないけれど、生きているようです」

「そうしましょう」

　太郎はうなずいて、楫取りに声を抛った。

「左舷に妙なものが見えるだろう。あれへ近づけてくれ」

「心得た！」

　と、揖取りは威勢のいい返事をひびかした。あたりは、夜になりかかっている。空も暗くなったし、海も仄かに明るいだけだ。もう遠めがねは、きかないだろう。問題の大きな板は、暗い波間にひときわ濃い影になって、わずかに見えるだけだった。

　だが、海竜丸は大きく舳先を変えて、そのあとを追った。海竜丸が近づくと、板はあおりをくって、ゆらゆらした。もう海の上にも、夜が落ちかかっている。舷側では松明を燃やした。海がわずかに明るんだ。

「女だけでいい。抱きかかえて、引きあげろ！」

浦島太郎が、舷側から命令する。帆綱を垂らして、海面におりた舟子ふたりは、いいつけられたとおりにし、残った船板を波間に蹴った。船板は大きく一回転して、裏側を見せた。松明の光りが、そこに文字の書いてあるのを、ちらっと浮かした。乙姫は、それを見逃さなかった。

「太郎、回天丸と書いてあります。あの船板に」

「回天丸？」

太郎は、首をかしげた。

「回天丸といえば、堺の渡海屋の御朱印船に、そういう名のものがあるが……」

女は船の上に引きあげられた。ムシロを敷いて、その上に横たえる。太郎は松明を、女の顔にむけた。

「これはひどい！」

女の顔は半面、見るも無慙な火傷に、おおわれていた。顔ばかりではない。あらわな胸から腹へかけても、火傷は膿みただれた赤い影をひろげている。それも、まだ生なましく、酸漿《ほおずき》のようにふくれあがった顔などは、触れれば蕺菜《どくだみ》いろに黝ずんだ皮膚が、べろりと流れて、半面がくずれ溶けてしまいそうだった。

乙姫は思わず、目をそらした。清海と望月も、および腰になったまま、うなっている。そのとき、女の軀が、かすかに動いた。

「生きているな?」

と、望月はつぶやいた。太郎はうなずいて、百鬼夜行の絵図から迷いだしたような女の顔を見つめる。

「船火事でも起したのだろう。船底に烟硝でも積んであって、船は木っぱ微塵。女は海になげだされて、ただよう船の破片にすがりつくのも、やっとだったことだろうな。もう小半刻とは、持つまい命。いままで生きていたのが、不思議なくらいだ」

舟子のかかげる松明の下で、四人はいたわしげに女を見おろす。女の脣が、かすかに動いた。

「大助さま!　大助さま!」

五音も乱れて、聞きとりにくい声だったが、清海入道は、はっとして、女の上にかがみこんだ。女はまた、くりかえした。

「大助さま！」

「大助、とはだれのことだ。どこの大助か、姓をいえ！」

清海の大声が、瀕死の耳にもとどいたのだろう。女はわずかに、顔を動かした。

「真田の若殿、大助さま」

「えっ」

望月も思わず叫んで、女の脣を見まもった。

「大助さまを、大助さまを、助けてあげてくださいまし……。南蛮船に連れて行かれて……。早くしないと、殺されてしまう」

女は、お鈴だった。

お鈴は自分が、どこにいるかもわかっていない。喉がしきりに乾いた。雲のかかったようなその頭のなかには、まだあの恐しい地獄絵巻がくりひろげられている……。

大助に強くいわれたものの、船底にひそんでいるのが不安でたまらず、船上をうかがうと、そこは凄惨な死闘の場になっていた。硝煙のなかに南蛮船のまっ紅な帆が、恐しかった。お鈴は大助のすがたを、目でもとめた。だが、どこにも、その男らしい顔は見あたらなかった。取り乱したお鈴の顔を、南蛮船の水夫が見とめて、走り寄った。お鈴は段梯子の下にころげ落ちて……。

「南蛮船に連れて行かれたと！　大助さまが……」

三好清海は、眉をふるわせて叫んだ。

「紅い帆。……紅い帆の南蛮船。大助さまを、助けてさしあげて……」

お鈴の言葉を、苦痛の呻きがとぎらせた。もう目も見えなかった。お鈴はまだ自分が、波の上にいるような気がした。いや、《死刑執行人》号の水夫たちが、回天丸に烟硝を仕掛けて引きあげたあと、爆発する船から、ほうりだされた瞬間に、お鈴は死んでいたのだろう。ただ、その生まれて初めての恋の未練が、影のような軀を、波にただよわせたに相違ない。

望月が女の耳に、口を近づけた。

「紅い帆の南蛮船に、大助さまが連れ去られた、というのだな？」

「……紅い帆。……異国の海賊」

お鈴はわずかにそういった。

「大助さまを……、お助けして……」

「よし、わかったぞ」

望月が大声にいった。それが聞えたのか、どうかわからない。お鈴の軀は、それきり動かなかった。

望月六郎は、浦島太郎の顔を見た。

「この火傷は今日のもの。その紅い帆の南蛮船とかは、まだそう遠くないでしょう?」

太郎は大きくうなずいた。

アタウデと呼ばれる船底で、大助は櫂を押しながら、まっくらな気持だった。カピタンのピストウラをあびて、滾りかえる波間に呑まれた猿飛佐助のことが、しきりに思い出される。

「この陸地も見えない海に呑まれちゃあ、おしまいだ。佐助もまさか、こんなとこで命を落すとは、思っていなかったろうなあ……。惜しい男を殺したものだ」

押さえようとしても、涙がわいてきて、目をあいていることができないのだ。

「それに、お鈴はどうしたろう」

回天丸は大助の目の前で、沖天する業火となって、宙に飛散した。あの船に残っていて、助かったと考えることは、いくら楽天家の大助でも、できはしない。もっと強く出て、あの女を船に乗せなければよかった。女を乗せると船が汚れる、といって、舟子たちが蔭で不平を鳴らしていた。こんな危難にぶちあたって、それ見たことか、と自分を怨んでいるかも知れない。どうせこうなる運命だったのだろうが、思えば心が暗くなる。

「お鈴は、おれが殺したようなものだ！」

目の前に岩千代の背があった。なにを考えているのだろう。黙黙と櫂を押している裸の背が、汗で光っていた。

狭い通路をへだてた左舷の櫂を、源八が無表情に押している。いくら焦らだってみたところで、厳重な足枷と太いくさりの呪縛から、逃れることは出来ないのだ。柱の前で樽の底を槌でたたいて、男のとる音頭に、櫂の動きを合わしているよりしかたがない。

「こんどばかりは、おれもまいった」

大助が髭ののびた顔をあげると、目の前に人影が立っていた。

いつの間にきたのだろう？　霧隠才蔵が、冷笑を浮かべて、立っている。

「どうだ。この仕事、お気に召したかね？」

大助は顔をそむけて、答えなかった。屈辱が針のように胸を刺した。

「ここを水夫たちが、なんと呼んでいるか知るまい」

と、才蔵はつづける。

「教えてやろう。アタウデといってるんだ」

「なるほどな。棺桶とは、巧いことをいうものだ」

と、答えたのは、穴山岩千代だった。

才蔵が意外そうに顔をむける。岩千代は顔もあげずにいいすてた。

「氷の心を持った男、とは知っていたが、まさか異国の人買いの手先になっていようとは、思わなかったよ。お見事なことだ」

「なんだと？」

「白ばくれるな。おれはポルトガルの流民の伜だ。異人どものおしゃべりが、みんなわかる。この船は人買い船だ。奴隷船じゃないか！」

霧隠才蔵は、目を光らしたまま、答えなかった。

「おれたちが最初にほうりこまれた船艙の連中は、わずかな金で買われ、大明《ミン》の澳門《マカオ》やポルトガル本国へ運ばれて、馬や牛のように売りとばされるのだ。貴様とおなじ、日本人がだぜ。男は鞭で追われて働かされて、女は異人どものおもちゃになるのだ。この船の行先で、おれたちを待っている運命は、それなのだ！」

　大助は櫂の上に顔を伏せた。才蔵は口を固くむすんで、岩千代の横顔を見つめている。

「カプラルという男は、コメルシアンチ・デシュクラヴだろう？」

　と、岩千代は低くつづけた。

「つまり、奴隷商人だ。この世のなかで、もっとも下劣な職業だよ。悪魔に心を売りわ
たした連中でないと、まず出来ない商売さ。霧隠、貴様はいくらで魂を売ったのだ？

悪魔に……」

「カレ・ア・ボカ！」

　と、どなったのは、柱の前の音頭取り兼番人だった。大助が顔をあげると、才蔵のす
がたは、もう見えない。相変らず、霧のような男だ。

「ナニシャベル！　カレ・ア・ボカ！」

　番人は片ことの日本語をまぜて、また吼えた。

「ナウン・セイ（おれは知らぬ）」

　と、岩千代はひとことと答えたきり、黙黙と櫂を押しつづける。

柱のそばに垂れた管を通して、カピタン・モンティエロの声が、なにか命令を伝えてきた。番人が樽の底で調子を取るのをやめて、

「ヤメ！」

と、どなる。風が増して、櫂の力が不用になったのだろう。大助と隣りの男は、自分たちの櫂を引きあげて、ほっと息をついた。隣りの男はすぐ膝を抱えて、眠りに落ちこんだ。もう何日も、こうした苦役をつづけているので、考える力を失ってしまい、櫂を押しているとき以外は、眠る欲しか起らないに違いない。

だが、大助は眠るどころではなかった。

霧隠才蔵は、薄暗い廊下を、考えこんで歩いていた。

廊下の天井には、ひとところ、角燈がぶらさがっているきりだ。魚油の燃える臭いが、鼻をつく。煤けたギヤマンの内側で、鬼火のような炎が揺らいでいた。

背の低い黒人が、船長の部屋から出てきて、才蔵とすれちがった。例の唖男だ。すれちがいながら、白い歯を見せて笑う。才蔵は、うなずきもしなかった。その足がカプラルの部屋の前でとまる。扉をたたいて、いった。

「霧隠です」

「おお、どうぞ。どうぞ、開けてください」

カプラルの声を聞いてから、才蔵は扉をひらいて、なかに入る。

啞の背の低い黒人が、それをけげんそうに眺めていた。


真田大助は、眠るどころではなかった。

「おれは、奴隷になどなりたくない！」

と、腹のなかで叫んだ。

自由を束縛される。それは、この若者のいちばん嫌いなことだった。

大助は、空に浮かぶ雲を見ることが、子どものころから好きだった。

気ままに空を泳いでいる雲。

のんきそうな綿雲。

さびしがりやの夕荧雲。

短気な入道雲。

みんな自由な連中なのだ。自分もあの雲のようになりたい、と思った。昔の日から今日の日まで、いつも求めていたのは、それだった。雲が好きだから、旅が好きなのだ。九度山をとびだしたときには、おれは雲になった、と思ったものだ。だが、これはどうだ。雲は足に、くさりなんかつけてはいない！

「逃げだすのだ！」

顔をあげると、番人も太柱によりかかって、眠っている。腰帯にくさりの錠が、鈍く光って見えた。

「逃げだすのだ！」

こんどは声に出していった。岩千代の背中が低く答えた。この男も眠ってはいなかったのだ。

「どうやって？」

「見当もつかない。だが、逃げ道はあるはずだ。ポルトガル人だって、人間だろう。要するにおれと貴様で、この船を乗っとってしまえばいいのだろう」

「夢のようなことをいうな！」

「夢だろうか？」

大助の心には、天性の明るさがよみがえってきた。

「おい、おれはなんだか、できるような気がしてきたぞ」

「だが、まずこの足枷だ。これをはずさなければ……。こういうとき、猿飛が生きていたらなあ。あいつなら、こんな足枷ぐらい、造作なくはずしてしまうだろうが……」

「それをいうな！」

と、大助が眉を曇らす。

「足枷なんか、どうにでもなる。あの番人から、鍵を奪いとればいいんだ」

「鍵を奪いとる？」

岩千代は、あきれたようにつぶやいて、

「なにか名案があるのか？」

「これから考えるのさ、それを」

大助は、にやりと笑った。


才蔵は、カプラルの船室へ踏みこんで、はっとした。

カプラルは唐草模様を浮かした銀いろのガウンを羽織って、隅の寝台に腰かけ、その前に脚の低い卓子をひき寄せて、南蛮酒の杯をあげていた。その膝の上に、女がなにも身につけずに抱かれている。日本人だ。例の船室から呼ばれた今夜の相手だろう。女はさすがに恥ずかしいと見えて、そむけた顔を、カプラルの肩に伏せていた。その白い裸の肩を、ポルトガル商人の指輪の光る毛ぶかい手が、愛撫している。

才蔵は、目をそらした。

だが、カプラルは平気なもので、

「ようこそ。キリカクレさん。なに御用ですか？　まあ、そこ、お掛けなさい」

と、ギヤマンの杯をつまんで、陶器の椅子をすすめる。

「お酒、あがりますか？　それとも果物はいかが、冷たい肉もありますよ」

卓子の上の白磁の鉢に、豊かな葡萄の房が、ペルシャ美人の涙を凍らしたように美しい紫の珠玉を、かがやかしていた。

「このひと、可愛いいでしょう？」

と、カプラルは、膝の上の女を揺すって、

「日本の女のひと、肌、とてもきれいですね。わたし、大好きです」

紅玉の酒をみたした杯で、女の胸に白桃のように盛りあがった乳房を、持ちあげる。

才蔵は眉を曇らして、立ったまま、いった。

「カプラルどの。教えていただきたいことがあるのです」

「おお、おお、なんでしょうか？」

と、カプラルは答えた。

「お国の言葉です。あなたは、名高いコメルシアアンチ・デシュクラヴだそうですが、その言葉は日本語にすると、どういう意味なのです？」

「おお、コメルシアアンチ・デシュクラヴ？　あなた、知りませんか？」

カプラルは、腹を揺すって笑った。赤い南蛮酒が、だらしなく膝にこぼれる。

「いちばん頭のいい人間、する商売です。この世のなかで、いちばん扱いにくい動物、それを売り買いします。わかりません？」

硫黄いろの目が、得意そうにかがやいていた。

「人間ですよ。コメルシアアンチ・デシュクラヴは、奴隷商人、いうことです！」

莫《まく》妄《もう》想《そう》

　太陽は焔をあげて燃えくるい、絶えずかたちを変えている。その躍りあがり、ひるがえる炎群《ほむら》から見れば、地球など、小さな石くれにすぎないだろう。凸凹のその小岩塊の表面で、かすかな生命たちが、とるに足りぬ黄いろい鉱物のいくばくかを追って、狂奔しているさまは、笑止きわまるものに違いないのだ。

　地球だって、おなじ思いかも知れない。自分の軀の凸凹にできあがった海の上で、小さな紅い帆をあげている黒船など、気にもしないだろう。そんなことにはお構いなく、地球は、おのが息吹きをあげていた。

　地球は大きな生きものだ。この岩塊もまた、絶えずかたちを変え、呼吸しつづけている。いまもその息づかいが、千尋の海の底で始められようとしていた……。

　陽の光りに磨かれた南の海の表面は、青銅の楯のように静かだが、その底の地角は、かすかな胎動にふるえているのだ。この海底までは、陽の光りもしかとは達せず、静かな水は琅玕のかがやきを帯び、蒼ざめた微光のなかに、海藻がゆらゆらと揺れている。

巨大な青サメがいっぴき、死相の腹をひるがえして、すうっと海面へのぼって行った。美しい縞に飾られた魚の一隊が、尾鰭をふりながら、旗行列のように通って行く。黝ずんだ砂の上を、大きなタコが頭をひきずりながら、八本の足を車輪にのたうたして、通りすぎた。人間の手のひらに似た黒い海藻が、岩肌から、この尊大なにわか成金に、おいでおいでをしている。

珊瑚が紅い枝をかざして、畳畳の暗礁を飾っていた。暴風雨に沈められた一艘の和船が、折れた帆柱に藻を黒くからませて、しずまりかえっている。その帆柱の先をかすめて、いっぴきの海へビが、狂ったように全身をくねらせて、通り去った。海へビは、いま始まろうとしている変事に気づいて、仲間に警告するために、あんなに急いでいったに違いない。

暗礁のひとところから、白い気流があがった。それは薄闇の海中に無数の泡となって、真珠の首飾りを引きちぎったように散乱した。まだその気息は弱く、海面を騒がすまでには至らない。だが、ここには、大地の呼吸がはじまっていたのだ。

海竜丸の舷側をすべって、白布につつまれたお鈴の屍骸は、陽光にきらめく海面にしぶきをあげた。

濃藍の波間に、白いひとがたはしばらく揺らぎ、見る見る底深く沈んで行く。艫の船やぐらに並んで立った三好清海入道と浦島太郎は、そろって坊主あたまをかたむけ、この見知らぬ女のために、経を読んだ。

望月六郎と乙姫は、舷側から波間に合掌した。

「さあ、その紅い帆の南蛮船を探さなければならぬ」

浦島太郎は、顔をあげた。

清海入道もうなずいて、海に目をやった。

波間に船の破片が、いくつも持てあそばれている。そのあたりの海は、心なしか濁っているようだ。海鳥がするどく鳴きながら、高く低く飛びかっている。木材の上におりて、白い翼をやすめているのもあった。

「このあたりの海でしょうか？　回天丸という船が沈められたのは」

と、乙姫がつぶやいた。

もちろん船の破片が、ひとところにとどまっているはずもない。だが、その数が目立つのは、惨事の場所が遠くない証拠だろう。

海竜丸は、紅い帆の船影をもとめ、櫂をそろえて、矢のように走った。

櫂をおろすための隙間が、白くかがやいている。海面は陽の光りがまぶしいに違いない。だが、相変らずこの棺桶の船底は、陰惨な薄闇に汗の臭いをこもらせていた。番人が樽の底を、両手の槌でたたく音が、異様にひびきわたっている。真田大助は櫂を押しながら、そっと岩千代の背にささやいた。

「いいか?」

「うん」

と、岩千代がうなずきかえす。

大助は通路をへだてた隣りで、櫂ととっくんでいる源八に、目くばせを送った。源八は目顔でうなずくと、急に櫂の上に身をかがめ、大声でわめき苦しみはじめる。

番人が槌をほうりだして、立ちあがった。

「カレ・ア・ボカ!」

源八はいよいよ大声でわめき、自分の足枷の上にかがみこんだ。番人が走りよってきて、その顔を殴りつける。源八は、番人の足にしがみついた。

大助と岩千代が、足のくさりを鳴らして立ちあがる。番人に組みついた。岩千代は、顔をふって叫ぼうとする口を押さえ、首に手をまわして、喉を絞めあげる。大助は相手の腰から鍵を抜きとり、イスパーダを取りあげた。番人は喉で、げっと妙な叫びをあげて、全身の力を失った。

「おい、みんな漕ぐのをやめろ！」

と、大助は低く叫んだ。漕手たちはあっけにとられて、櫂の手をとめていたが、

「おれたちは、この船を乗っとるんだ！　みんな自由になれるんだぞ！」

と、大助がつづけると、さっと顔をかがやかせた。

「おい、先頭のやつ。これで錠をあけろ」

大助の手から鍵が飛ぶ。いちばん柱に近い男が、それを拾いあげて、くさりのはしに手をのばした。錠がはずされる。みんな、くさりを手ぐりまわして、足枷から自由になった。大助は通路にのびている番人を抱え起すと、そのくさりで、ぐるぐる巻きにしばりあげる。番人は意識を取りもどすと、目に恐怖のいろを浮かべた。

「ペルダム！　ペルダム！」

　と、わめく喉へ、大助はイスパーダを突きつけた。

　源八が伏せた樽の上から、槌を取ってくると、猿ぐつわの代りに、その柄を番人にかませて、縛りあげる。

　岩千代は、もうひとつの槌を得物代りに握って、船底の戸をあけた。大助がそれにつづく。太柱のわきの管から、船長のわめき声が走った。

「なぜ、漕ぐのをやめた、とどなっているぞ」

　と、岩千代がささやいた。大助はイスパーダに素振りをくれながら、叫んだ。

「よし、早く甲板へあがろう」

　髭ののびた半裸の男たちは、一団になって、段梯子をあがる。

　船艙の入り口で、張り番をしていた黒人が、幽霊のように押しあがってきた男たちを見て、

「ぎゃっ！」

　と、わめきながら立ちあがった。逃げだそうとするその後頭部へ、岩千代の手から槌が飛んだ。黒人は脳天から血をふいて倒れる。岩千代は走り寄って、武器を奪った。

「さあ、行こう！」

岩千代、大助、源八の順で、なおも段梯子を駈けのぼる。男たちがそれにつづくのが、鉛いろの波の押し寄せるようだった。

昇降口の扉を押すと、陽ざしのまぶしさに、一瞬、目がくらくらっとした。だが、すぐ気を取りなおして、甲板に走りでる。

毒血いろの帆は半ばたたまれ、帆柱のいただきのバンデイラも、力なく垂れている。海は陽光に磨かれた巨大な青銅の楯だった。

「あっ、アタウデのやつらだ！」

潮屋源次兵衛が叫んだ。

モンティエロは眉をあげて、その指さすほうを見た。

奴隷商人カプラルも、目をむいて、息をのみながら、叫んだ。

「サンタ・マリア！」

水夫たちは手に手にイスパーダを閃めかして、駈け寄った。大助は近づくやつにおどりかかって、まっこうから斬りつけながら、叫んだ。

「岩千代、カピタンにいってくれ！　この船はおれたちがもらったぞ、と」

「いいとも!」

岩千代は、大助の言葉をポルトガル語にして、ドン・モンティエロにたたきつけた。

船長は目を怒りに燃やして、なにか叫んだ。その肩にとまっていたオウムが、嘴をそらして、叫びを真似る。

大助と岩千代の斬り倒した敵の手から、源八以下の男たちは刀を奪って、たたかった。大助と岩千代は、舳先よりの甲板に立つ三人、モンティエロ、カプラル、源次兵衛にむかって肉迫する。

そのとき、昇降口から、霧隠才蔵の長身が、静かに現れた。背後に、香織のおびえた顔があった。才蔵は無言で手をあげると、乱戦のなかにも目立つ穴山岩千代のすがたを、さししめした。香織は、はっとして叫んだ。

「岩千代さま!」

イスパーダをふって、寄せかえす敵のなかを駈けめぐっていた岩千代は、声に愕然として、ふりかえった。

その目が、才蔵の蒼白く冷たい顔と、背後に白いなつかしい顔をとらえた。

「おお、香織どの!」

海底の胎動は、海面にまで影響をおよぼしはじめた。

暗礁から噴きあがる白煙は、無数の泡になって、凪ぎわたった洋上を騒がした。泡は大きく、つぎつぎ暗い水中を駈けのぼり、波間を抜けでて、ぱっと散る。昔、中国の王子が馬に乗って、崑崙山《こんろんざん》まで追いかけていったというシャボン玉は、このように見事なものだったに違いない。

満月のようにかがやきわたっていた海面は、しだいに沸きかえり、白濁して、泡をかみはじめた。

水中をのぼる噴煙は、刻一刻と濃くなりまさり、白い柱が貫き立ったか、と思われるばかりだった。暗礁は揺らいで、岩塊を飛ばし、水は煮え立つ湯と化しはじめる。

魚どもは、あわてふためいて、逃げだした。

海藻は逃げだせぬ恐怖に、蒼黒い髪をさか立てて、ぞわぞわと揺れうごく。

水を騒がして、地鳴りの音が、高まりだした。

噴煙の根もとには、炎のいろさえひらめいた。

海面はしだいに白濁の輪をひろげはじめ、その上は海鳥さえも避けて翔ばぬ。この不吉な寂寥のなかに、海はいよいよ沸き立つのだ。

だが、このとき見はるかす洋上を、一艘の南蛮船が、真紅の帆を半ばたたみ、潮に送られて、こちらへ近づいてくるのが、望まれた。

そして、またかなたに和船の帆が一点、白く……。


「香織どの！」

岩千代は、横手から斬りこんでくる相手に空を打たせ、その弱腰を蹴りつけながら、また叫んだ。

「岩千代さま！」

香織は思わず、乱陣のなかに走りこもうとした。

「待て！　どこへ行くつもりだ」

霧隠才蔵は、その手をつかんで、放さなかった。

「放してください」

「いや、放さぬ」

才蔵は香織を引きよせ、じっと立ったまま、水夫たちを相手に見事な働きを見せている岩千代、大助など船底の反逆者を見つめていた。

「見ていろ。みんな若過ぎる。目先の相手に気をとられている間に、カピタン・モンティエロがどんな指令を出したか、気づいていないのだ」

冷然という才蔵の声に、香織は不安を感じて、身がすくんだ。

「ひけ！　みんな、ひけ！」

突然、潮屋源次兵衛が、両手を宙にあげて叫んだ。

《エシュクタドール・デ・モルチ》の水夫たちは、いっせいに舷側へしりぞいた。

アタウデの叛乱軍は、不安を覚えて、甲板の中央に寄りそった。

モンティエロ船長は、黒マントを肩にはねて、ピストウラを片手にすすみ出る。

「みんな、頭の上を見ろ！」

と、源次兵衛がいった。大助は、はっとして、顔をあげた。岩千代も、頭上を見まわした。

「畜生！」

と、源八が歯がみをする。いつの間に位置についたのだろう？　帆柱の上からも、帆綱の途中からも、背後の船やぐらの上からも、黒いムスケッタ銃の目が、こちらをにらんでいるではないか！

「うぬ！」

大助の手はふるえた。

岩千代は頭をめぐらして、香織の顔をさがした。だが、見あたらなかった。岩千代は、悄然と首をたれる。

モンティエロが近づいてきた。カプラルも両手にピストウラを構えて、肩を並べる。その隣りには、潮屋源次兵衛が、日本刀を杖について、胸をそらす。霧隠才蔵も、香織をひき立てて、立っていた。

船長の肩のオウムが、けたたましく叫んだ。

「バ・デ・アオ・インフェルノ！」

背の低い黒人がドン・モンティエロの背後から、恐る恐るのぞいている。例の唖男だ。

「どうやら、勝負はついたようだな」

と、潮屋源次兵衛がいった。

大助も、岩千代も、イスパーダを垂れて、ただ相手をにらみつけるばかりだった。

「さあ、お前たちはアタウデへ帰ってもらおう」

と、潮屋はつづける。

「このへんは、険呑な暗礁があるんだ。いつまでも、船を流しておくわけにゃあいかない。船底へ帰って、船を動かしてもらうんだ。どうだ？　返事をしてもらおうじゃないか。お前さんが大将らしい」

源次兵衛は、大助へ顎をしゃくった。

「さあ、否か？　応か？　否といったら、葡萄玉がお前たちの軀を、しごく、風とおしよくしてやるが……」

答える声はなかった。

大助は無念そうに、ムスケッタ銃をにらみまわした。

そのとき、だれかするどく、いったものがある。

「嫌だ！　断る！」

「紅い帆が見えるぞ！」

舟子のひとりが叫んだ。

三好清海入道は声のした舷側に駈けよって、凪いだ海に目をやった。

「うむ、見える。確かに紅い帆だ！」

「あれに大助さまが乗っておられるのだ！」

と、望月六郎も叫んだ。

「大丈夫、すぐ追いつきます」

乙姫は、遠めがねの筒をのばしながら、うなずいた。

「海竜丸自慢の船あし。ご安心なさい」

浦島太郎も、そばから受けあった。

「太郎、あの船は馬鹿に遅い。櫂をとめて、船を流しているようですよ」

と、乙姫が遠めがねを渡しながら、首をかしげる。

「なるほど」

太郎は、黒い筒をのぞきながら、つぶやいた。

「なんだか、ふらふらしていますな。幽霊船のようだ」

「なにか、変事でもあったのではないか？」

三好清海が、心配そうな声をあげた。

「さあ、どうも変です。それに、むこうの海が、奇妙に泡立っている。ことによると……」

「ことによると？」

望月が、気がかりな眉をあげる。

「海のなかの噴火山が、爆発するかも知れません。もしそうだとすると、あまり近づくのは危険ですが……」

「海のなかに、噴火山などがあるのですか？」

と、望月が聞いた。太郎はうなずいて、

「あります、南の海には。わたしどもの船は、だいぶ南へ降っていますから、どうもその考えが当っていそうです。ごらんなさい」

と、遠めがねを手渡して、

「海がひとところ、白く盛りあがっているでしょう？」

「うむ、だが、あの南蛮船は、だんだんそっちへ近づいて行く。どうしたというんだろう……」

舷側の四人の眉は、不安の雲にとざされた。

だが、そういううちにも海竜丸は、船あしを早め、血染めの帆を巻いた南蛮船との距離を、どんどん縮めていくのだった。

望月は食入るように、遠めがねをのぞいている。

「嫌だ！　御免だ！」

と、叫んだのは、大助ではなかった。岩千代でもなかった。回天丸の船頭、源八でもなかった。ほかの男たちでも、もちろん、なかった。

その声は、ひどく人間離れのした甲高い声だった。大助は、思わず周囲を見まわして、いった。

「だれだろう？」

「わからん！」

岩千代の返事も、けげんなのだ。

モンティエロ船長も、カプラルも、落着かなく、いろの変った目を動かした。

「ああ、ああ！」

と、唖の黒人が妙な叫びをあげる。船長は、ぎょっとして、ふりかえった。黒人はおびえたように、その肩のオウムを指さしている。そのとき、白いオウムはかくっと嘴を鳴らした。そして、ひとびとは聞いたのだ、オウムが奇怪な言葉を吐きだすのを。

「嫌だ！　ごめんだ！　カピタン、まだ勝負は決ったわけではないぞ！　鉄砲ぐらいで、降参すると思うのか？　馬鹿をいえ。そんな飾り物がなんになる。いくら新式のムスケッタ銃でも、引落しの燧石が抜いてあったら、撃つことはできないんだ！」

カプラルが目を三角にして、恐怖の叫びをあげた。

「おお、サンタ・マリア！」

源次兵衛が、狂ったように叫んだ。

「撃て！　撃ちころしてしまえ！」

帆桁の上で、帆綱の途中で、船やぐらで、撃鉄《ひきがね》をひく音だけはした。だが、奇怪なオウムの言葉どおり、火薬の炸裂する音はひびかないのだ。

「はははははは！」

笑い声が宙にわいた。

同時に、轟然たる火華が、帆柱の根もとから頂きへ駈けのぼり、白煙が舞い立ったかと思うと、帆桁に鉄砲を構えたひとりの水夫が、

「わあっ」

と、叫んで、カピタンたちの前に墜落した。その額に深く立った一本の手裏剣！

オウムがまた、するどく叫んだ。

「どうだ。鉄砲なんか不自由なものさ。おれの手裏剣のほうが、よっぽど狙いが正確だろう」

「おお、猿飛だな！」

真田大助は、思わず狂喜して叫んだ。

「その通りだ。おれは木曽の猿飛佐助！　おれは、あれしきのことで死にはしない。ただ海へ落ちただけだ」

猿飛佐助の声は、オウムの口から高だかとひびいた。

「岩千代、あんたの得物を、ちゃんと奪りもどしておいた。それ、渡すぞ！」

オウムは、さっと羽ばたいて、岩千代の頭上をかすめた。一瞬、あたりに白煙が立ちこめる。岩千代は自分の前に、手だれの革鞭が、輪になって落ちるのを見た。

モンティエロが、ひと声おめいて、ピストウラの撃鉄をひく。船やぐらの手すりに羽をやすめたオウムは、たちまち、まっ白な胸を血に染めて、甲板に落ちた。

「馬鹿め！　人間さまが、オウムに化けられる、と思っているのか？」

佐助の声は、こんどは帆柱の上からひびいた。

「おれは貴様たちのなかにいるのだ。海へ落ちたが、はいあがって、この船のなかのだれかを海にひきずりこみ、そいつにおれは化けているのだ。だれだと思う？　潮屋源次兵衛かも知れない！」

そういったとき、声は潮屋の腹のあたりから聞えた。

「澳門《マカオ》に名高いカプラルかも知れない！」

奴隷商人は、自分の腹を気味悪そうに撫でた。

「それとも、ドン・モンティエロ船長が、そうかな？」

モンティエロの目に、初めて恐怖のいろがわいた。

「それとも、霧隠才蔵どのかな？」

と、佐助の声がつぎつぎ移って、才蔵の腹のあたりから聞えたときだ。ふいに才蔵自身の声が、その口は固く結ばれているにもかかわらず、宙にひびいた。

「見事だぞ！　猿飛。だが、おれの目はごまかせぬ。ポルトガル語を知らない小男の貴様が、異人に化けられるはずはない。いちばん手軽に化けられて、しかも、口をきかないですむ人間が、いまここにひとりいる。そいつは、黒んぼの唖だ！」

「見やぶられるころだ、と思ったよ。いかにもその通り、おれが猿飛だ」

唖の黒人の態度が、がらっと変って、たちまち、そのすがたは帆綱づたいに、帆桁の上にとびあがった。

「霧隠さま、相手は忍者だ。あなたのほかには、刃むかえるものがない。お頼みします！」

と、潮屋源次兵衛が叫んだ。

だが、霧隠才蔵は、香織の手をつかんだまま、すっと舷側へさがって、そっけなく首をふった。

「いやだ」

「なんですと！」

「いやだ、といったのだ。ごめんをこうむろう。人買いの肩は持てない。おれは、少しは知られた密偵だよ。気に入らない仕事はしないんだ。ましてや、こいつは仕事じゃない。おれの仕事は、秘密を盗みだすこと。弱い人間を奴隷に売って、あくどい儲けをすることじゃないぜ。間違ってくれちゃあ、迷惑だ。それにな、おれはもともと貧乏な木樵りの息子なんだ。おなじような人間が、遠い異国へ馬や牛のように売られて行くのを、黙って見ていることはできない。ここはお気の毒だが、このひとたちの味方をする。今朝から、そのつもりでいたんだ」

「あんた、裏切る気か！」

と、源次兵衛が口走った。

「はははは、こいつは奇妙奇天烈《きてれつ》なことを聞くものだ」

才蔵は香織を背にかばいながら、大口あいて嘲りとばす。

「いつか、あんたもいったじゃないか？　取引のつどつどには誠実を尽すが、しろうと娘を口説きでもしたように、それを二年、三年先まで、情にからまれたんでは、かなわない、とね。こいつ、腹の坐ったことをいう、と感心したもんだ。密偵の仕事もそれと同じ。決った主人を持ってないから、義理だのなんのという、どうでも自分に都合のいいように解釈のつく代物とは、関係がない。それに第一、おれはあんたに雇われて、この人買い船に乗りくんだ覚えはないからな」

潮屋はやりかえそうとしたが、言葉がない。下まぶたの弛んだ肉を、ぴくぴくふるわせているばかり。ドン・モンティエロは眉をさか立て、八字髭の下から罵声を飛ばした。

「カレ・ア・ボカ！」

ピストウラの冷酷な目が、才蔵の胸板にそそがれる。

「あぶない！」

と、大助は叫んだ。

一瞬、岩千代の右手が、さっとあがる。二丈の鞭は黒い稲妻のように宙を走って、船長の手から兇器を奪いとった。ピストウラはふりとばされ、舷側を越えて、波間に消える。

大助は、カプラルに跳びかかっていた。

「やっつけろ！」

イスパーダがぎらっと光り、血が甲板を、どぶっとたたいて、その鮮紅のなかに、ピストウラを握ったコメルシアンチ・デシュクラヴの右手首がはずむ。

「サンタ・マリア！」

カプラルはよろめきながら、残る片手を必死にあげる。だが、その銃口はむなしく宙に火を噴いた。高い帆柱から猿飛佐助の打ちおろした手裏剣が、なげた力に落下する勢いを加えて、脳天の丸禿へ、鉄槌でたたきこんだように、めりこんだからだ。

「ぎえっ」

物凄い叫びを残すと、この澳門《マカオ》の顔役は、カエルのように目をむいて、仰むけに倒れた。

「こうなったら、こっちのものだぞ！　闘え！　闘え！　勝負は見えた」

乱戦のなかを、大助の大声が駈けちがう。汗と血潮にむせかえりながら斬りむすぶ男たちの頭上で、イスパーダのかがやく林立が、ぎらぎらと嚙みあった。岩千代の黒い鞭は、柄を飾る黄金《きん》の十字架《クルス》をおどらせながら、目ざましい働きを見せている。

佐助は帆綱へ、宙をおどって、手裏剣を飛ばし、発煙筒を抛げ、意表を衝いた攻撃に敵を浮き足立たせた。霧隠才蔵は香織を庇いながら、潮屋源次兵衛を船やぐらの上に追いつめて行く。

岩千代は、ドン・モンティエロと、舷側に対峙した。モンティエロはイスパーダを突きだして構えながら、肩につく息が荒い。岩千代の鞭は、甲板を斜めに匍いくねって、主人の手が、飛びかかれ！　と合図するのを、じりじりしながら待っている。

魔教の道術師めいた黒マントを肩にはね、白刃をするどくのばしているものの、船長はしだいしだいに気押されて、その背がついに舷側を打った。岩千代の目が、きらっと光る。そこに閃めく殺気を読んで、モンティエロはうめいた。

「イスペラ・モメンチ（待ってくれ）！」

だが、その歎願は、びゅっと絡みついた鞭に妨げられて、喉につまった。

その瞬間、大音響が四囲を圧した。

海が斜めになる。《死刑執行人》号は、波に衝きあげられた。なにが起ったかは、わからない。岩千代は前にのめった。のめりながらも、その目は見た、皮膚もはじけそうに充血して、紫いろに膨れあがった船長《カピタン》の顔を。

黒いマントの真紅の裏地がひるがえる。羽根飾りをつばさに、南蛮帽子が空へ舞いあがって、ドン・モンティエロのすがたは、もう舷側になかった。

甲板に手をついて、起きあがろうとした岩千代を、恐怖がとらえる。目の前が、まっ赤だ。海面に、すさまじい火柱がのぼっている。それは、この世の終りの光景だった。海は異様な汚れを波にひろげ、湧きあがる煙りも、噴出する炎に染って赤黒い。灼爛の黄銅を流したように、火焔は海面にも押しただよっている。噴煙のなかからは、大小の火の玉が石火箭《いしびや》のように飛んできた。

水夫たちは甲板に転がったまま、わめきくるうばかり。帆柱が折れて、どっと倒れかかる。

大助は、眼前が朱に染ったとき、目の玉がとびだして、血だまりに落ちたのか、と思った。顔をあげると、そばに佐助がいる。

「猿飛、いまの火柱も、あんたの忍法なのか？」

「馬鹿をいえ！　こんなことが、おれにできれば、いまごろ天下を奪っている。それより大助、船が沈んでいくようだぞ」

「なに！」

大助は飛びおきた。なるほど甲板はかたむいたまま。だんだん海面が高くなって行く。

「無事か！　大助」

香織の手をとりながら、岩千代が走り寄ってきた。

「おう、香織さんも無事だね。わたしを紹介していただきたいところだが、今はそれどころじゃない。ぐずぐずしてると、船が沈んでしまう」

と、陽気にはいいながらも、さすがに大助の顔は真剣だった。

「沈むに間があるとしても、このまま流されれば、行くては火の海ですよ」

そういったのは、霧隠才蔵だ。船やぐらの下に、帆柱の下敷きとなって死んでいる潮屋源次兵衛を、一瞥しながら近づいてきて、

「それに飛んでくる火の玉で、船のなかの火薬が、爆発しないともかぎらない」

確かに、そのとおりだった。

《エシュクタドール・デ・モルチ》は、活動する海底火山の危険海域に、刻一刻、近づきつつある。

「小舟は？」

と、岩千代は舷側を見た。だが、さっきの衝撃で、海中にふりとばされたのだろう。それは見あたらなかった。

「ええい、運を天にまかせて、海に飛びこむよりしかたがないか！」

と、大助が自棄ぎみに叫ぶ。

「ここで手をこまねいているより、そのほうがいくらかましだよ。下手なあがきか知れないが、落着いて死神を待つなんてことは、おれは御免だ」

「わたしもそうする。どこまで泳げるかわからぬが」

と、才蔵がいったときだった。

「船だ！」

回天丸の源八が、おどりあがった。

「こっちへ、むかってくる船があるぞ！」


大助は海竜丸の舷側から、夕映えの海を見おろした。

「お鈴はこのあたりの海底に、眠っているわけだな？」

と、つぶやくように聞く声が、思いなしか湿っている。

「ええ」

乙姫は、言葉すくなにうなずいた。

「哀れな女……」

大助は、手にした守り袋に目を落す。

それはお鈴の屍骸の帯のあいだから、乙姫が遺しておいたものだった。蜀紅錦の小さな袋のなかには、固く封をされた素姓書が入っていた。お鈴はそんなものの入っていることを、知らなかったらしい。封じ目は古びていた。大助はさっきそれをひらいて、お鈴が卒塔婆弾正の娘、香織とは異腹の姉妹《きょうだい》であったことを知ったのだ。

「こんな鏡がなかったならな。お鈴の一生も違ったものになっていたろうに……」

大助は紅面夜叉の秘鏡の上に、お鈴の守り袋をのせた。

「浦島太郎どの、仏門の言葉に、莫妄想《まくもうそう》、というのがあるそうですね？」

太郎は、静かにうなずいた。

その隣りには、乙姫が立っている。

三好清海入道。望月六郎。猿飛佐助。穴山岩千代。香織。霧隠才蔵。回天丸の源八。

大助はひとりひとり、見まわしていった。みんなの影が夕焼けの船上を、長く折重なって横ぎっている。

「さっき壁にうつしてみたとおり、わけのわからない文句を彫った鏡が、みんなに妄想を起させたのだ。いったい今日までいくたりの人間が、この鏡のために命を落しているだろう？　妄想スル莫《なか》レ。こんな鏡は、ないほうがいい。わたしはこの海へ鏡を沈めて、お鈴を供養してやりたいと思うんだが、どうだろう？」

だれも、反対するものはなかった。

「霧隠どの、異存はありませんか？」

「そうしてやってください。お鈴さんも喜ぶでしょう」

「わかりました」

大助はうなずいて、香織の手に鏡と守り袋をわたした。

「生きているうちに会うことのできなかった妹のために、これはあなたが沈めてください」

香織は目を伏せて、舷側にすすんだ。その手を離れた紅面夜叉の秘鏡は、かすかな水音をひびかした。

静かに揺らぎながら、くろい海の底へ、魔鏡は影を没していく。

それを見まもる大助の口もとに、微笑が浮かんだ。

「霧隠先生、いやに簡単に承知したもんだ」

と、大助は腹のなかで、思っているのだ。

「おれとおなじように、あいつも文句の謎を、といたのかな？　ちょっと考えれば、すぐにわかる文句だもの。赤鬼の足もと、というのは、赤鬼嶽の麓に決っているし、仏の顔、というのは、そこに石地蔵かなんか、立っているに違いない。東へ十三、南へ六、というのは、その方角へそれだけの歩数を歩け、ということだろう。鶏の朝、というから、鶏旦、つまり正月元日だ。蛇の頭の落つるところ。その地点に元旦の巳《み》の刻（午前十時）に立って、頭の影の落ちたところが、問題の場所なのだろう……。正月は、もうじきだ。こりゃあ、ひとつ、霧隠を見はっていてやろうかなあ……」

大助は、急に首をふった。

「いや、いかん。いかん。いいだしたおれが、こんなことを考えていちゃあ、駄目だ」

そして、小さくつぶやくのだった。

「――莫妄想。莫妄想」

あとがき（三一書房版）

〈都筑道夫異色シリーズ1　やぶにらみの時計・かがみ地獄〉「あとがき」より

『かがみ地獄』のほうは、一九五四年の十月に、若潮社という出版社から、『魔海風雲録』という題名で発行された。同年の七月末に依頼されたところは、偶然『やぶにらみの時計』と一致しているが、執筆速度はおどろくほどで、八月十六日に着手して、九月二十二日に五百五枚を書きあげている。

都筑道夫という名前で書いた時代ものの短篇が、はじめて雑誌にのったのは、一九五〇年の一月号、わたしが二十歳のときで、それから四年ばかり、時代小説を読物雑誌に書きちらしてきたわけだが、作家意識はまるでなかった。五三年ごろに読物雑誌が次つぎつぶれて、わたしは化粧品会社の宣伝部に入った。かたわら推理小説の翻訳をはじめていたときに、この長篇を依頼されたのだ。好きな推理小説と直接むすびついた翻訳から、創作にもどる気はなかったが、それまでの自分の仕事にしめくくりをつけたい、という考えはあって、わたしはこれをひきうけた。

妙ないいかただが、絶筆というつもりだった。現在のわたしに、時代ものを書く意志がないわけではないが、いま書くとしたら、当然、推理小説の要素の強いものになるだろう。当時は五味康祐氏の剣豪小説が、中間小説雑誌で評判になりはじめていたけれど、読物雑誌の時代ものは調べた小説の全盛で、なんとなく萎縮した感じだった。それに反撥して、山と平野と海と三つの群衆シーンを配した草双紙ふうの派手なものを書こう、と意図したことをおぼえている。戦国末期、九州沿岸から瀬戸内海あたりまで、ポルトガルの奴隷船が出没した、という史実の一行を芯に、想像力の衣を着せていったわけだ。

これまでにも、この作品を再刊する話がなんどかあったが、気がすすまなかったのは、ひとつに題名のせいもある。それで、こうしたユニフォーム・エディションとしては、正しくないことかも知れないが、題名、本文ともに、気に入らないところを、多少あらためさせてもらった。考えついた新題は、故江戸川乱歩先生の作品にあるものなので、躊躇はしたけれど、先生のは漢字の『鏡地獄』、こちらは平がなの『かがみ地獄』ということで、厚かましく利用させていただいた。Feb. 1968

あとがき（中公文庫版）

この長篇小説が版をあらためるたびごとに、私は一種の気恥ずかしさと、なつかしさを感じないではいられない。「魔海風雲録」、書きおろし五百五枚、昭和二十九年に、新宿区喜久井町三十七番地の若潮社という出版社から、刊行された。奥付は昭和二十九年十月二十五日印刷、十一月十日発行となっていて、定価は二百八十円。当時は地方定価というものがあって、東京いがいで買うと、二百八十五円であることが、つけくわえてある。発行者は藤田弘一、部数は二千部か、三千部だったろう。

紗綾形《さやがた》もようの紙装ながら、いちおうハードカヴァーのB6判で、多色刷のジャケットがついていた。ジャケットの絵は、戦前からの挿絵画家、富田千秋さんが筆をとってくれた。あとがきはつけなかったが、推理作家の大坪砂男さんが序文を書いてくれた。大坪さんはそのころの私の師匠で、新宿の歌舞伎町に住んでいた。もっとも「魔海風雲録」が本になったときには、大坪さんは目黒区の大岡山に引越していて、そのあとに私が入っていたのだけれど。

新宿駅前の大通りの現在、紀伊国屋書店のビルディングがあるところに、当時はかなりひっこんで、紀伊国屋書店と新星館という映画館がならんでいた。その新星館から、大通りへ出るまでの左右に、小さなレストランや喫茶店があって、「丘」という一軒が、コーヒーのうまさで知られていた。俳優の芥川比呂志や永井智雄、有島一郎などがしばしば一隅にすわっていたが、そのほかの客の顔は、いつも一定していて、富田さんも、大坪さんも、そして私も定連のひとりだった。「魔海風雲録」は、この「丘」珈琲店から、生れたといってもいい。大坪さんの序文は、

序

都筑道夫君は本年二十五歳の鬼才です。

この若さで文歴すでに満八年というのですから、早くも十六歳の紅顔にしてペンを執り、原稿紙に向って創作を生活の資にしていた恐るべき少年なのでした。

しかも好学向上心の旺盛なことは、いつも会うたびにグリーンやケインまたシメノンなぞ英米仏の横文字本を携えて、論ずるところは人の意表を衝き傾聴させるものが

ありました。

この鋭鋒が、いま書下し六百枚の長篇を刊行するという。一閃す秋水三尺剣、いよいよ抜いたなアの感があります。

材料を戦国にとり、この時代小説の衣をかりて、青春のロマン精神を高らかに謳歌しようとする企てなのでしょう。篇中に出没去来する怪人物の気息、美人の一嚬一笑は、三百年のかなたから、そのまま我々の胸に響いてきて、夜を徹しても読了させずにはおきません。

摩訶不思議、赤いマントをひらめかすバテレンの道術師！　これは才能の近代化に成功した都筑道夫君の秘技なのです。

一九五四年秋　　大坪砂男記

五百枚ちょっとを六百枚にしてしまうのは、ありがちな誇張だけれど、文歴満八年、英米仏の横文字本を携え、というのは照れくさかった。私がはじめて、原稿料というものを貰ったのは、満十八か十九になったばかりのころだったろう。都筑道夫という筆名をつかいはじめたのが、昭和二十四年のなかば、二十になろうとするころだ。ほかにも小林菖夫とか、淡路龍太郎とか、鶴川匡介といった筆名をつかって、B6判の読物雑誌に、おもに時代小説を書いていた。ところが昭和二十七年から八年にかけて、読物雑誌が次から次へつぶれて行って、私はにわか仕込の翻訳家に転向した。

だから、ユニフォーム・エディションのグレアム・グリーンや、ペイパーバックのジェイムズ・M・ケインの作品を、よく持ってあるいてはいたが、英語でさえ怪しいのだから、フランス語が読めるはずはない。ジョルジュ・シムノンは好きで、知人の翻訳原稿を書きなおす手つだいなぞもしていたが、これじゃあ、誤解をまねきますよ、と私がいったら、大坪さんは笑って、

「横文字本を携えて、とは書いてあるが、読破して、とは書いてないよ。アガサ・クリスティーや横溝さんを、見ならったわけさ」

私は文歴六年ちょっとで、二十五歳になったばかりだった。推理小説雑誌に毎月、百枚ばかりの翻訳をのせてもらって、落語家の兄といっしょに、大塚坂下町に二階借りをして、昼間は新宿の「丘」珈琲店に入りびたっていた。たしか三鍋文男さんといったと思うが、もとは読物雑誌の編集者で、出版ブローカーになっていたひとも、よく「丘」

にきていて、ある日、若潮社という会社ができるんだけれど、書きおろしをやってみないか、と話を持ちかけられた。出版社から請負って、作家から原稿をとり、割りつけ、校正、装釘の依頼その他いっさい、一冊の本ができあがるまでの仕事をするひとが当時はいて、出版ブローカーと呼ばれていたのである。

話があったのは、私が二十五歳になったばかりの七月末だったが、よく聞いてみると、読物雑誌のなかで比較的、最後まで残っていた「娯楽雑誌」という雑誌の出版元、湊書房が若潮社という名で、単行本をだすのだという。「娯楽雑誌」には、私もしばしば書いていたので、三鍋さんの話にのることにした。推理小説の翻訳家になりきるために、いい区切になると思ったからだ。私はまだ、長篇小説を書いたことがなかった。十八、九から書きはじめた時代小説に、長篇を一本、書きおろしてピリオドをうつ。そういうつもりで、私はストーリイをつくりはじめた。「実話と読物」といったと思うが、いま桃園書房にいる伊藤文八郎さんが編集していた雑誌に、私はときどき、角田喜久雄ばりの伝奇小説を書いていた。どれも百枚ちかい長さで、長篇にふくらませる。そのなかに「魔海風雲録」というのがあって、真田大助、猿飛佐助が脇役で活躍し、悪役は悪鬼の仮面をかぶった異国の海賊だった。

これを長篇に書きなおすことにしたが、考えているうちに、ストーリイはまったく違ったものになった。大塚坂下町のしもた屋の二階、八畳間にすえた腰かけ机で、書きはじめたのが八月十六日、九月二十二日には五百五枚を書きあげていた。われながら、信じられないくらいのスピードだけれど、これは記憶ではなく、当時の手帳が残っていて、それに書いてあることだから、事実だろう。ただ近ごろと同じように、最初の百枚ぐらいを書くのには、かなりの日にちがかかって、最後の百五十枚ばかりを、二日で書いたのをおぼえている。原稿を書きあげてから、ポルトガル語をつかいたい部分だけを、大坪さんの知りあいの水島さんに見てもらった。水島さんは、落語全集の挿絵で、私が子どものころから見なれていた画家、水島爾保布《におう》氏のご子息で、各国語に通じていた。というよりも、SF作家の今日泊亜蘭さん、といったほうがわかりが早いだろう。

とにかく、会話の一部を、水島さんにポルトガル語にしてもらってから、三鍋さんに原稿をわたして、十一月のはじめには本になったのだが、この「魔海風雲録」、売れゆきのほどはわからない。なにしろ、分割ばらいの印税の一回分、一万円だったたか二万円だったかを貰っただけで、若潮社はつぶれてしまったのだから、芳しくなかったには違いない。私は翻訳家から翻訳出版の編集者、さらに児童読物の作家になって、その間、三冊の著書をもったが、翻訳あるいは児童むきのリライト作品で、二冊目の創作を出すまでには、六年と三月かかった。現在はこの中公文庫の一冊になっている「やぶにらみの時計」で、昭和三十六年の一月に、中央公論社から出版された。

その「やぶにらみの時計」で、私は推理小説の専門作家ということになったのだが、間もなく古い知りあいの編集者から、「魔海風雲録」を再刊しないか、という申入れがいくたびかあった。ひとつには、もう本が一冊も手もとにないこともあって、私はそのたびにことわった。もうひとつには、ぎょうぎょうしい題名が、気になったせいもある。だから、昭和四十三年に三一書房から、私の選集六巻がでることになって、その第一巻に「やぶにらみの時計」とともに、ほんとうの処女長篇である「魔海風雲録」を入れるべきだ、といわれたときには改題を条件に承知した。「都筑道夫異色シリーズ」という通しタイトルで、昭和四十三年三月に出た選集第一巻に、「魔海風雲録」は「かがみ地獄」という題名で、十三年と四月ぶりに復刻されたわけである。

その後は昭和四十五年の一月に、やはり「かがみ地獄」という題名で、桃源社の新書判におさめられたが、このときには小見出しに手をくわえた。「山月蠱」「紅面夜叉」といった漢字ばかりの小見出しを、「真田大助木曽の山中でもののけに出あうのこと並びに飛びざる佐助がこと」「山大名紅面夜叉のこと並びに霧を起す忍者のこと」という、講談本まがいの小見出しに変えたのである。その新書判が、思い出したように版を重ねているあいだに、この長篇のもとになった中篇小説「魔海風雲録」を、おなじころに書いた伝奇小説数篇とあわせて、私はおなじ桃源社から本にした。昭和五十三年にも、やはり桃源社から、「魔海風雲録」という本が出ているが、それは中篇の「魔海風雲録」と、ほかに中篇三篇、「かがみ地獄」と改題した長篇「魔海風雲録」が入っている、というややこしいものであった。

こんどの文庫版では、題名も小見出しも、すべて初版にもどすことにした。二十五年もたって、いまさら照れてみたところで、はじまらない。ただ本文の細かいところは、三一書房で復刊したとき、多すぎる漢字をへらしたものに拠っている。序文を書いてくれた大坪砂男さんも、装釘をしてくれた富田千秋さんも、もうこの世にはいない。（昭和五十四年九月十二日記）

本作品中に差別的ともとられかねない表現が見られますが、著者がすでに故人であることと作品の文学性・芸術性に鑑み、原文のままとしました。

（春陽堂書店編集部）

『魔海風雲録』覚え書き

初刊本　若潮社〈書下し長篇時代小説〉　昭和29年11月　※書下し長篇

再刊本　やぶにらみの時計・かがみ地獄　三一書房〈都筑道夫異色シリーズ1〉
　昭和43年3月　※「かがみ地獄」と改題、「やぶにらみの時計」を併録

かがみ地獄　桃源社〈ポピュラー・ブックス〉　昭和45年1月

魔海風雲録　桃源社　昭和53年12月
　※「かがみ地獄」として収録、短篇「魔海風雲録」「赤銅御殿」「地獄屋敷」「妖説横浜図絵」を併録

魔海風雲録　中央公論社〈中公文庫〉　昭和54年10月
　※「魔海風雲録」に復題

魔海風雲録　光文社〈光文社文庫／都筑道夫コレクション《時代篇》〉
　平成15年11月　※短篇「犬むすめ」「壁龍」「茨木童子」「西郷星」を併録

（編集・日下三蔵）

春陽文庫

魔海風雲録《まかいふううんろく》

2024年10月25日　初版第1刷　発行

著者　都筑道夫
発行者　伊藤良則
発行所　株式会社　春陽堂書店
〒一〇四―〇〇六一
東京都中央区銀座三―一〇―九
KEC銀座ビル
電話〇三（六二六四）〇八五五（代）
印刷・製本　中央精版印刷株式会社

乱丁本・落丁本はお取替えいたします。
本書の無断複製・複写・転載を禁じます。
本書のご感想は、contact@shunyodo.co.jp にお願いいたします。

定価はカバーに明記してあります。

ISBN978-4-394-90493-9　C0193